奇盗联盟

[美]
科林·梅洛伊
(Colin Meloy)
著

[美]
卡森·埃利斯
(Carson Ellis)
绘

袁秋婷
译

The Whiz Mob and the Grenadine Kid

中信出版集团 | 北京

图书在版编目（CIP）数据

奇盗联盟 /（美）科林·梅洛伊著；（美）卡森·埃利斯绘；袁秋婷译 . -- 北京：中信出版社，2020.11（2025.11重印）

书名原文：The Whiz Mob and the Grenadine Kid

ISBN 978-7-5217-2169-0

Ⅰ.①奇… Ⅱ.①科… ②卡… ③袁… Ⅲ.①儿童小说－长篇小说－美国－现代 Ⅳ.① I712.84

中国版本图书馆 CIP 数据核字 (2020) 第 197403 号

奇盗联盟

著　　者：［美］科林·梅洛伊
绘　　者：［美］卡森·埃利斯
译　　者：袁秋婷
出版发行：中信出版集团股份有限公司
　　　　（北京市朝阳区东三环北路27号嘉铭中心 邮编 100020）
承 印 者：嘉业印刷（天津）有限公司

开　　本：880mm × 1230mm　1/32　　印　　张：12　　字　　数：250千字
版　　次：2020年11月第1版　　印　　次：2025年11月第25次印刷
京权图字：01－2020－1845
书　　号：ISBN 978－7－5217－2169－0
定　　价：39.80元

致　菲利克斯和蒂坦

马赛市地图
大约一九六一年
法罗宫
伊夫堡
滨海大道
阿卜勒·瓦
奥夫斯谷
滨海大道

帕尼耶
七角咖吧
美丽华餐厅
罐装啤酒
让·饶勒斯广场
卡奴比埃尔大街
旧港
比利时码头
利浦农布码头
海洋酒吧
圣母加德大教堂
马赛歌剧院
贡希尔家
普拉多大道
博雷利跑马场

目录

黑话 / 001

第1章 / 006

第2章 / 017

第3章 / 029

第4章 / 043

第5章 / 062

第6章 / 079

第7章 / 093

第8章 / 106

第9章 / 120

第10章 / 139

第11章 / 153

第12章 / 171

第13章 / 182

第14章 / 207

第15章 / 223

第16章 / 236

第17章 / 252

第18章 / 266

第19章 / 285

第20章 / 301

第21章 / 317

第22章 / 333

第23章 / 345

第24章 / 362

致谢 / 372

黑话

奥库斯/油水：赃物

爸比：年长的目标

贝茨：四十多岁的有钱人

背心穴：背心上的口袋

本尼：男士外套、大衣

扁平接头：一个赌博的骗子

冰块：钻石

剥皮：在安全的情况下，掏空钱包

布鲁特：掩护公爵用的卷起的报纸

超级联盟/经典加农炮/超级加农炮：技艺高超的小偷

成才：小偷学成，或进行一番培训后成为合伙人

戳儿：从口袋里偷得的一件赃物

打枪：说行话，回忆以前干过的活儿

打完就闪：偷完就跑

大肚子：一天收获的赃物

大腿上裤兜：开口处裁剪得与腰带平行的裤子大腿前侧的裤兜

呆子：目标或受害者

蛋：三十岁以下的目标

得分：偷到赃物

嘀嗒：手表

吊钩：一个用指头钩戳儿的小偷

吊索：金项链

放出蜜蜂：锁定目标，谋划偷盗行动

肥肉：有钱的目标

浮子：插在衣服内口袋上的防盗安全别针

负责中外场：旁观行动，但不动手

干粗活：配备武器去偷盗

工具/票贩子/奇才/加农炮：小偷、扒手

弓背：帮某人拖延时间

公爵：在偷盗行动中做掩护或跑腿之类杂活儿的小偷

孤狼：喜欢单独行动的小偷

挂钩：露出口袋的钱包

滑轮组/汤勺：表和表链

开火：公开宣称某人被偷了

开溜：逃跑

科尔丁：手风琴状皮夹子、钱包

抠屁股：只偷口袋的小偷

狂欢节虱子：跟随马戏团或狂欢节人群伺机行窃的小偷

老巢：窝点

溜之乎：从犯罪现场逃跑

露脸：小偷让受害人看见自己的脸

摸壶：装着很多钱的钱包

镊子：有小纽扣的皮夹子

派头：小偷的生活方式

砰/碰/掐/戳：偷

屁股：口袋，兜

贫民窟：任意品种的珠宝

奇才克星：专门捉贼的警察

旗帜分：一天、一趟或一季中最大的收获

扔掉死皮：处理空钱包

山脊/碎银子：金属硬币

扇/扇风：锁定钱夹子或现钞等物品

上衣摆：上衣侧袋

上衣坑：上衣内胸袋

识破：受害人发现被偷，起了警惕心

收帆：用手指一点点夹住口袋内衬，把口袋深处的钱包夹出来

死皮：空钱包

踢回奥库斯：把东西还给受害者

踢裤裆：裤子左右两侧的口袋

踢屁股：后兜

停业点：小偷的藏身处，在那里他不偷东西

偷梁换柱：在受害者无知无觉的情况下，完成一次成功的偷盗

土豆烧牛肉连锁店：咖啡店

退群：不再当小偷了

脱皮：解开口袋的纽扣

豌豆汤：不值钱的东西，不值一偷的

文件夹/掌舵者：组织盗窃活动的联盟成员

稳稳的：形容小偷行事稳妥、谨慎

嗡嗡/胡须子：警察

掀翻联盟：出卖盟友

宣布出局：退出联盟

穴：口袋

掩护公爵：用报纸或类似的东西遮住小偷的手

摇摆：成功偷得一物

衣坑：内胸袋

衣尾：西服侧边口袋

衣穴：票券袋

只剩指关节：穷

直面目标：在受害人眼皮子底下行窃

制定框架：筹划组织偷盗

重拍子：使用暴力或暴力威胁

珠绳：珍珠项链

第1章

在告诉你查利·费希尔眼前所见的那不可思议的美丽迷人的景象，以及这景象是如何引发了一系列事件，以至在今后相当长一段时间里，以非常戏剧性的方式改变了他的生活之前，我应当先向你解释：谁是查利，以及他为何在一九六一年四月的一个温暖和煦的早上，坐在了法国马赛的让·饶勒斯广场上。

首先，查利是在度假。至少，他爸爸是这么建议他这样看待他目前身处的困境的。如果这样理解的话，那他过去几年的生活，就是一系列漫长的假期。在你看来，这对于一个十二岁的小男孩来说，似乎是件天大的幸事。但是，如果你的生活中只有假期——一个接一个的假期，你大概也会觉得，再来一个假期，简直是无聊极了。

这就是查利现在的心情。

查利的爸爸是老查尔斯·费希尔。你对这个名字没印象，情有可原，这一切都发生在你出生之前的时代。但你的爷爷奶奶会非常熟悉他——老查尔斯·伊拉斯谟·费希尔，那个著名的美国外交官。他迎娶了年轻的德国女爵西格琳德·杜勒，还在巴伐利亚新天鹅城堡的阳台上举办了一场万众瞩目的世纪婚礼。也是他，促成了雷克雅未克协议的签署，一举结束了漫长而血腥的希腊匈牙利战争。然而，可悲的是，他作为和平卫士所取得的伟大成就，却被他的婚姻蒙上了一层阴影。

查利的妈妈，西格琳德，是一个漂亮的女人，一个小有名气的舞台剧女演员。第二次世界大战结束几年后，老查尔斯在一次访问维也纳期间，对她一见钟情。他们的婚姻虽然短暂，却轰轰烈烈，为华盛顿的花边小报提供了大量猛料。

查利七岁生日时，他们已经分居多年，婚姻早已名存实亡，以至到了真正离婚的时候，只剩下签个文件，走个形式了。

查利几乎不了解自己的父亲。这个男人，自从结婚后，就很少在家中露面。他们的家，位于华盛顿乔治城，是一栋红砖联排别墅。查利倒是经常收到父亲寄来的明信片，上面有父亲完美得无可挑剔的手写英文，而且都是从一些富有异域情调的地方寄出的，诸如莫斯科、布宜诺斯艾利斯、横滨等。但父亲真正陪在他身边、为他读睡前故事的夜晚，却屈指可数。

西格琳德，以及一群助理、保姆、家庭教师，才是查利真正的家人。所以，当他的妈妈在一天早上明确无误地告诉他，她已经厌倦扮演母亲的角色了，从此以后，他得和父亲一起生活的时候，查利大吃一惊。西格琳德还说，如果查利需要的话，她愿意继续在查利的生命中扮演一个“酷阿姨”的角色。查利还能怎么办呢？那会儿，他还只是个九岁的孩子。家中女仆佩妮帮他收拾了几件容易携带的心爱之物（包括七本书、一箱衣服、一盒打仗小人），吻了吻他的额头，就把他塞进了一辆林肯大陆的车后座。

他被送到机场，接着登上一班飞往莫斯科的飞机。到了莫斯科，他爸爸（或者某人）会在那头接他。从此，他将过上一名职业外交官子女的生活，永远在从一个世界飞向另一个世界，从多伦多到孟买到符拉迪沃斯托克（海参崴），每个星期，每个月，都在没完没了地“度假”。这种生活，实在太无聊了。

在四月这个温暖的星期二早上，查利坐在马赛的让·饶勒斯广场上，真切地感受到了这种无聊。假如你像查利一样，了解地理知识与当地民俗，你就会懂得马赛是地中海沿岸一个非常有名的港口城市；假如你和查利一样，很多时间都耗在飞机上，阅读私人家教开出的书单，你就会了解爱德蒙·邓蒂斯——大仲马小说《基督山伯爵》的主人公，正是被囚禁在离马赛海岸不远的一座小岛上的伊夫堡；假如你和查利一样，从严厉的父亲及其一小群助理和秘书那里，听了足够多的关于安全问题的唠叨，你就会知道，在很多人眼里，马赛不啻小偷的天堂。

这个想法，让查利倍感兴奋——罪犯的窝点，就藏在他家的后院。这跟苏黎世乏味的现代而时尚的大街和香港拥挤的空间相比，是个可喜的变化。这种事情，最能够点燃十二岁的查利的想象力。然而，在新家还没住上几个星期，他就发现，如果说有一种流行病正在威胁着马赛的命脉，那就是游客了——

吵吵嚷嚷、满口抱怨的游客。查利有效地利用了自己的这项发现。他和他的家庭教师——一个名叫西蒙的脾气暴躁的二十五岁小伙商量好了：根据他对路上游客的观察，写个五百字左右的故事，就可以算作他英文作文课的考试。协议就这么达成了，一位短篇小说家就此诞生。

查利最喜欢去想象熙熙攘攘的人群中那些游客的内心世界。这些游客，刚从某艘停在港口的邮轮上下岸，来探索这座城市的街道和广场。于是，那个星期二的早上，查利坐在了一条长木椅上，观察并记录马赛繁忙热闹的让·饶勒斯广场上的那些观光客。一个中年男人，正在兴味盎然地查看集市上琳琅满目的各式商品；一个戴墨镜的年轻女子，则皱着眉头，没精打采地跟在他身后。查利的自来水笔——一支银色的犀飞利帝国钢笔，他十一岁生日时，父亲送给他的礼物——在他作文本的横格纸上悬停了一小会儿，便飞快地写下了以下文字：

她是一家利润丰厚的甜菜厂的女继承人，他是一个卖蛇油的旅行商人，他们在一艘游艇上邂逅。他许给她永恒的爱情。她必须跟随他走遍全世界，搜集制作药剂的原料。可她不知，这趟追寻之旅，将持续一生。

他歪着脑袋，重读了自己写下的文字。一个得意的微笑，在他脸上漾开。他翻开下一页，用手掌把纸张抚平。

“你在干什么呢？”一个声音，用略带口音的英语问道。

“对不起，你说什么？”查利回过头，看见一个穿蓝色牛仔裤和白T恤的小男孩正坐在他身边的长椅上。他浅棕色的皮肤和棕

色的头发，说明他是中东后裔。

这是你第一次听见查利开口说话，所以该让你知道，他说话声音又小又轻。过去的一年里，他的声音又降低了两度。对于生活中的变故，他有点难以适应，所以变得更加羞怯内向也情有可原。八岁时，在他妈妈的要求下，他去看过一位语言病理学家，纠正他自幼儿园起就存在的轻微结巴。他虽然成功克服了讲话口吃的毛病，但染上了另一个毛病，用他爸爸的话说，就是“总爱对着自己的下巴讲话”——虽不知道这是什么意思，但我们必须相信老查尔斯的观察，所以，我们按照提示，在读到查利说的话时，也应该照这样的方式来念。

不过，请记住，这条规则只适用于前十二章。在那之后，你就会发现，查利开始以一种完全不同的方式说话了，因此建议你届时根据情况改变自己的阅读方式。不过现在，查利还是在对着自己的下巴讲话。

“我说：你在干吗？在写诗吗？”男孩说道。

“没有，”查利警惕地说，“只是在写故事。”

“故事？”男孩捡起一根木棍，拿尖端漫不经心地划着木椅，“不错。就像那个大胡子老头儿？”

“大胡子老头儿？”

男孩皱着眉，仿佛努力回想是一项费劲的活儿。“叫什么名字来着，写故事的，海明……福德。”

“海明威。”查利纠正道，“欧内斯特·海明威。”

“对，就是他。”男孩微笑着说。

“嗯，我不能和他比，但我猜大致意思差不多吧。”

“快，继续啊，”男孩说，“我看你写一会儿。”

查利礼貌地笑了笑。他转过头，继续扫视广场上的人群，寻找下一个写作对象。不一会儿，他的思路又被男孩打断了。

“哦，我看懂了。”

“什么？”

“你写的是正在发生的事，广场上的。”

“从某种意义上说，是的。”

“明白了。你继续。”

查利正准备下笔，却又被打断了。

“写他怎么样？”

“谁？”查利说。他开始有点不耐烦了。

“那边的那个家伙，戴白帽子的。”男孩指向集市上的人群。

查利顺着男孩手指的方向看过去。一个身形魁梧的男人正在货摊间徘徊，他穿着一件宽大的绉纱西服，戴一顶白色巴拿马帽。每走五步，他就会抬起手腕，撸起袖口，看看手表。

“哦，好的。”查利说。他可以感觉到男孩正趴在他肩头，注视着他。男孩在等他提笔写下去。在男孩的“监视”下，查利感到很难为情。男孩一定感觉到了查利的不安，因为他把注意力又转回到了手中的木棍上。查利开始写：

他会来吗？那个有着机械手臂的男人。他说，他两点钟会到拉普莱纳。他剩下的时间不多了。火星哨兵马上就要来了，来要他们的赎金。

查利刚写完最后一句话，就注意到一件有点奇怪的事情。

有个小女孩似乎一直在跟着那个穿行在货摊之间的男人。而这个女孩显然和这个男人没有任何关系。查利接着写道：拉德克利夫不知，火星哨兵已经来了，巧妙地伪装成了一个小女孩。查利的注意力回到正在发生的事情上：那个穿蓝白西服的男人，这会儿正懒洋洋地像蛇一般穿行在一排铁缆桩之间，仿佛一个障碍滑雪手；几步之外，那个女孩正跟着他，模仿他的每一个动作。每当男人看表时，小女孩就会凑近一点点。查利拿钢笔敲着自己的脸颊。这个星期二的早上，查利已经在广场上待了足够久，他已经对广场上正在发生的事情、对广场上人与人之间的互动关系，有了更敏锐的洞察力。那个跟在男人身后的女孩似乎不属于这个世界，仿佛她是一个影子或鬼魂，存在于这个喧嚷的真实世界之外或之上。就像一名火星哨兵那样，查利想。就在这时，他看见男人前边的一个小男孩，也表现出了同样的特质，同样的游离感。更重要的是，查利越看，越觉得那个男孩其实是在引导那个男人——堵住男人的出路，让他速度慢下来。男孩几乎慢慢控制了男人的动作：当男人向左时，他也往左；当男人加速时，他故意减速——这一切，都是在男人毫无察觉的状态下进行的。很快，跟在男人身后的女孩，像影子一般尾随上了他，仿佛她就是他身体的延伸部分。接着，那件事就发生了。那件事，即将让查利直线一般平顺的生活，发生一百八十度的大转弯。那个男人被抢了。更确切地说，他是被偷了。那并不是趁其不备的一次偷袭，更像是一个精心策划的局，一套事先编排好的连贯动作，一环紧扣着另一环。查利几乎没来得及看清，事情就发生了——就像用余光捕捉一只蜂鸟，片刻之后，它就飞走了。

事情是这样的：男人前边的男孩突然站住了，于是，男人一下子贴向前去，与男孩的后背只差几英寸[①]的距离。就在这时，不知从哪里冒出了第三个小孩——一个和查利差不多大的男孩——他从人群中穿出，漫不经心地碰了一下男人帽子的边沿，使它微微地倾斜了，遮住了男人的额头。男人还以为自己是在人群中被人无意间撞到了。他从裤兜里拿出手，扶正了帽檐。就在那一刻，那个一直如影子般尾随着男人的女孩，轻轻用手抚过男人的裤腿，就像拂去袖口上的一根线头那般。接着，她突然转身走开了。第四个小孩——也是一个男孩——从人群中现身，和女孩擦肩而过。一个薄薄的棕色物体，从女孩手上递到男孩手上。查利突然意识到——那是男人的钱包！但针对这个男人的“行动”并未就此打住：之前逼男人“就位”的男孩，转过身来，为自己笨拙的行为向他道歉，并伸出手来，想与他握手。男人不知自己的钱包已经不翼而飞。他勉强笑着，握住了男孩的手。男孩微笑着，向他鞠了一躬，便消失在了人群中。男人继续一边在集市上叫卖的小贩间逡巡，一边等待着他的客人。当他又一次停下来，查看手表时，他原地僵住了。查利隔这么远，也可以看见男人所看见的：他的手腕上已空无一物。他的手表不见了。查利差点儿笑出声来。他实在忍不住，太精彩了！他明白，自己刚刚旁观了一场非凡的盗窃案，作案手法是如此的行云流水，一气呵成，如同一场艺术表

① 1英寸为2.54厘米。——编者注

演，他觉得这几乎不能算作犯罪。对查利来说，这一切就像魔术。“你有没有看到……”查利看向左边，想问问那个穿蓝色牛仔裤的男孩是否和他一样注意到了眼前这一幕。可他发现自己正孤身一人坐在长椅上，那个男孩不见了。于是，他开始扫视人群，寻找那四个孩子——那通魔术般操作背后的四个参与者。

他们早已消失得无影无踪。不过现在，他注意到了，有更多人，正在这繁忙的集市中，以同样高超的手艺，对他们的受害者下手。在目睹这一切之前，这个广场在查利眼中，宛如一片三叶草地：宁静安详，普通寻常。但现在，他的目光已经聚焦，可以看见成群的蜜蜂，正在这片三叶草地上采集着丰富的花蜜。他好像发现了一个秘密的蜂巢——原来，让·饶勒斯广场，在一个繁忙的星期二早上，就是一片扒手的乐园。错愕不已的查利，举起他的钢笔，给鼻子挠痒痒——然而好像哪里不对劲。他低下头，才发现自己手里拿的是什么——钢笔不见了，他手里拿着的竟是一根木棍……

第2章

有那么一刻，查利感觉自己从未拥有过一支犀飞利帝国钢笔，他一直用的都是手中正握着的这根小木棍。他幻想着自己的父亲及其随身助理们，一直在百般迁就这个可怜、昏头昏脑的孩子和他心爱的小木棍，直到合适时机，把他平安转交给疗养院。万幸的是，这个幻想很快就消退了，查利又回过神来。

有一点可以肯定：他的钢笔不见了。就像那个男人的手表、钱包一样，被偷了，可是，这一切是怎么发生的呢？

广场上传来一阵嗡嗡声，将查利从沉思中惊醒过来。一些赶集的人，正用法语冲几个在广场上闲转的警察大喊大叫，他们反复说道：“AU VOLEUR！”查利之前认真地做过基础法语练习题，所以知道这个词是小偷的意思。他双眼环视着乱糟糟的广场，以及赶集的人们。人们闻声不再细看商贩们的货摊，而是开始检查自己的口袋和钱包。这时，左边不远处闪烁的蓝白光，使他注意到广场边缘正在发生的一起小冲突。就在那里，他看到了刚才一直在观察他写作的男孩——那个身穿白色T恤和蓝色牛仔裤的男孩，那个一边看他写作一边心不在焉地用木棍在长椅上刮来刮去的男孩。

查利结结巴巴地说了几句，他的大脑神经正在忙着梳理刚刚发生的一连串事件：钢笔，手持木棍的男孩，钢笔不见了，木棍还在，男孩也不见了。这些画面，接连不断地在查利眼前闪现，好似一个特别不耐烦的老师不停地拿出一张张教学用的闪视卡片。等他缓过神来，男孩已经从和身材魁梧的警察的扭打中逃脱。

广场周边有很多主干道，它们就像鲜花的花瓣一样，以广场为中心向四周发散。男孩逃脱后，拔腿就跑向其中一条主干道。他吸引了广场上大部分警察的注意力。警察们迫切地想要抓住男孩，所以一群穿着黑色警服的警察从广场上狂奔而出，去追这个身穿蓝色牛仔裤的偷笔小贼。

查利一跃而起，把作文本卷起来夹在胳膊底下，迅速地追向奔跑的警察。他产生了一种奇怪的感觉，觉得这个男孩是专属于他的，警察们在追逐他的小偷。

“等等！”查利大声喊道。但似乎没人听到，即使他们听到了，也不大想理会他。

小偷由于撞翻了书店前的一个货摊，在希比街上停了一下。就是这短暂的停顿，使得查利终于追上正在抓捕的警察。货摊上的一大堆书从人行道滑落到了马路上。男孩挣扎着爬起来。这时，四个警察中有两个不够机敏，被书绊倒，撞在一起，无法继续追捕。查利机警地躲开了障碍物，紧跟着前面两个警察。路边一个违法兜售开心果的妇女，一看到警察，便慌张仓促地收拾起地上的货物，快速地藏起来。

这条街与书店几米外的三法师街相交，形成一个十字路口，加上车流熙攘，所以路况比较复杂。穿白色T恤的男孩应对自如，非常熟练地像斗牛士躲避公牛的顶撞那般，在嗡嗡作响的小轮摩托车和标致轿车之间穿梭。他的追逐者，既没有他的敏捷，也没有娇小的身材。其中一个警察，撞上了两个男孩骑着的黄蜂牌小型摩托车。摩托车被撞得嗡嗡响，滑出了人行道。其他车辆见状后，紧急踩刹车，车轮与地面快速摩擦，发出刺耳的刹车声，穿破云天。

“不好意思，不好意思！”查利一边有礼貌地说着，一边冒着危险跑过十字路口。作为一个总领事的儿子，他时刻注意保持着风度。不过，他遇上了麻烦，收到了司机们一连串的大声辱骂。幸好，他的法语水平很有限，很多词也听不懂。来到安全的人行道上，查利看见那两名警察已成功抓住男孩。一名警察抓住男孩的衣领，另一名警察正在搜查他的口袋。

警察说着法语，生气地大声吼叫。男孩不停地摆着手，一遍又一遍地说：“不要讲法语！”警察从男孩裤子前面的口袋里缴获了一支钢笔，正是查利的钢笔，然后拿着它在男孩面前晃来晃去。这时，查利也赶到了现场。

“皮夹子在哪儿？”一名警察用口音很重的英语询问道，“你还偷了什么？”

“没有了，我发誓！”男孩喊道，“我就是偷了一支钢笔而已。”

查利气喘吁吁地插嘴说道：“这是我的钢笔！”

空气忽然凝固了，三个人同时扭头看向这位刚跑过来的人。

“很好，”其中的一名警察以骄傲的口吻说，“我们找到受害者了。”

就在这个时候，查利说了一句连他自己都没预料到的话。他说：“这个男孩不是小偷。”

“什么？”其中一名警察问道。

“我说，他不是小偷。”查利回答道。

“他肯定是小偷。”另一名警察说。

查利深吸一口气，然后说：“这是我给他的钢笔，我把自己的钢笔送给了他。”

另一名警察仍牢牢抓住男孩，看着查利，揶揄道：“你送给他的？”警察的上唇边有一缕淡淡的胡须。

“是我给他的礼物，”查利说，“你们放开他吧。”

尽管警察的注意力已经完全集中在查利身上，他们仍抓着男孩不放。

“你是谁？”一名警察问。

行文至此，或许应该暂停一会儿，并向读者保证，文中每一处用浓重法式口音说出的英文（就像以上对话中的那样），并不是在故意拙劣地模仿法国人说话的样子。这将是最后一句有口音的例子。让我们这样想吧，每当文中写到一个人在用法国口音说英语时，这个人嘛，一定是在尽自己最大的努力讲好并非自己母语的语言。我相信你的想象力足够丰富，能够自行脑补这样的细节。

查利回答说：“我叫查利·费希尔。”然后用手指了指笔杆，上面用优雅的草写体刻着他的名字。

于是，警察慢慢地不情愿地松开了男孩的衣领。男孩身子一斜，往后退了几步，抖抖肩膀。和警察一样，他也惊讶地看着查利，似乎有点不太敢相信。事实上，他受惊过度，以至于警察问他话时，他过了半天才回答上来。

“这是真的吗？”一名警察问。

“是……是的，”男孩结结巴巴地回答道，“当然是真的，这就是真相。”他低头看着钢笔，好像是第一次见到它似的，“非常感谢你送我这支笔。”

查利笑了笑：“不客气。希望你能好好用它。”然后他使自己冷静下来，眼睛看着警察，说道：“你们可以走了，这里没什么问题啦。”

两名警察互相交换了一下眼色，眼里满是困惑，过了好一会儿，其中一人才准备开口说点儿什么。然而查利马上制止了他，并挥手示意他们离开。“说实话，长官们，”他说，“你们肯定有更重要的事情去做。”

“好吧，”其中一名警察终于同意了，“如果你们说的话是真的。”

“是的。”查利确认道。

“好吧，那么……”另一名警察说。

“先生们，祝你们一天都美好！”查利大声说道。

两名警察站了好一会儿，仔细地盯着两个小家伙，好似要把他们脸上的每一颗雀斑都记在心里。一名警察用法语嘟囔着什么，另一名则小声地笑着，随后俩人大步走开。

那个穿白色T恤的男孩，由于方才的骚乱，棕色头发落至额前，遮住了眼睛。警察刚刚离开，他便用那双被头发遮住的眼睛打量着查利。他低头扫了一眼仍旧攥在手里的钢笔。“我真的可以留下它吗？”这是警察离开后男孩说的第一句话。

查利听后哈哈大笑。“可以，不过有一个条件。”他说。

“什么条件？”

“给我演示一下你是怎么做到的。”

男孩名叫阿米尔，来自黎巴嫩——反正他是这么介绍自己的。他带着一种特有的自信介绍自己的名字和出生地，不过，这种自信只会让人产生怀疑。

他没说自己姓什么，查利也没去追问。男孩说自己一开始并未打算偷这支钢笔，也寻思着不应该从查利手上偷走它。然而，在看到查利用它创作出那一行行文字之后，他突然很想得到它，仿佛这支笔，就是查利凭空创造的那些奇异故事的灵感源泉。

“所以我就偷了它。就这么简单。”

他们俩一起走过几个街区，来到一处喷泉池，觉得池边是坐着休息的好地方。查利满脸狐疑地看着自己的同伴，说道：“这看起来一点都不简单，我的意思是钢笔明明在我手中。”

“我不知道该怎么告诉你。是，钢笔是在你手中拿着，但是你当时的视线转移了，不是吗？你的注意力并不在笔上。”

“可我并不需要一直看着笔来确认它是否在我手上。”

男孩做了个鬼脸，意思是再继续反驳的话很不礼貌。

查利笑了笑。“那么，把笔还给我吧。”

“还笔？”男孩皱着眉头，低头看看那支犀飞利帝国钢笔。笔尖从他裤子的口袋里露了出来。

“我会还给你的，不要担心。”

钢笔和木棍（查利一直拿着木棍作为此次偷窃事件的纪念物）再次变换了主人，这已经是今天的第二次了。查利右手握着钢笔，握得特别紧，仿佛正在用它写字。

“再做一遍。”查利低头看了看男孩手里的木棍。

阿米尔笑了。“我现在做不了。”

“为什么啊？”

“因为你已经识破我了。”

“识破？”查利问道。

“对，你已经对我起了警惕心。你知道我准备动手行窃了。”男孩舔了舔嘴唇。他的下巴上有淡淡的胡须，两颗前门牙略微倾斜地吊在牙龈上。

“那好吧，”查利说，“我会表现得什么都不知道。”

男孩似乎认可这个主意。他说：“就按你说的那样，比方说，你现在正在写作。”

“嗯，好的，”查利边说边从胳膊底下抽出作文本，“我马上照做。”他打开作文本，翻到一张空白页，手里拿着钢笔，悬在本子上方，准备动笔写字。他迟迟不动笔，眼睛还时不时地瞥向坐在身旁的男孩。男孩并没有动手。

“嗨，你得写些什么。”阿米尔说。

“噢，”查利说，“好的。”

他开始写自己的名字：查利·费希尔……

哗啦！一道墨水哗地泼到纸上，只见阿米尔的手嗖一下伸出，粗暴地从查利手中拽走了钢笔。查利瞪了一眼他的同伴。“不带这样的。”他抗议道。

阿米尔哈哈大笑个不停。“这是最简单的方式，”他说，钢笔在指间欢快地转着，“打完就闪，就像一个爱干粗活的工具。”

“请你假戏真做，就像你之前用木棍做的那样。”

“好，好，”阿米尔一边说一边把钢笔还给查利，“这次是真的啊。”

钢笔尖又一次悬停在作文本上方，查利开始写他的名字。令他惊讶的是，这一次本子上没有墨水了。笔尖在纸上不停移动，唰唰作响，却没留下任何痕迹。查利检查了一下钢笔，确定它不是木棍，的的确确就是钢笔。于是，他抬头看了眼阿米尔。

阿米尔手里正拿着墨囊。

“你是怎么……”查利倒吸一口冷气，“我不相信。”

男孩耸了耸肩，似乎在说信不信由你。“那就别信，”他说，“你能把笔还给我吗？”

查利默默地把空笔杆交了出去。拿到笔杆后，阿米尔马上拧开装上墨囊。

“其他的你也认识吗？就是集市上的那些扒手？”过了一会儿，查利开口问道。

“应该吧。”男孩答道。

“你可以告诉我，我什么也不会说出去的。”

打完就闪，就像一个爱干粗活的工具。

男孩摆弄了一会儿钢笔，然后说："或许，我应该先问你一个问题。"

"好呀。"查利说。

"你为什么没有揭穿我？"阿米尔问。

"我为什么没什么？"

男孩解释道："就是警察抓住我那会儿，你为什么要掩护我？"

"我是出于好奇，"查利回答道，"而且，你看起来不像坏小孩。你不该被警察抓走。"

"可那个时候你并不知道啊。"

"我有直觉。"查利笑了笑，说道。

"你可能是太善良了，查利·费希尔，"阿米尔说，"或许你并不那么会看人。"

"我觉得自己看人还挺准。"

"我偷了你的东西，我就是个罪犯。"

"可是你与众不同，你能做一般人做不了的事情。"

阿米尔耸耸肩，摆出一副满不在乎的样子。

"教教我吧，"查利说，"教我像你一样偷东西。"

男孩吹着口哨，摇摇头。"我不能教你，查利·费希尔。很抱歉这么说，但你我是不同世界的人，你是个平常人，而我是一个工具，不能混在一起。"

"一个工具？"

"一尊加农炮，一个票贩子，一个奇才。"

"还是听不懂。"

“扒手的意思，查利。我是一个小偷。你呢？你是一个善良的美国小孩，写故事的作家。你最好还是维持现在这个样子。”

查利并没有被吓住。“那么或许……”他挺起胸脯说，“毕竟这是我的钢笔，或许刚才我没有向警察讲清楚事情的经过。”

“你不会去告状的。”阿米尔说。

“我会的。”查利说。离他们俩几米远的地方，有两名警察正在繁忙的大道上指挥交通。“那两位看上去还挺和善的哟。”

阿米尔和查利同时看向那两名警察，一时间相对无言。马赛大街上的嘈杂声裹挟着他们。阿米尔继续在指间敏捷地转动着钢笔。

“你让我不知如何是好。”阿米尔最后说，他舔了舔嘴唇，皱了皱眉，“我太难了。”

查利耸耸肩说：“拜托。”

“我会考虑一下的。”过了好一会儿，穿蓝色牛仔裤的男孩才开口说。

“在哪儿？什么时候？”几乎没等阿米尔说完，查利便开心地尖叫起来。

阿米尔无奈地摇了摇头。“这不是一般的事儿，我得想想，确保万无一失。这样吧，明天我去你家，到时给你演示一下，成不？”

“没问题。”查利说着，伸出手，阿米尔又好气又好笑地和查利握了握手，然后站起来，把新斩获的钢笔插进牛仔裤的口袋里。

“再次感谢你的礼物，查利·费希尔。”他边说边一本正经地鞠了个躬，“下次见。”库尔贝尚斯大街上挤满乘客的有轨电车，在铁轨上咔嗒咔嗒作响。阿米尔跑过去追赶电车，唰一下就跳上了电车的侧板，用胳膊钩住扶手。他转过身向查利挥手告别，紧接着电车便消失在了视野中。

查利看着他离去，惊叹于他的每一个熟练而敏捷的动作。他想，要是自己也拥有如此优雅敏捷的身手，要是自己也拥有这样从容不迫的自信，他的生活该会怎么样呢？不不，他是查利·费希尔，一个没有朋友的美国小孩，马赛普拉多大道上的一个三流文人。想到这儿，他突然意识到一个问题——

“等等，”他大声喊道，此时电车早已消失，“你还不知道我住哪儿呢！”

第3章

所以，查利再一次被阿米尔骗了。想到自己竟试图讨好一个老练的小偷，他觉得自己活该被骗。他父亲曾经批评过他，说他总爱在错误的地方寻找伙伴。父亲警告过查利，如果他继续这样下去，将会永远孤身一人。查利和那个小偷之间发生的事儿，恰好再次证明了这个理论。他父亲如果知道他把钢笔送给别人了，肯定会勃然大怒。父亲把这支钢笔作为礼物送给查利，是希望它作为传家宝代代相传的。而查利拿到手还不到一年，就把它弄没影儿了。

查利气呼呼地从库尔贝尚斯大街走到卡奴比埃尔大街，随后从那儿一直走到马赛旧港。港口边，船桅林立，如一片松林，漂浮在波光粼粼的水面上。游客们挤在码头上，沐浴在阳光中，排着望不到尽头的队，等待乘坐渡轮前往海岛。

查利和他父亲约了午饭，他现在已经迟到了。他们约好下午一点半在码头附近的美丽华餐厅碰面。如今，在亲身经历了马赛广场上的黑暗交易后，查利本能地把手插在自己的口袋里。突然间，所有人都变得面目可疑。一个女人，手拿一束气球，气球高高飘起，几乎碰到了路灯。查利经过时，女人向他行乞。他吓了一跳，卡其色裤子口袋里的手插得更深了。甚至连无辜的卖肥皂小贩，在查利眼里，也成了可疑人物。因为他穿着布列塔尼条纹衫，戴一顶弗里吉亚小帽，活像从马奈的画里跳出来的人物。当查利终于走到餐厅的户外用餐区时，他的神经已经紧张到无以复加的程度，连“我要找我爸爸”这句简单的法语，愣是对着餐厅经理说了半天才说清楚。谢天谢地，费希尔父子是美丽华的熟客，他话刚说到一半，餐厅经理就一挥手，让他进去了。他被引至餐厅的一个角落。那里，他的爸爸，老查尔斯，正在专心致志地“围攻”一座海鲜塔。查利一边走一边在心里暗自决定，坚决不告诉爸爸钢笔被偷的事情。他宁愿在几个月后，等爸爸自己发现，也不想现在就挨爸爸一顿臭骂。

“对不起，我来晚了。”查利说着，慢慢挤过去坐进他爸爸对面的椅子上，“路上耽搁了。”他紧张地抓起餐巾，塞进怀里，差点儿打翻了水杯。

“嗯。”老查尔斯·费希尔说。他刚把一个超大只的生蚝滑进食道，不方便讲话。他用餐巾拭去沾在胡须上的卤水，正准备开口时，却被儿子突然打断：

“我把钢笔送人了。那支犀飞利帝国钢笔，我把它送人了。”这些话像瀑布般从查利嘴里泻出。那个坚决不说的计划，泡汤了。不过，坦白之后，他心里畅快多了。

老查尔斯已经忘了自己原本要说的话。“你怎么了？”他转而说。

“我把钢笔送人了，就是你送我的那支钢笔。”

“那支犀飞利帝国？”

“没错。”查利说。

“刻了你名字的那支笔？”

“对的。”查利说。

“好吧，看在上帝的分儿上，为什么啊？”老查尔斯一脸难以置信地问道。

查利从海鲜塔上挑了一只大明虾，塞进嘴里，为自己争取时间，来思考到底是把真相全部告诉父亲，还是继续保持沉默。待他吞下口中的食物，并喝了一口气泡水后，他已下定决心。“我把它送给了一个确实很需要它的人。”他说。

“一个很需要它的人？”

“特别需要。”

“需要用它来干吗？记东西吗？电话号码还是什么？”

“事情就是这样的。”查利说着，又塞了一口虾。

老查尔斯生性多疑。“那你为什么不借给他呢？”他不依不饶地问。

第二只明虾下肚，查利想出了一个新的策略。“你一直教育我，要对穷人抱有慈善之心。”

“好吧。”老查尔斯意识到自己绕进了一个死胡同，“好吧。”他也在回答之前，用海鲜塔上的双壳贝，为自己赢取时间。“好吧。我说的慈善，不是用一支价值五十美元的钢笔，而且还是刻有名字的特制钢笔。”他深深叹了口气，说，“查利，那是我送给你的礼物，一份很贵重的礼物。你把它给谁了？”

“街上的一个男孩。在让·饶勒斯广场上遇见的。”

“街上的一个男孩，”他爸爸重复道，“而这个男孩很需要用它来记一串电话号码。”

“是的。”

“想必他还需要用它记很多电话号码。事实上，他需要用它记一辈子的电话号码。”

查利又夹起一只明虾，在酱汁里浸泡了一会儿，送进嘴里。“嗯”便是他的回答。

“我斗胆一猜，”老查尔斯说，“这个男孩，你渴望和他交朋友，对不对？”

查利感到自己脸红了。是这个原因吗？“我想是的，爸爸。”他说。

“我可以告诉你，在任何时候，任何地方，你都不可能通过贿赂获得真正的友谊。真正的友谊是靠自己争取来的。”他手里拿着海鲜叉，叉尖指向查利。老查尔斯唇上有一缕小胡子。胡子是棕色的，正在慢慢变成灰色。他那精心拾掇、涂满发油的头发，也在慢慢变得灰白。他身穿精纺灰色西装外套，这是他日常的着装，衣领里还塞了一条餐巾。眼角处、嘴边的皱纹，让我们看得出老查尔斯已经是五十二岁的人了，尽管地中海气候的滋润，使他气色红润，倍显精神。要知道，来马赛前，老查尔斯曾长期任驻爱尔兰都柏林特别领事，那段时间，他的肤色一直苍白得吓人。“听着，”老查尔斯继续说，“有个活动……”

“我不想去。”查利说。

“听我说完。”他父亲说。

查利夹起最后一只明虾，吃了，然后说：“我不想去。”

“这礼拜六晚上有个活动，我相信你会喜欢的。很多和你同龄的小朋友都会过来。”查利的父亲朝服务员做了个手势，服务员马上优雅地走向餐桌，迅速收拾完空的海鲜塔。“法尔茅斯子爵的儿子现在就在马赛，准备举办一场派对，庆祝他的九岁生日。子爵先生请我出席，你也在受邀之列。”

“不想去，谢谢。”查利说。

老查尔斯继续说着，好似刚才并没有听见查利的回答：“我好像听他们说过，当天晚上会有骑小马和小丑表演。”

这些诱惑还不值得查利去积极响应，你们知道的，查利已经十二岁了。不管怎么样，骑小马从来都不是查利的菜。

“来的小朋友们，都和你差不多大。到时候会有很多很多小朋友，我会亲自介绍给你认识的。放心吧，他们都会说英语。”

“算了，谢谢。”查利说。

“查利，有的时候，你得学会变得圆融一些。作为美国驻马赛总领事的儿子，参加各种活动，从某种意义上来说，也是你的义务。”服务员又过来了，端来了一碗法式杂鱼汤、一份煎蛋卷和炸薯条。杂鱼汤放在老查尔斯面前，煎蛋卷和薯条则是给查利的。老查尔斯解释说：“你来晚了，我擅自做主为你点的。”

幸好这个时候饭来了，因为查利不知道该怎么回答父亲。

为什么他不想参加呢？有谁会不愿意参加皇室举办的派对，并面见皇室成员呢？也许这是因为母亲的背叛，或者他那一个接一个、永无止境的“假期”，使得他对这样的社交聚会心生反感。这倒不是说查利因为无知或害怕，才拒绝这样的场合。不，实际上，类似的活动，他之前已经参加过多次了。特拉维夫的晚礼服成年礼、德里草坪上的游园会、阿根廷皇室举办的盛宴……在这些活动上，食物和娱乐都是免费的。与会的人们，衣着华丽，举止优雅。

这一切都很棒，喜气洋洋的，令人兴奋。然而，查利从来没有和那些彬彬有礼、衣冠楚楚的大人坐在一起过。他总是和小孩们——那些贵族后裔坐一桌。在他们身上，人性最恶劣的一面，展露无遗。

查利在现实生活中遇见过的公主，比你在故事书上读到过的还要多得多。他可以向你保证，她们一点儿也不像迪士尼动画中的那些公主。她们个个儿都是被宠坏了的，非常恶毒。她们说话的方式十分傲慢无礼，故意拖着鼻音，还好似互相竞赛般地动不动就发脾气。

她们的名字都是尤金妮娅、拉维妮娅、埃尔希诺之类。她们极少会纡尊降贵，主动和查利交谈。即便好不容易开了金口，也只是短短地客套几句，而且她们全程高高昂着头，好像查利身上裹了一块腐臭烂肉似的。至于王子们——哈里们、亨利们、海因里希·冯·斯派克伯格们——他们和你们想象中的白马王子一点儿也不沾边。他们开着昂贵的跑车，但这些跑车在他们眼里就像火柴盒模型，就像压铸玩具，碰坏了就立马换成更新、更闪亮的。他们在餐桌上打嗝放屁、弓腰驼背。他们滔滔不绝地谈论着自己在不同地方交往过的不同女孩，仿佛她们是他们收集来的小玩意儿，玩过后便可以随便抛弃。他们对腼腆内向的查利相当粗暴无礼，查利在他们眼中，只是一个平民，某名美国外交官的儿子，一个攀附者。

老查尔斯对儿子的沉默非常了解。这不是查利第一次表现出社交恐惧倾向了。

“我懂的，”他说，“我知道这对你来说很难。但你必须再努力一点。查利，你是个很讨人喜欢的孩子，你只是还没遇见对的人。”

“好吧。”查利说。

“如果你一直躲着不见人，你怎么可能遇到对的人？”

“我知道的，爸爸。”查利说，“或许，我只是还需要点时间。”

他父亲点点头，默默地喝起他的鱼汤。查利则吃着自己的午饭。他俩之间的空间，被餐厅轻柔又欢快的人声填满。这种声音是法国餐厅里特有的，尤其在法国南部，天气炎热，午后时分，人们享受着室内的清凉，一边慢慢吃着鱼、贝类，喝着粉红香槟，一边悠闲地交谈。费希尔父子埋头吃着午餐，除了查利向一位路过的服务员要了一杯石榴汁饮料外，两人都不怎么说话。饮料来了，查利一饮而尽。老查尔斯最后又喝了一口鱼汤，放下勺子，从领口取下餐巾。

“回去工作了，”他说，“还有文件要签，护照要发，手要握，关系要搞。”他对服务员做了一个手势。小票送来后，老查尔斯数好钱，放在托盘上。接着，他从夹克内口袋掏出一支笔，递给儿子。“这是酒店的笔，”他说，“虽然代替不了那支犀飞利，但我恐怕紧要关头你得用它将就将就了。别再把它送人了。”

查利笑了笑，接过钢笔。爸爸冲他眨眨眼睛，并拍了拍他的后背。查利看着爸爸离去，转身走向服务员。

“你好，先生，有什么需要吗？”

“麻烦再给我来一杯石榴汁。”

服务员把石榴汁端来以后，查利一边默默喝着，一边摆弄新钢笔。他试着像阿米尔一样用手指转动钢笔，但发现钢笔一转就掉。

我们不妨先让查利一动不动地坐在那儿，胳膊肘（随意地）搁在桌子上，这支小塑料钢笔则不停地从他的指间跳出来，就像囚犯从岛上监狱逃跑一样。我们继续让查利保持这样，但得给他换个地方。现在，场景发生了变化。此刻已是第二天的下午，我们所在的位置，是马赛旧港南边不远处一个叫普拉多的地方。向当地人问路的话，他们会建议你要么沿着天堂街走，以避开拥堵在港口的游乐船和捕鱼小艇，一直走到丁字街路口，便是普拉多大道，道路宽敞明亮，两旁绿树成荫；要么爬上俯瞰圣让堡和法罗宫的小山丘，山丘上圣母加德大教堂那斑马条纹形的长方形会堂，高数英尺[1]，宛如插在生日蛋

[1] 1英尺约为0.3米。——编者注

糕上的蜡烛，而这块蛋糕就是伟大的马赛市。山丘下，沿着地中海，有一条滨海大道。极目远眺，雄阔壮观的地中海清澈碧绿，波光粼粼。海中央是伊夫岛和弗柳尔岛，岛上光秃秃的，没有植被。顺着山崖的滨海大道，一直往下走，然后再向东拐，会遇到一尊巨大的米开朗琪罗的《大卫》复制品，矗立在环形交通路口，它被赋予了指引交通的角色。这个路口前面就是普拉多大道，背后就是大海。或者，最好还是打车过去。

在那个时代，普拉多大道，是马赛最具特色的一条街。这条宽阔的大道，两边长满枝叶繁茂的悬铃树。斑驳阳光洒落在喧嚣的车流上。路面上行驶的都是最精致、豪华的轿车。林荫大道两旁，是一排排石头别墅。别墅面向街道的巴洛克式前墙，掩映在高悬的常春藤和金银花丛中，好像披了一条花毯。别墅庭院四周围了一圈高大的锻铁栅栏。费希尔一家就生活在这样的一座大宅里。

这座宽敞气派的房子，一共三层高，带有好几间客厅。此刻，查利就坐在其中一间客厅里，好似从美丽华餐厅一下子飞到了这儿。他的胳膊仍（随意地）搁在桌子上，他的手仍在不停地旋转钢笔。不过，查利现在的转笔技术好多了，钢笔可以在他的指间绕来绕去了。这大概是因为，从昨天到今天，他花了大量的时间，不停地练习。而这些时间，他本应该用来做作业的。他的家教西蒙也试着提醒过他，但没用。对了，西蒙此时也在客厅里。

“查利，你能把笔放下来，专心一会儿吗？”西蒙问道。

“好的。”查利说着，把塑料钢笔（笔杆上印着：欢迎光临！法国巴黎鲁泰西亚酒店）从无名指绕到小拇指。这是所有转笔动作中难度最大的一种。

“你还没把笔放下来。”西蒙说。他说的是事实。

查利没能完成那套动作，笔“啪嗒”一声掉在了桌面上。

“谢谢。”西蒙误把查利的失误当作了顺从，“现在，我要指出你经常犯的一个错误。”查利的作文本摊放在他们面前，西蒙正忙着剖析查利写的一篇小故事，仿佛它是摆在实验室托盘上的一只青蛙。“你还记得什么是悬垂修饰语吗？”

“一个装修工吊在悬崖上吗？”查利咧嘴一笑，问道。

西蒙并没有笑。事实上，西蒙很少微笑。这让查利很是意外，因为西蒙似乎过着非常丰富多彩的生活。他是一名研究生。在查利这种十二岁男孩眼中，大学生们既可以独立自主地生活，又不需要承担真正的责任，简直身在天堂。现在，他正在休间隔年[①]，住在费希尔家，吃住免费，只需一天三次给查利上上英语、法语和地理课。此外，他还享有健康津贴和一周休三天的待遇。西蒙留着山羊胡，戴着厚厚的黑框眼镜，穿着奇装异服，一副避世派潮人的打扮。除此之外，他来自曼哈顿，会弹古典吉他，最近和一个名叫塞西尔的法国姑娘走得很近。他为何要摆出一副古板严肃的姿态，真是猜不透啊。

“悬垂修饰语，是一个短语，一个描述性短语，不修饰

① 间隔年：Gap Year，一些年轻人升学或毕业之后、工作之前，会做一次长期的旅行，或者做一些与专业相关的工作或志愿活动。——译者注

句中的任何成分。”西蒙枯燥地解释道，他望向大落地窗外，“比如说：‘爬上篱笆后，离地面太高了，男孩不敢往下跳。’‘爬上篱笆后’这个短语，并不是修饰离地面的距离，而是修饰……”西蒙停顿片刻，说：“有个男孩爬上了篱笆。”

查利顺着西蒙的目光看去，发现他编的这个句子，无论有没有悬垂修饰语，都是对的：窗外确实有个男孩爬上了篱笆——那是一道高约十英尺的铁栅墙，被厚厚的灌木丛环绕着，遮挡了普拉多大道上繁忙的街景——他正吊在墙顶，胳膊环抱住尖顶饰。男孩和客厅落地窗之间还隔着费希尔家修剪齐整的大草坪，约有四十英尺的距离。但即便隔了这么远，查利还是一眼认出了这个男孩就是阿米尔，那个小偷。

查利还没来得及开口，西蒙已经大步走向那扇通往草坪的法式落地玻璃门，大喊道：“喂！你在那边干吗？”

“等等！”查利大喊着，从椅子上跳起来。

“这里是私人住宅！”西蒙继续喊道，一边喊一边以专业家庭教师特有的方式，挥舞着一根手指，表示谴责。

吊在篱笆上的阿米尔不为所动。他看见查利后，开心地笑了。“嘿！”他伸出另一只胳膊，朝查利挥挥手。

西蒙正准备叫保安，查利跑到他身边，对他说：“等等，西蒙，我认识他。”

“你认识他？”家教气急败坏地说，一脸不可思议。他回头看向阿米尔：乱糟糟的棕色头发，脏兮兮的斜纹棉布裤子，褪色的粉色衬衣，笑起来一口歪牙。即便如此，他的疑虑却莫名消失了。“好吧。”他说，“但他吊在篱笆上干什么？他不能直接到大门口叫门吗？”

“他确实是个怪人。”查利回答道，说完，便穿过草坪，向他的朋友跑去。

“等等！”西蒙从敞开的落地玻璃门后大喊，“你还在上课呢！”

“爬上篱笆后，”查利朝身后大喊，“男孩发现离地面太高了，不敢往下跳！非悬垂修饰语！”

“也没那么高啦。”查利赶到后，阿米尔说。仿佛为了证明自己的话似的，他麻利地松开胳膊，轻松地从篱笆上跳了下来，落在地上，如同一只灵活的松鼠。他站起来，直起腰，向查利伸出手，表示问候。“你好，查利！”他说，“这地方不错嘛。”

“你怎么找到这里的？”

阿米尔拍了拍双臂，像是在整理着装，然后吹了一声口哨。“哈，我现在置身上流社会了。你来自——怎么说来着——对了，名门世家，查利·费希尔。”

“谢谢，我……”查利突然对自己的社会地位感到不好意思起来，“其实，这都是我爸爸的。这房子对于我们来说，确实有点太大了。我更喜欢小点的房子或者……不过，话说回来，你怎么找到这儿的？”

“对我阿米尔来说，在马赛没什么秘密可言。”

查利仔细打量了一会儿阿米尔，然后说：“好吧，欢迎来我家。”

“谢谢！”阿米尔说，但他的目光投向了查利的肩后，“看来是我打扰到你了。”

西蒙出现在查利身边。“哦，他吗？”查利说，“他是我的家教，我们刚刚上完课。”

“哦？我们上完了吗？”西蒙说。他向阿米尔做了自我介绍。阿米尔则好奇地看着他。

“我们可以结束了吗？”查利问西蒙，“我跟阿米尔约好在这儿碰面的。”

西蒙双手叉腰，深吸一口气，仿佛突然意识到这是一个温暖的午后，而自己却一直关在屋内。不远处传来海鸟的叫声，空气中飘荡着海水淡淡的咸腥味和茉莉花的清香。他不再阻止查利了。他看看手表，说：“好的，反正只剩十分钟了。”他直视着自己的学生又说：“课后能完成下周的阅读吗？”

“五十页，没问题的，老师。”

“还有你的作文也要开始写了。我们得拿出点成果来展示给你爸爸看，查利。”

“绝对没问题。”

“这就对了嘛，西蒙。”阿米尔在旁边插话道。

西蒙淡淡一笑。“有意思的朋友，”他说，“你爸爸同意了吗？”

“最好不要让他知道。”

一阵微风吹拂着树篱的叶子沙沙作响。隔壁别墅传来的音乐，透过一扇敞开的窗户，飘了进来。“好吧，”西蒙说，“今天天气确实不错，你应该出去好好享受一下。一个人不能只顾着学习。”

“这家伙要学的东西还多着呢，一切才刚刚开始。”阿米尔冲着查利眨眨眼。

西蒙高高扬起眉毛，一脸狐疑地看向阿米尔。查利赶紧插话打断：“你说什么呢，阿米尔。好了，我们……”他一时不知说什么好。“我们去弹弹珠吧。”

“弹珠？”西蒙说。他转过身慢慢走回屋里，一边走一边说：“在滚球场上弹弹珠时，下午慢慢变成了黑夜。”

“悬垂修饰语！”查利大声喊道，“下午悄悄地变成了黑夜，当男孩们在滚球场上弹弹珠的时候。”

西蒙赞许地晃动着手指，慢慢走出了他们的视线。

两个男孩看着他的身影消失后，阿米尔说：“准备好上一节真正的课了吗？”

“让我先去拿东西吧。”查利回答道。

第4章

跟随阿米尔穿行在马赛的大街小巷上，就像在深草丛里追踪一条受惊的蛇。查利尽他最大的努力扮演好一个英勇无畏的田野动物学家的角色，可他好不容易才能勉强追上小偷阿米尔的脚步。那个男孩身手敏捷地在川流不息的大街上闪展腾挪，在隐蔽的街巷穿进穿出，跃过一道道护栏。多少次，他们差点儿撞上往来的行人和车辆，招来一串串抱怨和脏话。查利，作为主要责任人，不得不一路大喊着跟人道歉。而阿米尔，很显然，他根本不在乎其他人对他的想法，也不在乎自己的行为对周围产生的影响。在查利眼中，他活得像火花一样光芒四射、闪亮耀眼。而查利只能像一面镜子，映出他的璀璨。

“跟上！”阿米尔大喊道。在一条混乱的街市上，查利差点儿跟丢了。一群戴着黑色头巾的阿尔及利亚妇女，面无表情地看着两个男孩。阿米尔刚刚跑过最后一个货摊，停下来站在几条小道的交叉口等着查利。

“我尽力了。”等到终于追上阿米尔时，查利说。男孩又准备拔腿开跑，查利一把拽住他的胳膊。“等一下，”查利说，“让我喘口气吧。”

“查利·费希尔，”阿米尔说（值得注意的是，这个男孩，在跑过马赛拥挤的大街小巷后，竟一点儿也不喘），“你连泥巴池子里的乌龟都追不上，还好意思喘气？”

“我平时没机会干这种事啊，”查利为自己辩解道，“我不习惯在人群中飞奔。”

阿米尔伸出胳膊，搭在查利肩上。“这是你要学会的最重要的一课：在人群中飞奔。”

“好的。”查利边说，边透过鼻孔快速地深吸气。

“只有在现形的情况下，你才需要跑。”

“现形？”

“意思是你被人发现了。有趣的词儿，‘现形’。就好像，你之前并不存在似的。在现形之前，你就像透明人一样。”

当他们静静站在街口时，周围是城市的一片喧嚣，仿佛一连串活动正在上演，而这一切都与他们无关。他们完完全全被这座城市给忽略了。“这就是你。在马赛，你什么也不是，查利。什么也不是。”

查利不自在地扭了扭身子。

“噢，对了，”阿米尔继续道，“我忘了，你是总领事的儿子，对吧？了不起。不，不，不。但在这儿，此时此刻，你什么都不是。我们什么都不是。我们只是这场景的一部分。”阿米尔用手比画着，指着周围的一景一物。一辆红色轿车在他们身旁短暂地停留了一会儿，随后沿着马路牙子往前驶去，继而消失在一条小巷内。巷子很窄，比马路牙子宽不了多少。有两个人正骑着快要散架的黑色吉坦尼斯牌自行车开心地聊着天，车轱辘咔嗒咔嗒地在铺满鹅卵石的街道上响着。他们的午饭——两条法棍面包和一根香肠，从柳条筐里露了出来。几码远的地方，几个身穿校服的小孩，正吵吵嚷嚷地争夺一本漫画书。“我们就像壁纸一样。”阿米尔说。

一个穿着干净、笔挺的三件套西装的男人，手提公文包，从他们身边经过。男人正注视着远处的某个地方。说时迟那时快，突然间，阿米尔一把将查利推到男人面前。

“嗨！”查利大喊道。

男人急忙闪开，愤怒地看着查利，用法语说道：“你往哪儿走呢，小屁孩！”接着拍拍西装外套，继续赶路。

“不好意思啊，先生。”阿米尔跟在男人身后说。然后，他看看查利。“瞧见没，刚刚，对于那个男人来说，你是某个人，和他产生了某些关系。但他走远之后，你又什么也不是了。这就是无我和有我之间的完美界限。不过，无我才应该是你向往的境界。干我们这行，你不能和任何事物产生关系。因为一旦你成了某个人，产生了某些关系时，你就必须迅速逃离了。”

查利笑了笑。“懂了。”他说。

“不，你还不懂，”阿米尔说，“但万事总有一个开始。”

他们在罗马路的路口乘上三号电车。路口中央矗立着一座纪念碑式的喷泉，是泥瓦匠朱尔斯·坎缇尼赠送给马赛的礼物。阿米尔和查利在两名售货员姑娘旁边找到了一个座位。姑娘们挪了挪位置，想离阿米尔远一点，她们似乎本能地意识到阿米尔的出现意味着危险的到来。不过，阿米尔靠着自己灿烂的笑容和风趣幽默的笑话，很快就让她们放松了警惕。至于查利嘛，他无论什么时候，只要看见女孩，就会感到极度的不适。阿米尔的轻松自在感染了他。他朝她们微微一笑，其中一个女孩也对查利粲然一笑。查利感觉自己的脸唰一下红了，只好低头盯着鞋。

阿米尔拍了一下查利的大腿。"好了，"他说，"看看这个。"

一个男人刚刚登上了电车。男人大约四十岁，看上去像是一名在马赛下午高峰时段通勤的职员。他的头发用发油向后梳得整整齐齐，身上穿着华达呢套装，手里拿着揉成一团的报纸。只见他手腕一抖，将报纸抖平，然后靠在电车里的一根立杆上，开始阅读起来。

"左踢裤裆，右踢裤裆，踢屁股。"阿米尔在查利耳边窃窃私语。他的手指不停地挥来挥去，一会儿指这儿一会儿指那儿。

"不好意思，你说什么呢？"查利问。

男人向两个男孩瞥了一眼，阿米尔赶紧看向窗外。等男人的注意力再次回到报纸上，阿米尔朝查利瞪了一眼。"左踢裤裆，右踢裤裆，踢屁股，"阿米尔压低声音说，"口袋。"

"噢。"查利小声说。

阿米尔又说了一遍那些神秘的话，这次他边说，边拍打着自己身上的不同部位：裤子左侧口袋，裤子右侧口袋，屁股口袋。“上衣坑。”他补充道，手做出一个滑进夹克内胸袋的动作。电车停了下来，一拨乘客挤下了车厢，又一拨乘客如潮水般涌了进来。穿华达呢套装的男人，虽被人流推搡着，但仍站在原地。查利看见车厢过道上走来一名检票员，正准备开始检票。

“阿米尔。”他小声说，朝着电车车头方向点点头。他们还没买票。虽然查利不常乘坐电车，但每次乘坐，他都买票的。不过，他也知道，很多人会逃票。这一次，他受到阿米尔的影响，也开始逃票了。真是天理难容。

阿米尔一言不发地站起来，趁电车出站时的颠簸，开始行动，佯装不小心碰到了那个穿华达呢套装的男人。

“抱歉。”他说。男人没搭理他。他又回到查利身边的座位，悄悄递了某样东西给查利。“衣穴，票券袋。”

查利低头一看，原来阿米尔已经为他俩搞到了一张车票。

一切都发生得太快了。检票员来到穿华达呢套装的男人身旁，随口就问他要车票。华达呢（我们且这么称呼他）把手伸进外衣的小口袋里——正好位于大口袋的上方——发现里面是空的。接着，他警觉地搜遍了外衣的所有口袋，一边这么做一边用法语连连道歉。

检票员的态度变得和天下所有遇到没票乘客的检票员一样：他用一种既百无聊赖又不带丝毫同情的语气对华达呢说，到下一站，就必须赶他下车了。接着，他掏出一个小记事本，舔了舔铅笔头，仿佛一个磨刀霍霍的屠夫，给男人写了一张罚

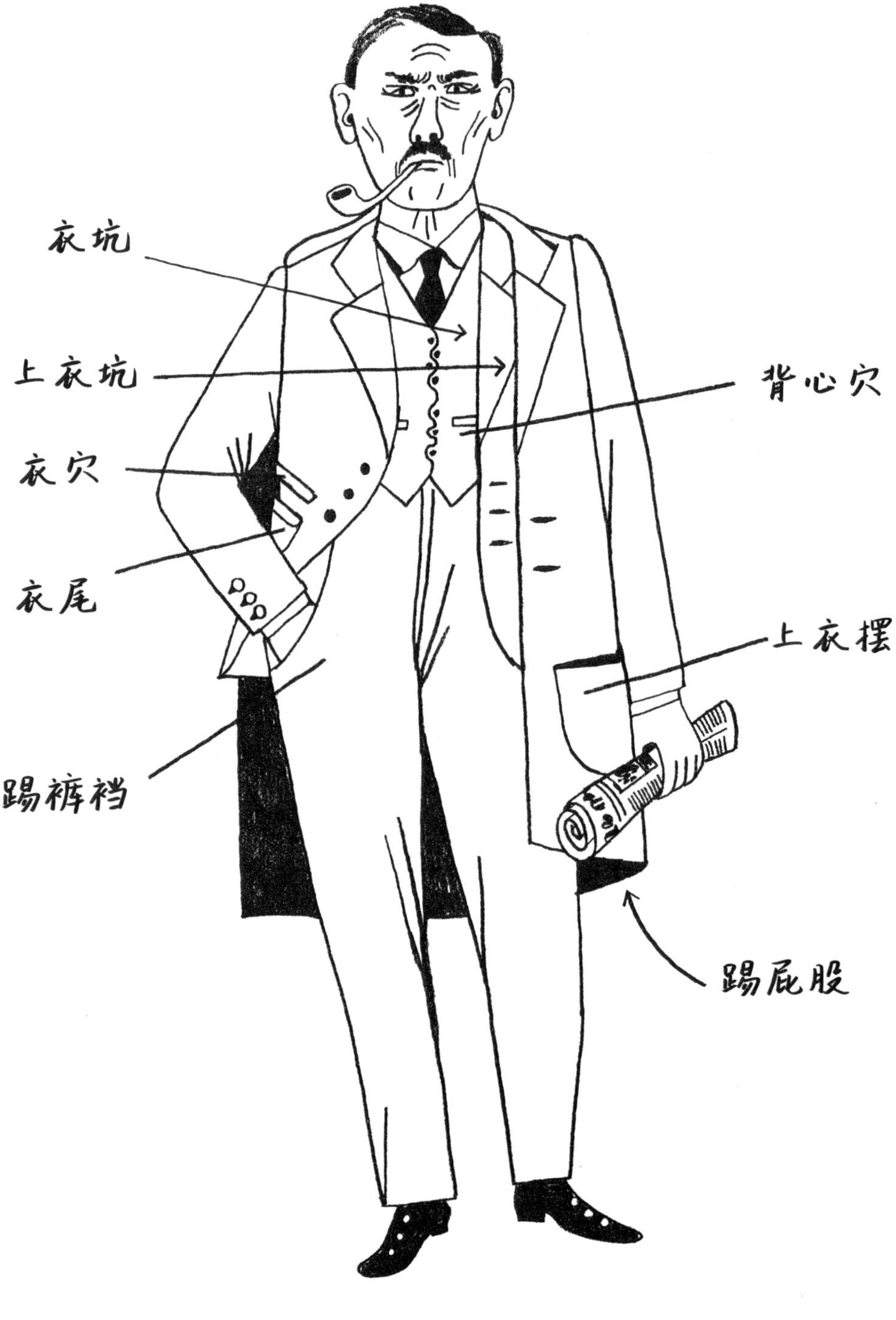

衣坑
上衣坑
背心穴
衣穴
衣尾
上衣摆
踢裤裆
踢屁股

单。而受害者只能绝望地看着他。

查利看不下去了。他抓起阿米尔递给他的那张偷来的车票走上前去。阿米尔生气地低声抗议着，查利却不理他。“他可以用我的票。”查利说着奉上那张黄色的纸质车票。

检票员扬起眉毛，停下了手中的笔。查利在脑中构思片刻，又用法语把话重复了一遍。检票员接过查利的车票，拿出一台打孔机，在票上打了两个小孔。

“给我的朋友也来一张。”查利指着阿米尔说。

“谢谢。”检票员一走开，那个穿华达呢的男人便说道。

“剩下的票也给你。”查利说，顺手把破损不堪的车票还给那个男人，“还可以再用几次。”

“你真善良，”男人用英语说道，“我不知道我的票哪儿去了。”

阿米尔抓住查利的衬衫，把他带到电车的最后一节车厢。“你搞什么啊？”

“我觉得挺对不起那个男人的。”查利回答道。

“你有什么对不起他的？他只是提前几站下车而已。”

“他会吃到罚单的，这样不太好。”

“噗，”阿米尔说，“他才不会交罚单的。现如今谁会交罚单啊。”

“哦，可是……”

“没有什么可是，查利·费希尔。不要为目标感到难过。他就是个易上当受骗的傻瓜。瞧你刚才的所作所为，你脸都不要了。一个超级加农炮是不会踢回奥库斯的，除非他被识破了。听到了吗？”

“你说的话我一个字也没听懂。”

电车拐弯时，车身剧烈地摇晃起来。车上的乘客们一下子都站不稳了，东摇西晃的。阿米尔叹了口气。

“我这是何苦呢？”他似乎是在问自己。

“对不起，这是一个反问句吗？”查利问道。

“嘘，查利，”阿米尔说，“我这么做，是因为你帮了我。如果你不愿意学，没关系。但是你帮助了我，然后你请我教你这些技能，所以我才这么做。”

“所以，谢谢你咯？”查利不知道该怎么回答他，“但是你教的时候，拜托讲英语好吗？”

“我讲的就是英语啊。”阿米尔说。

“可是这些什么坑啊穴啊加农炮啊之类的都是什么意思啊？”

“噢，对，”阿米尔说，“这些是黑话，你之后也得学会。”

此时，电车正驶过一条窄巷。巷子两边，商店橱窗鳞次栉比，墙壁上用糨糊贴满各种广告。随后，电车拐进旧港鱼市的宽石滩。天空湛蓝，是地中海天空特有的那种蓝。港口上，通向弗柳尔岛的渡轮，在密密麻麻的帆船中，热闹地往来着。准备乘坐渡轮的人，从售票窗口到大街上，排成了一条蜿蜒曲折的长队，引来了一群街头艺人和乞丐。查利透过电车落满灰尘的窗户，全神贯注地看着窗外的一景一物。电车缓慢地停了下来，发出喘气似的声响。

“那么，我们今天行动的第一个计划是什么？”查利问道，“这里看起来是个不错的……”他突然意识到自己是在和空气说话。阿米尔已经下车了。他看向窗外，发现阿米尔正站在一根水泥系船柱旁边恼火地看着自己。

伴随着一阵颠簸，电车再次启动了。查利迅速冲向车门，这时电车的门开始像手风琴风箱一样慢慢展开、关闭。他成功地将一只胳膊伸出车外，然后试图把身体其他部分也从车门的缝隙中挤出去。阿米尔一脸茫然地看着他。

“等等——停车！”查利呻吟道。电车司机开始不停地开门、关门，以为门被什么异物卡住了——而事实确实如此——只好靠重复的开关门把它甩掉。车门砰砰地撞着查利的前臂。终于，趁车门打开的时候，查利逃了出去，跌跌撞撞地来到了大街上。电车则继续往前开走了。

“动作优雅得很啊。”阿米尔说。

“你下车的时候也不跟我说一声。”

“观察。”阿米尔揉着太阳穴说，“你得学会观察，对吧？”

“今天一天都得这样吗？发生的每件事情都是在给我上课，告诉我，我是有多么不擅长干这一行。”

“每件事情都……”

“哦，拜托！”查利抗议道。

阿米尔调皮地捶了一下他的肩膀。“我开玩笑的。走吧。”说着，他向徘徊在码头广场上的人群跑去。

“哎哟。”查利揉揉胳膊，咕哝道。

一辆无轨电车驶过，短暂地遮住了查利的视线。它驶离后，比利时码头（Quai des Belges），便一览无遗地展现在了查利眼前。

你们中可能有人好奇，“Quai”这个词究竟该怎么读。其实，你可以选择以下三种发音方式中的任意一种：“kwei”“kei”“ki:”。这个词，意为“修建在水边，专供乘客上下、货物装卸的建筑物”，源自中世纪英语和中世纪法语，如今用在这个场景中，恰如其分。有人认为，那个最初决定用字母Q开始拼写这个单词的人，一定是在开某种玩笑。马赛旧港共有三座类似的码头建筑。港口自史前时代就已存在，因其地理位置优越，使用便捷，深受希腊水手们的青睐。这么多年来，它魅力未减。如今，水面上泊满游艇和渔船，岸上餐厅、酒吧、酒店林立。查利和阿米尔站在广场的灰色铺路石上，那是港口离海最远的一个广场。广场上除了他俩，还有很多人：一群穿栗色校服的学童，在广场上闲逛；几个穿卡其布军装的士兵，围成一圈，一边闲聊，一边抽烟；还有一名妇女，在兜售气球——当然，她几乎每天都在。无论是游客，还是当地人，不管他们是否情愿，都必须经过比利时码头。于是，这里熙熙攘攘，如同一个热闹的蜂巢。

“我想最好在最佳的位置，展示给你看。”阿米尔说着，做了一个手势，指向他的四周，“这里就是他们所说的最佳训练场。有很多容易的目标——虽然不一定是最肥的油水，但也还不错。这里是你成才的好地方。”他看见查利一脸困惑，赶紧补充说：“就是教会你偷东西的意思。”

“好的，”查利说，“那就快教我吧。”

“扒窃是一门手上功夫，一种钓小钱的魔术。只不过，我们是不会归还钓到的东西的。但基本原理差不多。诀窍在于操控人们的注意力，分散它，误导它。毕竟人人都爱看热闹嘛。”阿米尔一边说，一边优雅、流畅地移动着双手。若不是查利知道自己正在接受作为扒手的第一课，他或许也会觉得，这个小男孩手上的动作有点儿奇怪，但也没有特别反常。在一般人看来，阿米尔只是说话的时候，手不知道放在哪里而已。

“快看。”他说。阿米尔一闪身，站到了查利身边。他伸出手，仿佛正拿着一张报纸或一本宣传册。

查利看了，可什么也没看见。

“你让我看什么呀？”他问。

“再仔细看。”阿米尔说。

查利眯起眼，用力看，可他只能看见阿米尔摊开的手掌上的纹路。

“什么也没有呀。”查利说。

就在这时，阿米尔的另一只手，出现在他摊开的那只手下方，一把抓住了查利的钱包。

“没错。”阿米尔说，“每个人都想看见某样东西。哪怕实际上什么也没有。”阿米尔又迅速侧步后退，站回到了查利对面。

“好吧，把钱包还我。”查利说。

“检查下你的衣坑。”

查利啧啧称奇。“这又是哪一招？”

阿米尔站在查利面前，像一个玩勺子的吉卜赛街头艺人那样，连续拍打查利衣服的不同部位。“左右踢裤裆，踢屁股，衣尾。”他指着查利夹克的内胸袋说，“衣坑。”查利把手伸进去，摸到了自己鼓鼓的皮夹子，安下心来。

“我还以为你会教我怎么偷别人，而不是站在这儿扒我自己的口袋。”

阿米尔笑了笑。“人们在自己的环境里会越待越舒服，对吧？他们根本意想不到自己会被偷。在这种情况下，出其不意就是你最大的敌人。”突然，他身子往前一倾，轻轻拍打了一下查利的脑袋。“不准带刀。”他说。

“什么？”

阿米尔的手里有东西在闪烁。这是出门之前查利放进口袋——右踢裤裆——里的一把欧皮耐尔随身小折刀。阿米尔趁查利不注意偷了它。

“好吧，”查利说，“我……”

“我们不是在干粗活，”阿米尔说，“懂行的加农炮是不会带武器的。武器是为重拍子准备的。”他说话的同时，来了个干净利落的单脚尖旋转，一下子就挪到了查利的左边，并冲着一名路过的姑娘点了点头。“扒手的动作也可以是很优美的，对吧？他只需要学会这些。”阿米尔举起左手，手心朝外。正如你所料，他手心是空的。“要做到这一点。”他继续说道，同时举起右手。查利的银色劳力士手表正在他的右手上晃来晃去。

“喂。”查利说。

“想要回你的手表吗？”阿米尔问。

“嗯，想。”查利说。这也是他父亲送他的礼物。失了钢笔是一回事，他无法想象手表如果再丢了，该如何向父亲解释。

只见阿米尔动作轻盈地将手表放回自己的裤子前兜里。“好啊，”他说，“那就从我这儿偷回去吧。”

“行。”查利一边说，一边思考该如何应对这次挑战。他紧紧盯着阿米尔裤子口袋深处凸出的部分。

“眼睛朝上看，”阿米尔挥舞着双手说，“当你准备行动的时候，不能只盯着油水——你要偷的东西。因为这样的话，我就会顺着你的目光看过去，知道不？你的直面目标，被我发现了——我盯上了你。我知道你接下来要做什么。”

“但你确实知道我接下来要做什么呀。”

阿米尔翻了个白眼。“这是在上课，查利。此外，对于一个真正的超级加农炮来说，知不知道都无所谓。我可以告诉你，我马上就要从你脸上掐走眼镜了，而你照样毫不知情，直到视线变模糊了才反应过来。”阿米尔边说边用手指比画着，“快点，继续。”

“眼睛朝上看。”查利重复道，眼睛直直地看着阿米尔。

“好样的，”阿米尔说，“你吸引了我的注意力。你在制定框架，你在部署接下来的行动。就是现在，快引开我的视线。”

“我该怎么做？”

“你得想办法把我的注意力从你身上引开。”

“哦。”查利说。他思考片刻。“嘿！看那边！”

阿米尔皱起眉头，有点儿不耐烦，但他还是照做了。他向远处看去，那里有艘渡轮正慢悠悠地驶入港口。查利把手指插进阿米尔的口袋，试图抓起手表。他手指还没碰到金属表带，就被阿米尔扼住了手腕。

“你要干什么，扯烂我的口袋吗？”阿米尔责备道，“不行，不行。你已经扇到那个嘀嗒，也就是手表了，对不？我的口袋很深，它又在我口袋最底部。你知道的，你伸手去抓，肯定会被我识破的。”

“那我怎么办？”

“用另一只手，把表慢慢移到你手里。”

“但你就在我面前，我怎么下手？”

“站到我身边来。”

查利照阿米尔说的做了。于是，他俩肩并肩站着，一起看向远处，渡轮上的工作人员正用一捆结实的麻绳套住码头上的缆柱。查利用手指托住了阿米尔裤兜里的手表，隔着裤子的布料，一点点把它往外推挤。

“好，不错。”阿米尔说，“想象目标的眼睛里有两盏聚光灯，射出两束明亮的光柱。它们看向哪儿，哪儿就会出现一个白色的大光圈。你要做的就是避开光圈，在黑暗中作业。”

但查利还是愣住了。他的指头在阿米尔的裤兜里艰难地移动着手表，好不容易移到一半了，可他不敢继续了，因为再动一下，他就露馅儿了。“现在可咋办？”他小声问。

“你还有一只手，对不？”阿米尔也小声说。

“是的。”

“那就……用呗。转个身，换另一只手托。”

查利把身子微微右倾，似乎在看向阿米尔的肩膀后侧。与此同时，他换成用左手托住手表。

阿米尔继续指导：“很好。现在把你右手的指头放进兜里，慢慢来。对，就是这样。摸到表带了吗？”

“摸到了。”查利难掩激动地说。他用食指和中指小心翼翼地夹住表带。“我摸到了。”

“现在，棘手的部分来了。别去扯奥库斯，这样会被我识破。你要表现得自然点儿。掩护好你的油水，能做到吗？”

“什么意思？”

“这一招叫作‘打断我’。走开，并在经过时，故意撞一下我。你就表现得好像已经看够了之前我们一起在看的东西，现在要离开了。反正走就对了。”

查利按照阿米尔的指示，转身离开，向大街上走去。经过时，用肩膀碰了一下阿米尔的粉色衬衫。不费吹灰之力，手表便从男孩的裤兜里掉了出来，落进了查利的指缝。他走了几步后，转过身来，得意扬扬地笑了起来。“我成功啦！”他大喊道。

“嘘！”阿米尔责备道，“小声点，查利。”

“我成功啦！”查利重复道，这次声音比较低。

阿米尔笑了，显然是被查利的美式热情打动了。“你真是稳稳的，查利。干得不错。”接着，他装出一副骄傲的、感动得快要哭了的模样，拿拳头揉着眼睛，“哦，我的孩子赚到第一桶油水了！我高兴得好像在月亮下了！”

“那个短语其实应该是‘高兴得仿佛在月亮上’。”查利说。他正准备把表戴回手腕上，却发现自己手里拿着的只是一条链子。他抬头看看阿米尔：“你没在开玩笑吧？”

阿米尔咧嘴一笑，亮出戴在他手腕上的那只银光闪闪的劳力士。“你该不会以为我就这么放弃它了吧？”

“不停地偷来偷去，你就不能消停一会儿吗？”

“我就是干这行的，控制不住自己呀。”

查利走回到阿米尔身边，伸出手来。“你就还给我吧，求你了。”

“不行，不行。这是很好的上课机会。反正也没人会把手表放在裤兜里。接下来，我要教你的，是偷手表最简捷的方法。”

阿米尔戴着那只优雅的劳力士手表，伸出手来，与查利握手。查利握了握他的手。

“再来一次，”阿米尔说，“想象目标的眼睛，就像两盏聚光灯，好吗？一定要避开光亮，在暗处作业。”

“当然，但是如果他往下看该怎么办呢？”

“不要让他往下看，引开他的注意力。这是一场拉锯战。你得慢慢地自然而然地接近油水。就像……就像……”阿米尔在搜肠刮肚地寻找一个恰当的比喻，“就好比你正试着和一个女孩亲热。”

查利的脸红了。“我不是很懂这个。”他承认道。

“什么？查利，你从来没亲过女孩子吗？”

“我在爱丽丝·格兰德尔的社交舞会上亲过她的脸颊。”

“这个不算数。”阿米尔有点恼火地吸了口气，然后继续说道，“但是你可以想象啊。那么，你现在就想象一下，你马上要对爱丽丝·格兰德尔采取行动了。”

“好吧。”查利羞怯地回答道。他确实对爱丽丝有点意思。

“你一直在寻找机会，对吧？揣摩她的反应，等待时机。当她给你冷脸时，马上退一步，重新慢慢打动她。一旦看到她默认许可了，就马上采取行动，中间决不能犹豫，懂不？”

“能不能举个别的例子？”

阿米尔瞪眼看着查利。“看来你需要上的不止偷窃这一门课，不过，好吧，我再举个其他例子吧。比如，你在偷偷接近某个人。你盯着他，一直等到他不再往你这边看，对吧？你再慢慢靠近。耐心是关键，一直保持耐心，并注意观察。看这儿。”他的手仍和查利的手握在一起，他慢慢扭动手腕，让表扣露在外边，“捏住表带，让它紧贴我的手腕。保持这个姿势，按住不动，让我察觉不到手表被松开了。现在，用两根手指，快点解开表扣。”

查利乖乖照做，银色表带“咔嚓”一声就打开了。借助拇指和无名指，查利将厚厚的表盘紧紧贴在阿米尔的手腕上。

“就是现在，”阿米尔继续说，“快点引开我的视线。”

查利本能地想到伸出自己的左手，使劲儿拉扯阿米尔衬衫的翻领。阿米尔上钩了，低头看查利的手指。就在阿米尔的注意力被引开的时候，查利机敏地轻轻一弹，将解开的手表滑到自己的手上。完了之后，他便退后一步，迅速地把手表塞进裤兜里。阿米尔笑了笑。“干得漂亮。”他说。

“这感觉真不错。”查利说。

阿米尔搂着查利的肩膀。“我的伙计，这还不够爽呢。等你和一个真正的加农炮、一个合适的跑腿公爵，组成三人或四人团队，合力干个大票的时候，才能算是感觉不错。捉到这个城市最肥的目标，我的好哥们儿，那才叫生活呢。”

“那还等什么，干吧。”查利说。

“干什么？”

“让我们来一次真正的‘得分’。”他挥手指着周围，“你不会大老远地把我带到这儿，就是为了让我从你身上偷回自己的手表吧。”

“我是想先看看你怎么样，能不能做好。”

“然后呢？”

“得了吧，查利。我只教了你简单的几招。想大干一场，你还远远没准备好呢。”

“那么你是怎么学习提高的呢？我敢打赌，你一开始也是菜鸟。万事总得有个开头，对不？”

阿米尔盯着查利看了一会儿，然后说：“好吧。这样如何，我让你负责中外场，打打掩护。这你应该不会搞砸吧。”

“哦，那太棒了。真的太棒了！”查利一边大喊，一边激动地拍起手来。

“再说了，你可能也确实是完美的掩护人选。没人会对一个穿着考究的美国小孩起疑心。”阿米尔调皮地冲他的新朋友眨眨眼睛，“说不定你会大获成功的。”

第5章

两个男孩一起来到卡奴比埃尔大街。这是一条宽阔的大道。码头上的人流和车辆，向东便汇聚于此。二战期间，美国士兵们亲切地给它重新取名为“罐装啤酒”。商家们刚刚结束午休，渐次打开了店门。当地人拥进咖啡馆，在工作结束后，享受一杯冰茴香酒或玫瑰香槟。玻璃酒杯上凝满水珠，杯口还留有口红印。空气中弥漫着香烟和鲜煮咖啡的香气。阿米尔步子慢了下来，双手插进口袋，悠闲地在街上漫步。这一次，查利终于可以轻松地跟上他了。拥挤的人行道上，往来人潮如同湍急的河流，裹挟着两个男孩或前进或逆行。

“喂，”查利急切地低声说，“他怎么样？”

查利手指向一个二十五岁左右的年轻男子。他正独自一人站在报亭边，眉头紧蹙，数着手心里的零钱。他一门心思都在数钱上。在查利看来，他就是理想的目标。

“那个蛋吗？没门儿，”阿米尔说，“只有那些稀罕碎银子的抠屁股们才瞧得上。他根本入不了超级联盟的法眼。”

“我需要你翻译一下。”查利说。

“查利，目标一共有三种：蛋、贝茨、爸比。蛋是指年轻人。可能没什么意思。人生刚刚起步，对吧？就像那个家伙，在数他的山脊，他的碎银子——人家找他的零钱。他已经只剩指关节了，也就是穷。一个肥肉从来不会数碎银子的。所以，咱们不能把人家辛辛苦苦攒下的血汗钱都给夺走了，懂我的意思吗？那样做就超出底线了。然后是爸比。一位典型的老绅士，领退休金的老人，毫无疑问，已经为人祖父了。超级加农炮们也不会去偷他。我们想要的是一个货真价实的贝茨。一个四十多岁的有钱人，以为自己是了不起的大人物。这种人，即使丢了一皮袋子的钱，也毫不在乎。”

“懂了。”查利说完，开始重新物色目标。

“在我看来，我们是在劫富济贫，不是吗？”阿米尔说，“灭灭某些人的威风。你发现一个腰缠万贯的目标，奥库斯能装满整个圣彼得大教堂，你就搜刮一点他的油水，分给其他哥们儿、姐们儿一口饭吃。比如那边的那群呆子。”

查利顺着阿米尔点头的方向看去，一群身穿笔挺黑西装的男人站在一栋建筑物门口的柱廊下。那儿看起来像是一家律师事务所。“律师们，社会的寄生虫。实际上……”话没说完，阿米尔便朝旁边的一个垃圾桶跑去。回来的时候，他手里拿了一张晨报，报纸已经被揉得皱皱巴巴。“查利，要不你来帮我弓背吧？”

“什么？”

阿米尔把报纸塞进查利手里。“我准备帮他们减减负，需要你来做掩护公爵。过去问问他们是否愿意为你念这份布鲁特。尽量挡住他们的脸。”

查利的心跳开始加快：“如果他们……”

“没有如果，你要相信自己。”阿米尔拍了一下查利的肩膀，为他加油打气，“我就在你身后，放心吧。”

男人们在抽雪茄。他们时而伸直胳膊，把雪茄捏在手上，时而叼在嘴里，好似在吹长号。连绵不绝的烟雾笼罩在他们的头顶。他们的确富得流油，浑身散发着财富和特权的恶臭味。查利一眼便看出他们就是他在募捐会上经常能看到的那种人，扬扬自得地坐在桌前，频频与隔壁桌的人握手寒暄。父亲之前偶尔会带查利参加类似的活动。确实，正如阿米尔所说，他们根本不缺这点钱。

“不好意思，打扰了，”查利说，“您会讲英语吗？”查利的法语着实不怎么样，不过他十分确信，自己刚才那句法语的意思，就是问他们是否会说英语。

“嗯，”其中有个人说，“我会英语。”

“太好了，”查利说，“您方便告诉我这上面写的是什么吗？”他把报纸捋平摊开，举到他们面前，角度正好能挡住他们的视线。虽然有点尴尬，但查利的动作并没有马上引起他们的怀疑。

“什么？报纸上写的是一个苏联人被送上太空了！”其中一个人说。他的英语还算流利，但带有浓重的口音。他戴一副黑框眼镜，下巴上的胡子剃得很短。他嘴里一边叼着雪茄，一边说：“Un homme dans l’espace。航天员，对此你有何看法？”说着，他转向旁边的同伴，开始说起法语。他们看起来都很惊

讶，伸长脖子抢着看报纸大标题下面宇航员的照片。查利自己也被这则重要的新闻吸引了，开始琢磨新闻的导语。就在这个时候，他突然感到有人在拽他的衬衫。这是在提醒他不要忘记自己的任务。

“谢谢你们，先生们，”他说，“谢谢。”

“不客气。”男人们回答道。

查利把报纸——布鲁特（阿米尔的叫法），留给了那帮律师。查利离开之后，他们还在继续讨论报纸上那则不可思议的新闻。查利看见阿米尔正躲在离他几英尺远的一个门廊下。他笑了笑，朝阿米尔挥挥手。“你看到了吗？”他说，“苏联人把宇航员送上太空了！”看阿米尔没什么反应，他又把最重要的信息重复了一遍：“送上太空啊！”

“查利，你刚刚没掩护好自己。”阿米尔说，“比起那些家伙，你更容易遭偷。刚刚那一小会儿工夫，我就可以偷你十几次啦。”

查利的心怦怦直跳。“你没被发现吧？”

“小菜一碟。”阿米尔说。

“确实挺容易的，”查利说，“你偷到什么了？”

“一大把科尔丁，”阿米尔说着，举起了三个手风琴形状的钱包。他递给查利一个钱包，接着把另外两个钱包里的不义之财倒出来，放在手心里，清点了一遍。“我这边有五百法郎。非常不错的成绩。”

“我这边有三张五镑纸币和一张十镑纸币。”查利说着，给阿米尔看了眼他手中掏空的钱包。

“一只怀表、一把碎银子和一支烟斗。”阿米尔说着，从口袋里翻出更多赃物，“总体来说，还算不错。”

“嗯，”查利说，他一边轻咬下唇，一边扫视着街道，“说实话，对这一切，我心情有点儿复杂。”

“很正常。”阿米尔搂住查利的肩膀说。他已经像个成年人一样叼起了烟斗，“但对于他们这种有钱人，出这点血，就好比一只大桶里洒出一小滴水而已。查利，这是你第一次得分哟。让我们扔掉死皮，去庆祝庆祝吧。”说完，他便一把夺过查利手中的钱包，将它和他自己手里的空钱包，一起扔进了附近的垃圾桶。

查利还在纠结自己的掩护行为是否合乎道德，阿米尔已领着他走进了一家咖啡馆。

“我的意思是，”查利在吧台边的一个高脚凳上落座，“我并没有实际参与盗窃。”

“好吧好吧，你怎么说都可以，”阿米尔说，“查利，你想喝点什么？”

“石榴汁。”查利回答道。

接着，阿米尔转向吧台后的年轻女服务员，说：“请来两杯石榴汁。”那名年轻女服务员化着浓浓的眼妆，金发盘在脑后。她态度不耐烦地帮他们点了单。

查利思考了片刻，他的手指在吧台的胶木台面上画着圈圈。“你说那些人是律师？”

“没错，最坏的那种人。”阿米尔回答说。他动作滑稽地啃咬着自己新得来的烟斗。

“试想一下，他们刚刚打完官司，”查利说，“某个快结婚的年轻人，他马上就要得到提拔了，比他的同事升得快——他的这名同事没被选中。”

“很好，很好。”阿米尔说。

查利继续道：“所以这名同事设计陷害了他，诬告他是间谍，犯有重罪。于是，年轻人被逮捕了，并在巡回法院受审——他的同事出庭做了伪证。”

接下来，故事被短暂地打断了。女服务员走过来，在两个男孩面前摆上了两杯鲜红的石榴汁糖浆和两瓶洛里纳苏打水。男孩们把滋滋冒泡的苏打水倒进石榴汁里。女服务员看了他俩一眼，他们脑袋凑在一起仿佛在密谋着什么。她翻了个白眼，走开了。

“年轻人被关了几十年，”查利边说，边啜了口饮料，“而那些律师，那些肥贝茨，却跑出来，庆祝自己又伸张了一次正义。其实是歪曲的正义。”

“说得好，查利。”阿米尔说。

“这方法，有点效果，”查利说，“我感觉没那么糟了。”

“那不错啊，真不错，”阿米尔说，“干这一行，需要会讲故事。你知道吗，现在仔细想想，我突然发现，那些顶级加农炮，都很擅长讲故事。但同时，他们也很善于打听故事。他们无时无刻不在寻找故事。”说着，他停下来，就着玻璃杯喝了一大口饮料，“你总是不自觉地就讲起了故事，对吗？一个真正会讲故事的人，讲述故事的过程，就像我们抢呆子的过程，就像在偷东西。他得搞清楚谁是坏人，谁是好人。他要像福尔摩斯一样，通过打听，搜集拼凑自己没有的信息。接着，他再顺着这些线索，追寻下去。在小偷的世界里，这叫作偷盗天分。”

“偷盗天分。”好学的查利跟着重复道。

“嗯嗯。”阿米尔抹去沾在唇上的红糖浆，环顾着这间咖啡馆。整体而言，这是一间典型的马赛咖啡馆。吧台对面，沿墙摆了一条装有瑙加海德革软垫的长凳。店里的座椅上，坐满了下班后来此消遣的人。

这是一个温暖的午后，顾客们纷纷拥进街边的露天座位。人们坐在一起谈天论地，开怀大笑，笑声在咖啡馆镶木板的墙壁间回荡。几个穿着随意的服务员（这只是一间普通的咖啡馆），单手托着盘子，漫不经心地穿行在顾客之间。即便盘子上堆积的空杯子已经多得快要掉下来，盘子在他们手掌上依然纹丝不动，像是在公然挑衅物理法则。一名身穿卡其布军装的小伙子，正坐在离查利和阿米尔几个凳子远的地方，心不在焉地将自己的鸡尾酒巾撕成一条一条。

“比如，”阿米尔指着那位士兵说，“你觉得他有什么样的故事？”

“很明显，他是个当兵的，”查利仔细打量着小伙子，回答道，“他有可能是个新兵蛋子，对于出海感到焦虑，所以才撕餐巾纸解压。”

“很好，查利，你在挖掘故事。不过我觉得他不是个新兵，我觉得他是在休假。新兵蛋子的脸不可能晒得那么黑。大多数新兵都是来自全国各地，而在四月的法国，你的脸不可能晒成古铜色。我猜他是一名阿尔及尔的驻兵。”

“哦，”查利说，“我想你说得对。”

阿米尔眯起眼睛，目光越过面前的石榴汁，仔细观察着他们的目标。“很明显，他在担心着什么，有点焦虑不安。查利，你觉得他在担心什么？”

“难道上战场打仗还不够让人心焦吗？”

“可他是一个人坐在那儿喝东西。一个男人，如果是因为战争而焦虑崩溃，那他应该跟一帮战友聚一起喝酒，对吧？所以说，一定是因为别的事情。”

小伙子叫来女服务员，和她交谈了几句。服务员手指着吧台后面的时钟，简短地回答了他。他仔细看了看时间，然后神情紧张地望向咖啡馆的前门。

“他在等人。”阿米尔和查利几乎异口同声地说道。

阿米尔屁股在椅子上扭来扭去。他抬头看见酒保从酒架上取下一瓶茴香酒，斟满那个士兵的酒杯。小伙子全神贯注，目光坚毅，端起酒杯，将杯中浑浊的黄色液体一饮而尽。这神情，这动作，好似一个人在用钢铁般的意志，准备应对最困难的挑战。

“哇，”查利情不自禁地吹了一声口哨，说，“看来，他对于接下来和那个不知姓名的‘他’的见面，超级紧张啊。”

“更有可能是‘她’。”阿米尔这会儿已转过身子，背对着士兵，小声地说，“他口袋里有东西。”

“有吗？”查利说。他一定是声音太大了，因为话还没说完，阿米尔就喝止了他。

“是的，”阿米尔压低声音说，“衣坑里。”

“你怎么看出来的？”

“里面有东西凸出来了，能看到一个大概的轮廓。还有，他不停地摸那个地方。快看！”

查利低着头，躲在阿米尔的肩膀后，等着看小伙子的动作。果不其然，他的手伸向右胸口，拍了拍藏在大衣口袋里的某个东西。仿佛为了满足查利的好奇心似的，小伙子还把手伸进口袋里掏出了一个小黑盒子。

“他把它掏出来了。”查利说。

阿米尔仍背对着那个士兵，他问：“是什么东西？”

“某种盒子吧，一个翻盖盒子。”

“我知道啦，”阿米尔说，“他准备把盒子打开，对吗？”

“对的，打开了。”

“那里面是一条项链——不对，是一枚戒指。”阿米尔得意地笑了。

查利伸长脖子，想看得更清楚些。正如阿米尔的猜测，小伙子手里拿着的，确实是一只小小的金戒指。他正像一个当铺老板似的，仔细端详着那枚戒指。查利即便隔了那么远，也可以看见戒指上闪烁着一粒小小的钻石。

“你说对了，”查利说，“所以，这意味着……”

“我想，我们这位可怜的大兵，正准备和他心爱的女孩一起迎接他人生中的重大时刻。我的朋友，这就叫作偷盗天分。

这就叫作挖掘故事。”阿米尔坐直身子，环顾四周，“现在，让我们一起找点乐子吧。”

“你该不会要……”查利说。他看一眼阿米尔脸上鬼鬼祟祟的表情，就明白，自己的怀疑被证实了。“这难道不是违背准则的吗？我还以为，我们只对——你们是怎么称呼的来着——贝茨下手？只偷那种有钱的老男人？”

“哎哟，别傻了，查利。只是开个无伤大雅的玩笑啦。我去去就回。”

查利还没来得及抗议，阿米尔就已经把一堆零钱——碎银子——摔在吧台上，跳下高脚凳，从前门溜了出去。酒保看着他离开，又看看查利，似乎想得到一个解释。查利只好耸耸肩，表示不知道。

“你喝完了吗？”女服务员用英语问他。

“差不多了吧？”查利说。他回答了一个问句。女人的手扫过吧台，把零钱收了起来。查利冲她笑了笑，在凳子上扭动了一下身子。他不耐烦地用手指敲着吧台，频频瞥向那位士兵。那个小伙子的女友还没来，而随着时间一分一秒过去，他似乎越来越紧张了。查利尽量不去看他，但很明显，这位心事重重的小伙子已经紧张到了别人拿冰块砸他的脑门儿，他也连眼都不会眨的程度。

终于，咖啡馆的大门开了，查利和小伙子一起转过头，满心期待地看谁进来了。士兵皱起了眉头，原来只是一个身穿粉色衬衫的小男孩。小男孩脸上带着一副揶揄的表情，嘴里叼着一根棒棒糖。阿米尔走上前去，和那位士兵交流了几句。虽然查利努力侧耳倾听，却听不清他们说了什么。最后，那位士兵竟高高兴兴地笑着握住了阿米尔的手。阿米尔则恭恭敬敬地对他敬了一个礼，然后回到查利身边的高脚凳上。

“你做了什么？”查利瞪着他的同伴，问道。

阿米尔没搭理他。他递给查利一根棒棒糖，棒棒糖裹在蜡纸里。“我给你也买了一根。”

“你跑去糖果店啦？”查利一脸怀疑地问道。

“嗯哼。”阿米尔嘴里含着棒棒糖说。接着，他吐出棒棒糖，拿在手上，仔细端详棍上那黏糊糊的绿色糖球。

“你打的什么算盘？”查利问。

“经典的‘偷梁换柱’，”阿米尔说，“说实话，只是入门级的。”吧台下，男孩小拇指上闪烁的金光，让查利意识到，阿米尔偷了小伙子的戒指。

“你怎么……”查利说，“它之前还在那个盒子里的。”

“但现在它跑出来了。”

就在这时，查利回头看了那位士兵一眼，发现他又在拍自己的大衣口袋，看来他并不知道戒指已经被偷。“什么？你把盒子放回去了？”

“不被偷一次，他永远不会变聪明的。哦——等等，我们的女孩来了。”阿米尔用棒棒糖指着门口说。查利回头一看，门开了，走进一位年轻的姑娘。她芳龄十八左右，穿一身朴素的蓝布连衣裙，一头棕色秀发用一条丝带扎在脑后，丝带像光环一样，环绕着她的头顶。

小伙子看见她，顿时眉开眼笑起来。他突然从吧台边的座位上站起来，用手掌抚平军装上的褶皱。这对情侣一见面，就热情地互相问候，亲吻彼此的脸颊。接着，小伙子带姑娘到旁边的一张桌子落座。他们如此沉醉在彼此的陪伴中，以至于阿米尔拽着查利，把他拉到他们的隔壁桌坐下，他们也毫无觉察。

查利只顾着看他们，棒棒糖外面的蜡纸，撕都没撕，就放到嘴里了。

他可以清楚地听到，隔壁桌上，小伙子和他的女友，正卿卿我我，甜言蜜语。他们低着头，互相凝视，那眼神活像两头准备向前冲的公牛。他们用法语说的那些情话，远超查利的理解范围。咖啡馆角落里的自动唱片机，正在播放强尼·哈里代的歌曲。

动人的音乐，仿佛催生了一股磁力，这对情侣彼此靠得更近了。士兵的手伸进衣坑，取出黑色珠宝盒。看到这一幕，女孩不禁掩嘴窃笑。阿米尔朝查利挤眉弄眼。

士兵把盒子拿在手上，掀开翻盖。女孩的脸忽然沉了下来。黑盒子在士兵的手里，叮当作响，里面的东西哗啦一声散落在木桌上。仔细一看，原来是一枚塑料戒指，上面没有钻石，取而代之的是鲜红色的糖果红宝石。

查利的棒棒糖砰地从嘴里掉了下来。

女孩凑过去，给了士兵一记响亮的耳光。她猛地一把推开桌子，桌子的边沿恰巧撞到了士兵的胸部，然后她便气冲冲地离开了咖啡馆。阿米尔努力憋住笑。士兵一脸迷惑，完全没注意到阿米尔的表情。他难以置信地盯着面前桌子上的糖果戒指。

“怎……怎么回事？”他上气不接下气地结巴着说道。随后，他撞翻椅子，冲出去追赶逃跑的未婚妻。就在这时，阿米尔扑哧笑了出来。

“你看到了吗？”阿米尔咯咯直笑，“看来他选错了珠宝。你晓得的，女孩子们是很挑剔的。”

查利目瞪口呆。“这么做是不对的。”他说。

“不对？这波操作太牛了！是我职业生涯的最佳行动之一。”

“这个男人一生的幸福在此一举，而你却毁了它。”查利说。他激动得面红耳赤，似乎全身的血液都涌到了脸上。

“好了，查利，我只想开个玩笑而已。”阿米尔从口袋里掏出真正的戒指，放到桌子上，赞赏不已，“他的品位真不赖。”

查利伸出双手，扑向戒指。他想赶在阿米尔下手之前，抢走戒指。阿米尔试图用手掰开查利握紧的拳头，查利则用另一只手覆住阿米尔的手。他俩就这样，坐在桌前，互相瞪着对方，手扳在一起，谁也不松开。

“查利，你得学会放松一点儿，”阿米尔说，“如果你想加入奇盗联盟的话。”

“一码归一码，偷律师可以，”查利说，“但这次不行，你心里应该明白。”

“我没打算要留着它。”阿米尔说。

“啊？”

“我另有打算。你得相信我，你必须把戒指还给我。”

查利紧紧抓住不放。

阿米尔挑起一边眉毛，坚持道："查利，如果你希望我完成这项工作的话，赶紧给我，快没时间了。"

许是因为他"本性中的善良"在普罗旺斯的烈日下昏昏欲睡了，查利放开手，让戒指落在木桌面上。阿米尔迅速把它抓回手里。"说真的，查利，"他说，"这件事，你还是交给专业人士吧。"说完，他便像蛇一样，从椅子上溜走，绕过桌子，向门口走去。查利也跟了出去。

咖啡馆外，士兵在卡奴比埃尔大街和库尔贝尚斯大街繁忙的交叉口，追上了他心爱的人儿。他正在努力向她解释。几个好事的路人停下来围观在他们眼前上演的这一幕大戏。查利紧跟在阿米尔身后，赶到了现场，并从两人互相的指责中，听出了一点名堂：姑娘骂这位名叫菲利克斯的士兵是个爱开玩笑、肮脏下流的人。而士兵则解释道，他没有也永远不会拿他们的感情当儿戏。围观人群中，几个女人大声鼓励着这位受委屈的姑娘，而一旁的男人们则若有所思地挠着下巴，催促小伙子要勇敢点。这样喧闹混乱的人群，正是查利和阿米尔行动的最佳掩护。他们潜入人群。查利看见阿米尔从姑娘身边擦肩而过，碰了一下姑娘的粉色皮革钱包。接着，他俩继续穿越那片挥舞的胳膊和比画的双手构成的丛林。从人丛中钻出来后，查利和阿米尔在人群外围集合。阿米尔朝查利脸上挥了挥什么东西，是一条织有花纹的薄纱。

"你偷了她的手绢，"查利说，"所以，你在她的伤口上又撒了一把盐。我真是不明白……"

阿米尔迅速打断了他。“查利，别出声，等着瞧吧。”他重新指向人群说。

查利的目光越过混乱的人群。他看见那个穿蓝布连衣裙的姑娘把脸埋在手里，正止不住地哭泣。而士兵还在一旁苦苦哀求。接着，她突然转身，准备离开，并把手伸进钱包，估计在找自己的手绢。让她失望的是，手绢并不在那儿。她在翻找丢失的手绢的过程中，表情突然变了。她的手，在钱包深处，碰到了一个意想不到的东西。

她抽出手来，只见她手上拿着的，是一枚钻戒。

人群突然安静下来。士兵看上去和围观的人们一样目瞪口呆。不知道是出于震惊，还是久经磨炼的军人的本能，士兵立马单膝下跪，声音颤抖着向女友求婚。

姑娘脸上绽开了灿烂的笑容。她恨恨地捶了一下士兵的胸口，然后破涕为笑，扑进了他怀中。

“愿意！”她大喊道，“我当然愿意，我的爱人！”

受宠若惊的士兵，笑着把手插进她的秀发，并亲吻她的眉毛。人群中爆发出一片快乐的欢呼声，而士兵也只好嬉皮笑脸地承认，这一出巧妙、浪漫的诡计，是他一手安排的。

查利大笑着拍了拍阿米尔的胳膊。“太妙了！”他喊道，“难道这就是你的计划？从头到尾？你真是个机灵鬼，阿米尔。”

“呃，”阿米尔吞吞吐吐地说，“也不是从头到尾都计划好的啦，但这办法最后确实奏效了。你看到了吗，查利？生活中处处有故事。总有一个故事，值得追寻下去。”阿米尔把胳膊搭在查利肩膀上，两个男孩一起离开了他们的“作案现场”，一边笑着一边梳理这一天发生的事情。

也许，这里就可以作为故事的结局。在这里，在这天下午熙熙攘攘的大街上，迎面飘来马赛空气中特有的香气——一种下水道污水和香皂混合的气味，耳畔回响着车流的喧嚣、行人的闲谈，还有商贩的叫卖声，他们在兜售围巾、鞋和各种小玩意儿。在这里，在沿街公寓楼和商店的高墙之间——墙面被炽热的地中海阳光晒得发白，故事落幕了。这将是一个完整的故事。但是，不。这里，只是故事的开头。

“阿米尔！”正当男孩们漫步街头，向旧港走去时，一个女孩子的声音穿过鼎沸的市声传到他们耳中。这个声音，让阿米尔瞬间僵住了。

“天啊！”他小声说。

查利一脸惊慌地看向阿米尔：“怎么了？”

“阿米尔！”声音再次响起。这个声音很特别，不但响亮，而且充满权威。虽然只有简单的一个词，但查利也可以听出来，说话的是个美国人。查利四下张望，寻找声音的来源。

“谁啊？”查利问阿米尔。

“杰姬，”阿米尔说，“是杰姬。”

“谁是杰姬？”

“噢，你会见到她的。”阿米尔说。在查利眼中，男孩身上，之前耀眼夺目的光芒，今天头一次黯淡了下来。

第6章

没过多久，这个操着美国口音、声音嘹亮又带有几分威严的人便出现了。她是一位看上去十六七岁、青春期快要结束的女孩。换句话说，她是一个妙龄少女。她身穿一件简单宽松的白色衬衫和绿色短裙，裙子上面印有各种花叶纹饰。她把一头蓬松的金色秀发往后梳成一个马尾，在颈背处用一条白丝带将头发扎起来。

“阿米尔，你交朋友了吗？”女孩问道，笑声爽朗，带有几分狡黠。她刚才说的这句话单词挺多，足以让查利判断出女孩来自美国南部。

“你好，杰姬。”阿米尔说，“这是查利。查利，这是杰姬，她是一名加农炮。”

“查利，”杰姬问，“你是直的吗？”

“你说什么？”

阿米尔准备解释，但杰姬示意他闭嘴。“我的意思是，你有没有加入奇盗联盟？”她继续追问道。

“呃……”

“他还是直的，”阿米尔说，“虽然我刚刚给他露了几招，就几招。”

“有意思。”杰姬说，“不过，阿米尔，你究竟为什么要教一个呆子呢？呆子是用来偷的，不是用来教的。”

“我自己也偷了点东西，”查利鼓起勇气说，“我还打了掩护，弓……弓背，就在刚刚。”

杰姬盯得查利不敢抬头，搞得他跟刚刚从公厕的茅坑里爬出来似的狼狈不堪。她只比查利高几英寸而已，却显得比他高大许多。“他是在跟我们说话吗？”她问阿米尔。

“呀，好了，杰姬！”阿米尔说，“我们刚闹着玩儿呢，可以了吧？”

杰姬似乎不愿理会阿米尔的解释。“你开会迟到了，阿米尔。”

“我有吗？”阿米尔回答道，“现在几点了？”

“六点一刻。”查利看了一下手表，说。考虑到现在的队友，他很惊讶自己的手表还在。

“哦，对的。查利，我有事得先走了。刚才玩得很开心。”

“等等，”杰姬说，“太有意思了，我们抓到了一个呆子，这个呆子竟然以为自己是加农炮。来呀，查利，耍一招给我看看。”

“耍一招？”

“我衣坑里正好有个物件。”她指着自己衬衫上的一个小口袋说，“你把它从我身上偷走吧。”

阿米尔抗议道："别闹了，杰姬。我们还得赶去开会，没时间整这一出。"

"不，他们可以等等。"杰姬说，"你在培养加农炮呢。我想看看他学得怎么样。"

查利咬紧嘴唇，仔细打量女孩的口袋。他的心怦怦直跳。偷一个无知无觉的受害者是一回事，偷一位专业人士则是另一回事。压力只会更大。他努力回忆阿米尔教给他的一招一式：误导，分散注意力，目标的眼睛是两盏聚光灯，避开光区，在暗处动手。查利深吸一口气，把左手伸向女孩的口袋。

结果，他的手还没碰到衣服的布料，就被杰姬打了回去。"算了，"她一脸厌恶地说，"我猜偷盗天分这东西，有些人有，有些人就是没有。"

查利耷拉着双手，一副懊恼沮丧的样子。阿米尔痛苦地看了他一眼，肩膀也垂了下来。"没关系的，查利。"阿米尔悄悄说，他拍拍查利的肩膀，"回头再见，好吧？"

接着，这两个小偷，杰姬和阿米尔，一起转身离开，消失在了卡奴比埃尔大街上的茫茫人海中，留下查利站在原地，盯着自己的鞋子发呆。他穿着一双带流苏装饰的白色皮便鞋。他突然无比厌恶自己的鞋子，这双愚蠢的白鞋，他为它们感到深深的耻辱。更确切地说，他是憎恶穿这双鞋的人，这个愚蠢的幼稚的美国有钱人家的小孩，他还以为自己能够与那些头脑敏捷、英勇无畏、敢于冒险的人为伍。他还以为，他可以跟上涌动在万物之下的真理之潮的脚步，颠覆这个虚伪的世界。不，恰恰相反，他也是这个虚伪的世界的一部分。他，查利·费希尔，是个冒牌货。他感到自己快要哭了。

不过，在眼泪掉下来之前，他迅速用衣袖擦干了眼睛，往旧港的电车站走去。他要搭乘五点十五分开往普拉多大道的电车。这一回，他付钱买了票。

回到家，查利试图趁别人不注意，悄悄溜上楼，回到自己的房间。可他的脚刚踏上门厅里主楼梯的第二个台阶，耳畔便响起了一个声音。“查利！”这个声音在大理石地面和高高的拱形天花板之间回荡。声音来自天井，门厅往里一点的地方。毫无疑问，那是查利爸爸雄浑响亮的声音。

“什么事，爸爸？”查利问。

“请过来一下。”老查尔斯回答说。

老查尔斯站在搭了玻璃罩顶、铺了地砖的天井里，沐浴在落日余晖中。他在工作服——精纺三件套西装外，套了一件围裙，正在照料一片蕨类植物。他戴了一副老花眼镜，眼镜架在鼻梁上。他手里拿着一把大红剪刀，正专心致志地修剪着植物枯死的叶片。这里的空气带有森林的气息。查利走进天井，仿佛一名游客闯入了马来西亚的一处热带雨林。老查尔斯只顾干活儿，连眼皮也没抬一下。

“你妈妈来电话了。”老查尔斯说。

“哦？”

“她在多伦多，她祝你生日快乐。”

“我生日是两个星期前啊。”

“是啊。”老查尔斯从他正在查看的一株西红柿藤上抬起头来，“我也告诉她了。但愿明年她能把日子搞清楚吧。”

"她还说了别的话吗？"

"没什么了。"老查尔斯一边说一边剪去西红柿藤上发灰的枝叶，"她说，她在寻找自我，还在那边找到了一些拍电影的工作。我祝她好运。她说你到家后，她还会打过来。"

"啊，好吧。"查利早就熟悉了他妈妈的这类承诺。他知道，他们大概接下来半年都不会听到她的声音了。

"是的。"老查尔斯仿佛猜透了查利的心思，"我们也不用等她的电话了。"他放下手中的剪刀，摘掉老花眼镜。"抱歉啊，查利。"他说，"真的很抱歉，她只是有点儿……"

"不必了，爸爸。"查利一直不太适应看见他爸爸变得多愁善感，"相反，我很喜欢和你一起待在这里。"这些话虽然从查利口中说了出来，但不知为何听起来不够令人信服。

"是吗？"老查尔斯问道，"我很高兴你能这么想。"

查利点了点头。这场对话，从逻辑的角度来看，似乎已经到达终点了。他转身准备离开。

"哦，对了，查利，帕福根一家今晚会过来吃晚饭。你还记得他们吗？他们家有三个儿子，我记得有一个是和你同岁，三个小家伙都很不错。"老查尔斯说，"不管怎样，今晚你需要穿晚礼服和正装裤。"

"那好吧。谢谢你，爸爸。"查利说。

查利上了楼，走进自己的房间，扑到床上，用枕头蒙住头。他试着在脑海里回想母亲的长相，但却发现很困难，他怎么也想不起来了。不过，他依稀记得，在乔治城家中的壁炉架上方，挂着母亲的一幅头像。照片是在他出生之前拍的，母亲自己装裱的。查利有点垂头丧气，顺手从床头柜上抓起一本书——《金银岛》，但却看不进去。他站了起来，在房间里来回踱步，回想阿米尔教他的一招一式。他一边走，一边用手比画着，模仿阿米尔的步法和手法。他对自己在杰姬面前的失败仍耿耿于怀。他知道如果给他第二次机会，他一定能成功。他只需要多加练习而已。过了一会儿后，有人敲门。

“查利少爷，你在里面吗？”门外传来一个声音。

“什么事？”

“我来给你送晚礼服和裤子，都已经熨烫整理好了。”

“好的，拿进来吧。”

门开了，助理管家安德烈走了进来。他把查利的黑色晚礼服和裤子叠得整整齐齐，放在自己的双臂上。安德烈捧着衣服，站在一边，看着查利脱下衣服，只剩内裤。他把晚礼服套装放在床上，然后拿着查利刚才脱下的衣服，准备离开房间。可走到门口的时候，他忽然停了下来。

“少爷，您还需要这张卡片吗？”安德烈问道。他是法国人，来自普罗旺斯的艾克斯，但他的英语还不错。

查利疑惑不解地看着管家。“卡片？”

“就是少爷您裤子口袋里的卡片。”

查利伸出手，安德烈把一张黑色长方形纸片放在他的手掌上。查利仔细看了一下，原来是一张名片，但他想不起来这名片是从哪儿来的。他自己从不收集这类玩意儿。只见名片上印着几个法语字“Le Bar des 7 Coins”（七角咖吧），上面绘有七颗金色星星组成的某个图案，下面则用一行小字写着地址：圣弗朗索瓦斯路46号。

“谢谢你，安德烈。”查利说，“你可以走了。”

他一走，查利便开始翻来覆去地研究这张名片。除了地址和商家名称外，卡片上没有其他明显的字迹。查利不记得自己从哪儿捡到过这样的卡片，或者是别人给他的——想到这儿，他的思绪马上回到今天和阿米尔分开时的场景。阿米尔和杰姬离开之前，他在查利的肩膀上轻轻地拍了拍，或者，在他转身离开前，不小心碰到了查利的肩膀。一定是阿米尔把名片塞进他裤兜里的，可他为什么要这么做呢？

“七角咖吧。”查利喃喃道，仿佛那是一个咒语。窗外，原本平静的院子，变得热闹起来——驶入车道的车辆纷纷亮起车灯，楼下开门闭门的声音不断传出，来客的身份被一一通报，欢迎问候的话语不绝于耳——查利突然惊觉，原来是他爸爸邀请的晚宴客人们到了。他赶紧穿好衣服，站在镜子前，简单弄了弄头发，把名片揣进裤兜，就下楼去迎接客人了。

这个夜晚，和之前的许多个夜晚，并无二致：查利被介绍给一个又一个陌生的新面孔认识，虽然头晕眼花的，但他依然在努力扮演好外交官儿子的角色。尽管如此，他的角色仍饱受争议。比如今晚，费希尔父子邀请的帕福根一家（妈妈、爸爸和三个儿子），是来自联邦德国的贵族。查利卑微的出身，从未如今晚这般受到如此多的挑剔指摘。帕福根家族自哈布斯堡王朝时起就一直是贵族。他们风度翩翩的言谈举止和餐桌礼仪，似乎和他们轮廓分明的颧骨一样，是写进基因里的。餐桌上的谈话转到联邦德国的政治，在柏林筑起的一道隔开联邦德国与民主德国的墙以及他们在慕尼黑宅邸宴请过的电影明星。查利试着和他家的大儿子鲁道夫攀谈。鲁道夫只比他大两岁。可是当鲁道夫发现查利既没有跑车，对拜仁慕尼黑足球俱乐部也不感兴趣时，谈话很快就继续不下去了。与此同时，查利自己也有些分神儿，因为他裤兜里的那张名片以及上面印着的商户名称：七角咖吧。

事实上，查利整晚都心神不宁的。晚宴结束后，他和帕福根家的三个小孩一起打桌球时，也不停地把名片掏出来研究。大人们在楼上的客厅里抽烟，喝干邑白兰地。查利正准备把名片放回裤兜，鲁道夫一下子从他手里抢了过来。

“呵，七角咖吧？”男孩用带有巴伐利亚口音的法语念道，“什么情况？有妞儿在那儿等你？”

帕福根家的另外两个男孩则倚着台球杆，咯咯笑起来。显然，他们都觉得这样的场景发生在可怜的查利身上太滑稽了。

“没有。”查利辩解道，他想夺回名片，鲁道夫却举得高高的，让他够不着，“是一个朋友给我的。”

“你交的什么烂朋友啊，查利。”鲁道夫挖苦道。在物归原主之前，他最后又看了一眼，“圣弗朗索瓦斯路，它位于老城区的帕尼耶。乞丐和小偷最喜欢在那儿闲逛。那条街也就剩下这些人了。”帕福根一家早在查利和他爸爸来马赛前，就已在普拉多大道买了一栋避暑别墅。鲁道夫他们兄弟几个和本地人一样对这个城市非常熟悉。帕尼耶，实际上是马赛最老旧的街区，居民大多是外来移民。第二次世界大战纳粹占领时期，街区的一大半以上都被炸毁了。时至今日，街区南部的很多地方仍是一片废墟。从战火中保存下来的地方，全是迷宫一样的街道和弯弯曲曲的小巷，盘根错节，难以辨认。

“是的，我知道，”查利说，“这正是我喜欢它的原因。”他试图挤出一丝狡黠的笑容，可他笑得更像是胃疼犯了，因为帕福根兄弟们都不安地看着他。

“好吧，查利。”鲁道夫说着，转向有绿色毡垫的台球桌，把台球杆架在弓起的食指上，他用杆子击打了一下，红色九号球连着撞到两个球后，滚入角落的网兜里，“随便你啦。”

那天晚上，查利几乎彻夜难眠。他把名片摆在床头柜上。名片斜靠着阅读灯，就像一只全视之眼监视着他。哪怕是在仅有的睡眠片段中，查利做的梦也都和那七颗闪烁的金色星星有关。他看着它们从很多没有脸的陌生人的口袋里飞进飞出，而他总是抓不住它们。他的意识不断向他发问：阿米尔为什么要给他名片呢？七角咖吧又是什么地方？

清晨的阳光透过卧室的窗户洒入房间，查利终于醒了。他从床上跳下来拿起名片，他已下定决心：他要找到这家神秘的咖啡馆，他要弄清楚阿米尔为什么想让他去那儿。也许这是个测试，类似于偷窃辅导的最后一课。他打开衣柜，在一堆衣服中找出颜色最暗的一套。他想在着装上尽最大可能和帕尼耶街区相称。他找到了一条破旧的灯芯绒裤子，然后穿上。裤子的左膝盖处已经磨破了。接着，他又穿上一件白色背心，外面套上一件红方格法兰绒衬衫。穿好衣服以后，查利站在镜子前仔细打量了一番。这一身不错，该出发了。他把名片塞进裤兜里，准备下楼拿点吃的，随后便开启冒险之旅。

他的父亲已经坐在餐桌前了，餐巾折在解开的衬衫衣领下。

“这么早就起来了？”老查尔斯问道。他低着头，眼睛透过双光镜片专注地阅读当天的《费加罗报》。一勺煮鸡蛋悬在白瓷杯和他的嘴巴中间的位置。

“我要去旧港那边买点美术用品。”查利赶忙坐在父亲对面的椅子上回答道。

“旧港？你为何不直接派安德烈去，或者让纪尧姆开车去买？”

他父亲把视线从报纸上移开，看着他和他的装束。“还有，你为什么要穿成这样？”

“哪样？”

“穿得跟个伐木工似的。”他用报纸指着查利说。

查利感到自己的脸红了。“我才没有穿得像个伐木工，我只是穿得像我自己罢了。”

老查尔斯无言以对。

“而且我确实需要亲自去挑选一些美术用品。”查利说，“西蒙要求的。”

“嗯？西蒙要求的？”他父亲一抖手腕，将报纸展平，说，“你知道吗，你可是美国总领事的儿子。让你一个人在街上闲逛，像个被催眠的游客似的，或者就像你现在这样，像个伐木工似的，可一点儿也不明智。”

“我没事的，爸爸。”查利说。他给自己倒了些麦片粥，正一勺一勺地往嘴里送着。

“至少坐车去吧，”老查尔斯说，“我下午还要开会，但下午一点之前，纪尧姆任你差遣。”

查利试着在脑海中想象这样的画面：他坐在银色雪铁龙的后座，由家里戴黑帽子的司机开着，驶过帕尼耶的大街小巷。这简直不堪设想。然而，直接拒绝他的父亲会显得此地无银三百两。他不得不接受这番好意。“好的，”他说，“谢谢啦。”

老查尔斯咕哝了一声“好”，就又埋头看起报纸来了。查利吃完早餐，和父亲道过别，就去找纪尧姆了。

纪尧姆正在做着和查利父亲相似的事情：他正坐在银色雪铁龙的副驾上读报，只不过，他读的是《普罗旺斯报》。他反戴一顶短檐帽，嘴里叼着一根烟，烟雾从敞开的车窗慢悠悠地飘出。看见查利过来了，他赶紧把烟弹灭，扔到路上，然后把帽子戴正，朝查利挥挥手。

“你好，查利！”他喊道。

“嗨，纪尧姆。”查利说，“我需要你送我一趟。”

“噢，没问题，”司机回答道，“去哪儿？”

“去旧港，港口码头。”

“遵命。”他说。他立马从车里爬出来，打开车后门。“请吧。”他指着后座说。查利坐了进去。

他们驶入普拉多大道上的车流，纪尧姆瞥了一眼后视镜，问：“我们要去旧港的哪个地方？”

“我要买点美术用品，去美术用品商店吧。”查利支支吾吾地说。

纪尧姆沉默了片刻，接着，他说："旧港那边没有卖美术用品的商店啊，查利。"车速在一处停车标志前缓了下来。一名交警正在指挥交通，交警戴手套的手一挥，纪尧姆便左转，开上了天堂街。

"我还以为那儿有这样的商店呢。"查利底气不足地回答道。

"是的，那里没有。"纪尧姆说。费希尔家的司机从小在马赛的加泰罗尼亚居民区长大。那是一个非常古老的街区，就在普拉多大道北边。他家已经有七代人生活在马赛了。"动物园附近新开的购物中心里倒是有一家。要我带你去那儿吗？"

查利咬了一会儿大拇指的指甲盖，然后说："我还是想去旧港那边看看。"

"好吧，"纪尧姆说，"带你过去没问题，但你在那儿肯定找不到美术用品商店的。"

不一会儿，他们就来到了旧港。纪尧姆娴熟地在东端的比利时码头附近常年拥堵的车流中穿行。他们很快就绕过东北边的临水大道，沿着旧港码头继续行驶。查利已经可以看到阿库勒斯圣母院的尖顶了，这座教堂就屹立在帕尼耶街区的一端。他大喊："你在这儿放我下来就行了。"

纪尧姆猛踩刹车，突然转向路边。两名游客从他们的红皮《米其林旅游指南》上抬起头来，及时地跳到了一边。"这里就是你要找的美术用品商店？"纪尧姆嬉皮笑脸地问道，"我怎么没看见呀？"他主动提出要帮查利开车门，但查利一口拒绝了。

“我自己来，谢谢。”他说。他从车里爬出来，站在马路牙子上嗅着海水的咸腥味，看蜿蜒的街道缓缓上坡，一座又一座高大的石头建筑中数不清的窗与窗之间都拉上了晾衣绳，结成了一张巨大的网。纪尧姆站在他的身边。

“我要在这儿等您吗？”他问。

“不用了，我自己可以回家。”

“我不知道您要做什么，少爷，”纪尧姆说，“不过，如果您要往那个方向走的话，请一定多加小心，好吗？”只见他手指着远处第戎圣母院的白色钟楼。

“谢谢你，纪尧姆。”查利说，“我会小心的。请你保守秘密，不要向我爸爸透露一个字。”

纪尧姆冲查利眨了眨眼，便走向停在一旁的雪铁龙轿车。“记住，天黑前要离开那个地方。”司机说完后便坐上了轿车的驾驶座。

查利转过身开心地朝纪尧姆竖起了大拇指，但这并没有打消这位加泰罗尼亚司机的忧虑，因为他皱着眉头，嘴角的胡须微微抖动着。随后，他启动了银色的轿车，驶入滚滚车流中。

旁边的码头在圣让堡的两堵墙间蜿蜒向北。查利看着车消失在拐角处，车子刚离开视线，他便转身回头看向帕尼耶方向的小山丘。“让我们开始吧。”他轻声地自言自语道，然后便沿着街道的斜坡往上爬去。

第7章

让我们暂且忘记宽阔而又绿树成荫的卡奴比埃尔大街和普拉多大道，以及整齐、笔直的库尔贝尚斯大街和天堂街——这些都是按照现代城市工程学严苛的标准规划建造的。相比之下，帕尼耶街区则像是一位异教徒设计出来的疯狂迷宫。

在马赛那些宏伟的大道破土动工之前，这个街区就已存在。正因如此，帕尼耶的所有街道，好像都是由原始的种子萌发长成的。而后，它们又像树上的嫩枝一样，衍生出许多错综复杂的道路。街道蜿蜒曲折，两旁建筑物林立。这些建筑物同样东倒西歪的，仿佛是被风吹成了现在的样子，在街道的上空摇摇欲坠。墙面坑坑洼洼的，奇怪的地方安装着奇形怪状的窗户，墙面上用糨糊贴满业余戏剧表演的小广告以及价值观可疑的政治口号。这些小街巷不过一条单行道那么宽，却如一根丝线般连接起街头艺人、苦工、头发凌乱的小孩们和身形消瘦的女人们。而他们，为这个古老的街区，注入了生机与活力。

查利之前从没来过帕尼耶区，现在，他壮起胆子，闯荡帕尼耶区，就像英雄赫拉克勒斯冒险来到克里特岛，制伏凶猛的喷火公牛。然而，他毕竟不是赫拉克勒斯，还没走十五分钟，他就发现自己已经迷路了。他试图将第戎圣母院的白色钟楼作为指路星，但其尖顶很快就被其他建筑给遮住了。说实话，他很惊讶，这么拥挤不堪的地方，阳光居然能够照进来。

他看见有两个身穿白围裙的小女孩正在一座破旧公寓楼的门廊下游荡，她们正用粉笔在路面上画画。“不好意思，请问圣弗朗索瓦斯路在哪里？”

她们停下手里的活儿，抬起头来，一脸茫然地看向他。一个女人出现在门口，恶狠狠地紧盯住查利不放。她用法语说了一通话，语速很快，声音尖厉，可是查利听不懂。

“我只是在找……”查利用英语说道，不过很快，他又改回了法语，“我在找……”接下来的话，他不会讲了。于是，他只好从口袋里摸出那张名片，递给女人。

看清名片上印的地址后，女人突然睁大了眼睛，她立马对着两个小女孩喊了一句不知什么话，她们迅速跑进了屋里。女人最后又冷冰冰地看了查利一眼，然后当着他的面，关上了那扇鲜绿色的木门。

“也祝你下午愉快吧。”查利静静地说。

一辆马车沿着街道咯吱咯吱地驶了过来。驾车的，是一个收废品的老人，穿一身破破烂烂的格子呢西装。查利主动给他让道，老人脱下脏兮兮的软呢帽，向他致意，感谢他的体贴。车上装满了各种稀奇古怪的小玩意儿：成堆的旧衣服、浴桶、吐司机，还有一个衣帽架。查利踢着路上的鹅卵石，跟在马车的后边走着。不一会儿，马车又停了下来，老头儿开始捡拾堆积在路边的易拉罐。查利鼓足勇气向老头儿打听七角咖吧的方位。

“不好意思，”查利说，他掏出名片，“这上面的咖啡馆怎么走？”

老头儿看了一眼卡片，说了句什么。不过，他讲的既不是英语，也不是法语。

“抱歉，你说什么？”查利问。

老头儿又讲了一遍。这一次查利听出了他的意大利口音。只不过，他讲话既口吃又漏风，很难听懂。老头儿一定是察觉到了查利的为难，因为他突然停下不讲了，拿手指敲着卡片，沉重地摇了摇头。

“不，”他说，“不要去。”说完，他重新戴上帽子，对他的马说了句话。这马儿理解主人的话，显然不成问题。马车很快就启动了，一人一马，沿着街道，继续向前驶去。

查利目送着马车消失在一个拐弯处。老人的话让他百思不得其解。他开始有一种感觉，自己恐怕永远也找不到这个奇怪的咖啡馆了。因为一提起它的名字，这里的居民竟是这般反应。之后，又有几个路人对他的求助做出了类似的反应，使他不禁开始怀疑这样大张旗鼓地暴露自己是否安全。终于，他屈服于自己酸痛的双脚，决定在一家破旧的小面包房门前的一张露天桌椅上坐下来，休整一会儿。他点了一份巧克力面包和一瓶可乐。店主是一个中年妇女。她为查利点单时表现得好像查利并不存在似的——诚然，与他一上午遭到的各种一言难尽的眼神和表情相比，她的表现已经算很友好了。他考虑过向她打听咖啡馆的位置，但又不想破坏了他们之间的良好关系。

查利叹口气，啜饮起自己的那瓶可乐。他的目光，顺着杂乱的街道，看向远处的一个小广场。有个东西引起了他的注意！那儿，在隔壁一栋建筑的背后，露出了招牌的一角。招牌上画着一颗金色的星星。

他迅速把一个两法郎的硬币往桌子上一拍，从椅子上跳起来，几乎是奔跑着，向广场赶去。如他所愿，他拐了个弯，便看见了一家咖啡馆，门前巨大的招牌上画着七颗金色星星，写着：七角咖吧。

查利情不自禁地拍手大喊："原来在这儿！"说完这句话后，他赶紧闭上了嘴，环顾四周，看看有没有人听见。广场空无一人，只有几张摆好的空桌子沐浴在上午的阳光中。广场位于一个低矮的露天平台，栏杆的那边，一个妇女正在打扫自己公寓的门廊。旁边的树枝上，一只鸟儿在欢快啼叫。查利试图平复激动的心情，他走向咖啡馆的大门。

一般的路人或顾客，可能认为咖啡馆已经关闭了，因为屋里没什么灯光，大门也是紧闭的。外面的桌子零零散散放着，积满了灰尘。和桌子配套的椅子，全都倒着，好像多年未有人坐在上面了。查利小心翼翼地走到门口，往里定睛一瞧，只见里面有几盏灯透过玻璃罩泛出微弱的光。他试着推门，发现门没锁，嘎吱一声就开了。

刚才从门外看见的几盏灯，是咖啡馆餐厅里的。在灯光的照亮下，可以看见餐厅比较破旧，铺着地板砖的地面上摆放了一些脏兮兮的桌子和一个长长的木质吧台，吧台上散落着几只

七角咖吧
香烟店
TABAC
七角
咖吧
咖啡
啤酒
茴香酒
ALLEZ
L'OM
vaches

脏酒杯。咖啡馆的人曾经一度试着把椅子成对地排在咖啡桌前，但似乎这些椅子随着时间的流逝自己迁徙到了咖啡馆里最遥远的角落。其中有一些，似乎喝多了法国茴香酒，正躺在地上，斜着身子打盹儿。查利慢慢走到吧台，伸长脖子，想看看七角咖吧里除了他还有没有其他人。

“有人吗？”他喊道，随后又用法语说了一句“你好”，但无人应答。他似乎看见了一只老鼠从吧台后面疾速蹿过。吧台后面的酒架上堆积了几瓶不知名的红酒，瓶子上面落满了灰尘。查利走回咖啡馆的中央区，扶起一把椅子，坐在桌前，独自发呆。

他就这样子发呆了好几分钟。

他从口袋里掏出名片，在手指间转来转去。毫无疑问，名片上说的酒吧就是这里。可是咖啡馆已经被遗弃，许久没营业了。阿米尔为什么要给他这间废弃咖啡馆的名片呢。查利正起步准备离开的时候，听到有声音从远处的某个房间里传来。

有人在吹口哨。

查利吓得瘫坐在椅子上，一动不动。他听见口哨声越发响亮，同时还伴有沉重的脚步声。这些声音全是从他身后某个地方传来的。他不由得辨认出，口哨吹的是歌曲《坏孩子》，这是去年电台比较火的金曲之一。咖啡馆的满目凄凉、腌臜污秽，让查利觉得，甭管是谁在吹口哨和走路，这人一定是个鬼魂。他悄悄地转过身，想看看身后会出现什么样的幽灵。

如果出现在他眼前的是鬼，那它真是一只很胖很胖的鬼。当它现身，从吧台后边的一扇旋转门走出来见到查利时，它脸上的表情似乎和查利脸上的一样震惊。这个“它”，无疑是一名身形魁梧的男子，一件印花衬衫像穆穆袍一样包裹着他的身体。那件衬衫看上去似乎几个星期没有洗过了。男人蓄着小胡子，头顶的黑发杂乱稀疏。看见查利，他突然睁大了眼睛，接着神色紧张地看了看四周。

“我们已经关门了。”他的声音像笛音一样尖细，这么个大块头的男人，发出这样的声音，实在有点奇怪。他讲的那句法语，是在告诉查利，咖啡馆已经打烊了。不过，查利瞥了一眼手表，确认了一下时间，还不到中午呢。哪有一家正常的咖啡馆会在星期四中午打烊的？

“可是……”查利说。

“你是英国人？”男人问。

“其实我是美国人。”查利说，“我在找……”

“我们打烊了。”男人用英语说。他的英语带有浓重的口音。

“啊？在星期四的午饭时间打烊？”查利无法掩饰自己的怀疑。

男人掂量片刻，若有所思地挠着胡子，说：“好吧。我们是在营业。”

看来挺容易嘛，查利心想。“噢，”他说，“那就好。”

“嗯。”男人说。他还愣愣地站在吧台后边。“你想吃点儿什么？”

查利被这种奇怪的交流方式给弄糊涂了，竟忘了自己是来找阿米尔的。“什么……”他结巴着说，“你们有什么特色菜吗？”

“没有。”男人说。

“好吧。”查利说。

“有的，”男人又改口道，“有特色菜。”

“哦，”查利说，“好的。都有什么呢？”

男人似乎突然被这个问题给难住了。他皱着眉头，好像觉得查利这般逼迫他，是不应该的。“有……”他开口道，他眼睛扫视着餐厅，似乎在努力想该怎么回答。“呃……”过了好一会儿，他才开口说，发出的声音，就好像这个男人正在使劲儿呕出卡在喉咙里的东西。

“什么？”

“呃……”男人重复道。终于，这个含糊的声音，变成了一句能够听懂的话：“马肉。”

查利扮了个鬼脸：“马肉？”

“野兔，”男人纠正道，“兔子，炖兔子肉。”

“你刚刚说是马肉。”

“没有。我说的是兔肉，炖兔肉。”

查利觉得还是不要逼他为好。“还有别的吗？”

“只有这个。”

“你们有菜单吗？我还是想看看菜单再说。”

男人若有所思地把手伸过吧台。他似乎对自己扮演的服务员角色多了一点信心。“今天没有菜单，只有特色菜。”

查利确实有点儿饿了。而且，他觉得，或许从这位先生这里买份吃的，就能够让他放松一点儿了。“那我就要一份炖兔肉好了。”他说。

“真的吗？”男人似乎很吃惊。

“是啊，如果午饭只有这个的话，那我就要这个了。是的。”

男人立马从吧台上抽回双手，钻回旋转门里。门还没关上，他又钻了出来。“等餐的时候，要不要再来点儿喝的？”

“好呀，”查利说，“给我来杯石榴汁吧？”

男人眨眨眼，微笑着用胖乎乎的手指指着查利说：“我的朋友，你可真会选。”他从吧台一边走到另一边，在酒架前停了下来。架子上杂乱无序地摆放着落满灰尘的酒瓶。到了架子前，他做了一个夸张的芭蕾舞动作——单脚尖旋转。查利在座位上都可以听到他嘴里念念有词：“石榴汁，石榴汁，石榴汁。”与此同时，他仔细瞅着瓶子上的标签，寻找石榴汁糖浆。

“那个不就是吗？”查利喊道，“里面装有红色液体的那个。”

男人回过头来又冲着查利眨了眨眼，然后伸手取下查利认出的那个瓶子。他从吧台上取下一只玻璃杯，往里吐了口唾沫，接着用衬衫的下摆把杯子擦净。查利皱了皱眉，然后移开视线，努力把注意力转到别处。他观察起咖啡馆的室内装饰。墙壁上贴了一层褪色的花纹纸。墙上挂着几幅油画。其中一幅画比较奇怪，画面中只有一件外套，没有人。另一幅画的是建在山巅上的某座堡垒。这间咖啡馆似乎曾经也是一个很好的地方，但年久失修，渐渐显得破败了。报纸杂乱地堆在墙角，老旧地板砖上满是肮脏的磨痕。

“给你，”查利的肩头传来一个男人的声音，满满一大杯的红色饮料出现在查利面前，“石榴汁。”

“谢谢。”查利说。他不自在地看着杯子，想晚点再喝，于是抬起头问这个男人：“你认识一个叫阿米尔的男孩吗？”

“阿米尔？”男人反问道，“不认识，这里没有阿米尔。”

“和我差不多大的男孩，好像是黎巴嫩人，头发是棕色的，他给了我这张名片。”他把手伸进口袋，拿出名片给“服务员”看。“服务员”看着名片，一脸茫然。

“我不知道这是什么名片，”他说，“我也不认识阿米尔。”说完他便吹着口哨走回吧台。

“这里是七角咖吧，对吧？”

“是的。”男人说。

“但你从未见过一个棕色头发名叫阿米尔的男孩？”

“没见过。”男人再三强调说。查利觉得男人或许有点强调过头了。

查利感到困惑不解。他拿起面前的杯子，随意抿了一小口。当他吞下去时，喉咙感到一阵灼热。他震惊地回头看向男人。“这……”他气急败坏地说，“杯子里是什么？”

“石榴汁。”

“还有……？”

“当然还有杜松子酒了。”他说，此时他已回到吧台后面的工作区域。

“你在我的石榴汁里放了杜松子酒？”

查利的质疑似乎把男人给冒犯了。“难道还有其他方法调石榴汁吗？”

“先生，我才十二岁呀，”查利说，“我看起来像是那种要在石榴汁里掺酒的人吗？”

男人满不在乎地耸了耸肩，消失在旋转门的后面，留下查利一人坐在那儿深陷沉思。他凝视咖啡馆的前门，想着要不要放弃寻找这个叫阿米尔的扒手男孩，继续过自己的生活。正在这时，他的思绪被打断了。吧台后面的旋转门又动了一下，那个穿穆穆袍的男人走了出来，手里端着一个盘子。

他雄赳赳大跨步来到查利的桌前，大喊一声“用餐愉快”，便把盘子放在了店里唯一的顾客面前。

“这是兔子肉？”查利问。

盘子上的东西，毫无疑问，不是炖兔肉，而是一块三明治，而且看上去似乎已经被人啃过几口。

“马赛特色美食。”男人笑着说，露出一排牙齿。

查利剥开最上面的一片面包。一层黏糊糊的类似巧克力酱的东西，粘在下面的那片面包上。不过，他实在不想再挑剔了。“看上去很美味。”他说。他正准备拿起来咬上一口，却突然改变了主意。“听着，”他说着，从桌边站起来，“如果你见到一个叫……”

“我不认识你说的那位阿米尔。”男人打断道。

“我知道。”查利不耐烦地说，“但是，假如你碰见他了……”

“这不大可能！”

查利扯着嗓门，争辩道：“但是假如你见到他。”他等了会儿，看男人是否会再次打断他。这回，他没有。于是，查利语气平静地继续说道：“如果你见到他，可否请你转告他，查利·费希尔来过？”

“查利·费希尔，”男人跟着重复道，“哦哦，好的。”

“告诉他……”查利在想该怎么说，“告诉他，他丢了这个东西，我来还给他。”他无奈地叹了口气，把名片留在桌上。

“没问题，先生。”男人十分干脆地答应了。语气的突然转变，说明他已经不想和查利纠缠下去了。

查利准备买单了。可就在这时，他被打断了，因为咖啡馆里的气氛骤然变了，小小年纪的他，还从来没有经历过这么剧烈、突然的变化。片刻之间，方才冷清的咖啡馆就变成了一场混乱风暴的中心。

轰隆一声，咖啡馆的大门被撞开了，一群小孩跑了进来。他们跑得太快了，查利没看清有多少个，但他估摸着应该有六七个的样子。他感到自己的心怦怦直跳，快要跳出胸腔了。两个小孩向他冲过来，其中一个，离他的桌子只有几英寸远。他的那杯掺了杜松子酒的石榴汁（大部分是杜松子酒），被撞得横飞出去，酒杯哐啷一声碎了一地。查利本人也被撞得从椅子后背上翻了过去，动作滑稽地倒在了脏兮兮的地板上。他好不容易从地上爬起来，却正好瞧见他的服务员，那个大胖男人，突然神情变得警觉起来。他站在吧台后的镜面墙前，孩子们纷纷向他跑去。查利看见他把手伸向架子上的一个酒瓶，接着，令人惊讶的一幕发生了：整面墙往后退去，露出了一条暗道。孩子们鱼贯而入，消失在那面墙之后。“服务员”一一清点人数，就像鸭妈妈数小鸭一样。显然，少了一个小孩，因为他一脸疑惑地环视着房间。看见查利还站在原地，他似乎吃了一惊。

“查利！”从咖啡馆另一边传来一个声音。

是阿米尔。他刚刚气喘吁吁地冲进餐厅。两个男孩面面相觑，见到对方，两人似乎都很震惊。过了一会儿，阿米尔的脸上才终于露出了笑容。

“快来呀！”他大喊着，拉上查利，一起奔跑。他拽着查利，跑过房间，一路上把椅子撞得东倒西歪。就在这时，查利听见街上传来一阵紧似一阵的警笛声。大胖“服务员”不耐烦地朝他们挥着手，催促他们赶紧过来。等他们跑到暗道的入口处，“服务员”伸出手，拦住了查利。

“你认识这呆子？”男人问。

“这呆子是和我一起的。”阿米尔说。

显然，这个解释对他来说足够了。查利和阿米尔一起，俯身从男人的胳膊下钻了过去。接着，男人一松手，那扇奇怪的门就在他们身后关上了。然后，他们一起走进了黑暗中。

第8章

“当心脚下！”有人提醒查利，可黑暗中，他分辨不出这人是谁。暗门之后，道路漆黑，狭窄难走，查利的两个胳膊肘同时剐蹭着走廊两侧的墙壁。走廊似乎在慢慢向下倾斜，周围的空气在渐渐变凉，且有点潮湿。查利跟着大部队慢慢前行，在他前面较远的地方，可以看见电灯在闪烁，映出他们列队前行的侧影。他们身后的大门紧闭着，街上的警笛声已听不见了。查利伸出手，触碰他旁边孩子的肩膀。借助走廊微弱的灯光，他发现这个小孩是阿米尔。

“我们这是在哪儿呢？”查利小声问道。

“嘘，”阿米尔警告说，“跟着走就是了。”

他们忽然就来到了走廊的尽头。这时，查利听见队伍的前头，有人在小声争吵。奇怪的是，走在前边的人，突然开始沿着螺旋式的路朝下走，走着走着，就不见了踪影。不一会儿，查利便来到一处螺旋楼梯前，楼梯通向古老的石井。他紧紧抓住铁栏杆，小心翼翼地沿着木台阶往下走，而木台阶似乎越来越多，一眼望不到头。过了好一会儿，他才终于走完了楼梯，来到石砌地面上。他抬头看看四周，不禁倒吸一口冷气。

在电灯黯淡的灯光下，他发现自己正站在一座巨大的地下墓穴的正中央。

查利想弄清这个地下墓穴的历史年代——不过他猜测，它或许和许多欧洲地下墓穴一样，也是古罗马时期的。墓穴的石头因为岁月的流逝和长年的烟熏，变得黯淡无光。长长的、低矮的走廊两侧的墙壁上，凿了一些宽洞，大概是用来置放尸体的，而今那些尸体早已踪迹全无。取而代之的是洞里陈放的不少上好的波斯毛毯和流苏枕头，它们使得整个房间看上去像是一间颇富异域情调的沙龙。房间的中央，放了一张大桌子，四周摆满了椅子。桌子上堆满了纸币、硬币，以及各类金银珠宝。

查利之前在走道里听到的争吵，在他们来到墓穴后又爆发了，不过这次更激烈了。

争吵发生在两个男孩之间。他们和查利差不多大。一个男孩，皮肤乌黑；另一个男孩，则是一个留着拖把头的白人小孩，块头很大，不符合他的年纪，显得很滑稽。前者说话口音很重，查利听不出他来自哪里；后者则带着斯拉夫口音。不过，他俩讲出的英语有一点相似：都带着浓浓的异域口音。

“那呆子身上有浮子啊，熊，”第一个男孩说，“我摸到了。我根本来不及反应，他就朝我扑过来了！”

“才不是什么浮子呢，”第二个男孩说，“只是一只老艾奥瓦镊子而已。你搞砸了，就这样。差点儿害得联盟解散。”

一个女孩插嘴道：“小子们，那人是个奇才克星。你们没看出他是胡须子吗？”

两个男孩停止了争吵，看向那个女孩。查利眯起眼睛，就着手电筒发出的微弱光线，认出了那个女孩。她就是杰姬，那天他和阿米尔一起遇到的那个女孩。

“不。”那个叫熊的男孩难以置信地说。

杰姬从她的钱包里掏出一样东西，扔在桌上，那是一枚银色勋章。房间里的每个人都跑去围观。查利也不例外。

“看看这个吧，”女孩说道，“胡须子就是胡须子。”她又从钱包里掏出更多东西，扔在桌上：一个钱夹，一只手表，一张塑封证件卡和一张猫的照片。

争吵立马被遗忘了，房间里爆发出一阵笑声。查利发现自己也跟着在笑，虽然他不太确定自己在笑什么。显然，查利的笑声挺引人注目的，因为他刚开始笑，屋子里就静了下来。

大家的注意力突然都转到了这位新来者身上。查利尴尬地止住笑声。“嗨。”停了片刻后，他说。

杰姬从一群孩子中站了出来，恶狠狠地盯着查利。那群孩子看见查利都惊得说不出话来。“老天，你到底是谁？你怎么会在这儿？”她的语气相当强硬。假如查利写故事，他会把她的这种语气描写成“坚硬得似乎可以瓦解钢铁”。

谢天谢地，这时阿米尔也站了出来。“这位是查利。你还记得查利·费希尔吗，杰姬？”

“什么？就是昨天你在街上培训的那个呆子？”杰姬问。

“正是他。”阿米尔说。

这时，杰姬已经转过身，直接面向阿米尔。“那么，请问，他是如何找到我们的老巢的？”趁阿米尔开口回答之前，她又纠正了自己的说法，“他到底是怎么混进了我们的老巢？”

查利扫了一眼团团围住他的这群小孩，包括阿米尔和杰姬在内，一共有八人，年龄、身高、民族各不相同。这群小孩里，有三个是女孩。其中一个女孩走到查利身边——她无疑是他们之中年龄最小、个头也最小的一个。她棕色的头发剪得和男孩子一样短。她用一副伦敦腔和查利讲话。这是查利头一次听到这么浓的伦敦口音。

“要我戳这家伙的裤裆吗？”她问。她手伸进裤兜里，掏出一把小刀，在他眼前威胁地晃来晃去。

查利想这个问题应该是问别人的，但他觉得说说自己的看法也无妨。“我认为你不应该这么做。”他说。

“没问你。”女孩凑到他跟前，恶狠狠地说。

“小鼠，”杰姬说，“退后。”

“好啦，莫莉，”阿米尔说，“我们不要动粗。”

“这不叫动粗好吧。呆子都混进我们的老巢了，我们必须采取行动了，阿米尔。”

“他是我朋友。”阿米尔说，“他也是联盟的一员。”

杰姬气急败坏地叹了口气：“他也是联盟成员？那他从呆子成长为工具的速度可真够快的。”

之前和那个粗鲁的白人小孩争吵的男孩，那个皮肤黑如乌木的男孩，这会儿也来到查利身边，上下打量起他来。让查利吃惊的是，又一个男孩，一个和黑皮肤男孩长得一模一样的男孩，站到了他身体的另一边。他们两个看上去像是双胞胎。第一个男孩在他的左耳边大声说："他通过测试了？"

"七铃测试？"第二个男孩在他的右耳边问道。

"什么？"查利一脸迷惑地问。

"就是七个铃铛。"他右边的男孩说。

"偷七枚硬币的测试。"他左边的男孩说。他们接二连三地说了一大串话，但可怜的查利还是一句也听不懂，甚至被搞得有点头晕了。

"你们觉得他怎么样？"阿米尔问，"当然了，他没上过学，他就是这儿的人。不过，自从我们失去了……"

"不要提了。"杰姬愤怒地打断了阿米尔的话。

阿米尔转而朝杰姬发火道："咋了？我们就不能再提那件事儿了吗？不能再提穆纳了吗？"

"不要在我面前提那个名字。"杰姬低声嘶吼道。

"好，"阿米尔说，"自从我们失去了那位'名字绝不能被提及的'男孩，我们需要新鲜的血液。"

"然后，这个呆子就是你心目中的新鲜血液吗？"那个年纪最小的女孩小鼠问道。

第三个女孩站在原地问："我们为什么不打电话给校长呢？他为什么不给我们派个人过来呢？"这个女孩有一头乌黑亮丽的长发，长发披在肩头，看起来像是东亚人的后代。尽管查利曾周游世界，去过很多地方，但他也从未见过这么多种族的孩子聚集在一个地方。这阵势，好像是在参加一个完全由专业小贼组成的联合国大会。

“你们究竟是什么人？”查利无意间脱口问道。

“你最可怕的梦魇。”英国女孩小鼠说，手里仍挥舞着刀。

“你最不想认识的人。”那个亚裔女孩补充道。

“我们什么也不是。”他右边的男孩说。

“我们甚至都不属于这儿。”他左边的男孩说。

男孩的话令查利晕头转向，他在心里呐喊：“拜托，不要再说啦。”

“查利，我们是马赛的奇盗联盟。”阿米尔说，“我们现在缺一名工具。这就是我邀请你到这儿的原因。我很开心你明白了我给你的提示。”他朝查利使了个眼色，然后转向他的同伴，“你以为校长会给我们派个替补加农炮吗？你们疯了吧。他才懒得管我们这儿人手够不够[①]用呢。”

“还有女生。”黑头发的女生补充道。

“对，还有女生，美智子、杰姬、小鼠，不好意思。”

“说得没错。”熊说。

“或者，”阿米尔继续说，“他想让我们自己想办法解决。这就是我现在在做的。查利·费希尔，你过来一下。”他朝查利打了个手势，“不管怎么样，这个男孩曾帮助我脱身，他在嗡嗡面前为我解了困，就是我们在让·饶勒斯广场干活的那一回。所以，我欠他一个人情，不是吗？”

---

① 人手够不够，原文为work down a man，“man”（男人）在此处是人手、雇工的意思，但这一用法其实在影射干活儿的都是男人，故接下来有女孩提出了反对。——译者注

整个房间里，大伙儿都在低声赞同阿米尔的话。仿佛他们很早以前就已达成共识，阿米尔只不过是在履行承诺而已。

“难道不是吗，杰姬？”他一边看着这位青春期少女，一边重复问道。

“当然了，阿米尔。”她回答道。

“于是，我俩一起干了几票。我和他，以二人组的形式，你们知道的。一起抠过几个屁股。”阿米尔停下来，回头看看查利，“他干得不错。我觉得他很有天分。”

“这呆子有天分？”一个男孩问。之前，查利还没听过他开口说话。他个头中等，黑色的头发乱糟糟的，上唇留着一抹淡淡的小胡子。他右眼还戴着眼罩，这么惹眼，按理说，应该早点注意到的。

“我看不出来。”亚裔女孩说。查利猜她应该就是美智子。她斜睨着他，好好打量了他一番。“不可能。”她说。

“如果你有自信，就要几招让我们看看。”那个笨拙的苏联男孩说。

“唔……”查利还清楚地记得上次杰姬对他进行的考验，有点发怵，“我还没……”

但阿米尔打断了他：“他可以的。”

“我可以的。”查利跟着说。他向阿米尔抛去一个吃惊、害怕的眼神。

“好啊，那么，”戴眼罩的男孩说，“熊，过来，把那个镊子递给我。”

苏联男孩照做了。查利看见一个带金属扣的皮夹子在两个男孩之间换了手。戴眼罩的男孩（在查利得知他的名字之前，我们暂且叫他“眼罩”吧），从他的口袋里摸出一枚一生丁[①]的硬币，放进皮夹子里，并扣上金属扣。然后，他把皮夹子放进他身上那件旧巴巴的外套的内胸袋里。

“从我的衣坑里偷出碎银子吧，”眼罩说，“从内胸袋里偷出这枚硬币吧。”

“噢，拜托，”阿米尔说，“从镊子里偷？给这个孩子一个机会吧。”

“不，”杰姬微笑着走上前，“我觉得这是个完美的测验。既然你那么肯定他有天分，这对他来说应该不成问题。来吧，查利·费希尔，看你能不能从布鲁托这儿偷到这一生丁硬币。”她指着眼罩说。看来，我们不该再叫他“眼罩”了，而应叫他的名字“布鲁托”。

查利定定神，深吸一口气，开始在脑海里回想阿米尔教他的招数。过去十几个小时里，他其实对这场遭遇战已有心理准备，一直在期待能有第二次机会，重来一遍前一天失败的测试。他昨天晚上的梦里全是油水、屁股和戳儿，白天也一直在想那优雅灵巧的手上功夫。从起床的那一刻起，他就在幻想自己的成功。一旁的孩子们在叽叽喳喳地热烈讨论着他的胜算，而他感觉到整个房间里的能量正在他身边集聚。他仔细打量起戴眼罩的布鲁托和他的外套。与此同时，他听见围观人群中有人在下注打赌。“五法郎，赌布鲁托赢。”双

① 生丁，法国辅币，100生丁为1法郎。——译者注

胞胎中的一位说。“那我赌十法郎，那呆子赢。”另一位说。

“来呀，你还在等什么？”布鲁托对查利说。

“说起来，这儿好像不是最佳场所，”查利说，他开始紧张地踱来踱去，“我的意思是，我们最好是在某个广场或商场里，对吧？”

（那个小女孩，小鼠，扮演起赌注经纪人的角色，开始登记收集孩子们的赌注。“查利·费希尔，二十五赔一。”她说。）

“一个有天分的加农炮，无论在哪里都能成功。”布鲁托说。

“嗯，我有天分。”查利慢慢有了信心。他直直地站在布鲁托面前。

（“调成三十赔一吧。”小鼠说。听到这话后，有几个观众失望地嘟囔起来。）

“你没有天分，你什么也没有。”布鲁托说。

“好吧……”查利开口道。

“好吧什么？”

“至少我有两只眼睛。”查利说。说起来，查利还从未取笑过或唤起别人去注意某人的生理缺陷或残疾。这不是他的风格。之前，在学校里，他常常发现自己与同学中被孤立排挤的边缘人物混在一起。利用某人的缺陷，来打击压制他，在查利看来，是很可耻的行为，但是他明白，在这种情形下，他必须语出惊人。

布鲁托似乎并未感到冒犯，只是很惊讶查利竟采取了这样的策略。

他盯着查利看了一会儿，然后哈哈大笑起来。他的笑声特别大，几乎是在咆哮。他快笑翻了，不得不把胳膊搭在查利的肩膀上，保持平衡。

“噢，这家伙，”他笑得上气不接下气地说，“这家伙是个小丑，不是加农炮。”

就在这时，查利开始行动。他伸出右手，抓住布鲁托的肩膀。男孩的注意力，立刻集中到查利的手上。借助空着的左手，查利去抓男孩的夹克内胸袋。男孩见状，迅速把手从查利的肩膀拿下来，抓住查利的手腕，阻止他触碰皮夹子。然而，在你判定查利已输，认为他做出了一个不明智的决定——从布鲁托的夹克内胸袋，强行夺走（就像阿米尔之前说的那样，打完就闪）硬币之前，你应该知道，这其实是查利灵机一动想出的诡计。随着男孩的注意力全部转移到查利的手上，查利便可以轻易地把脚伸到男孩的胯下，绊住他的腿和膝盖。

接着，两人一起摔倒在地上，叠罗汉似的倒在了一块儿。

房间里的人，之前都在他俩身上下了注，现在意识到下注的钱可能拿不回来了，为了尽可能保护自己的投资，也纷纷卷入战斗中。混乱之际，有人破口大骂，互相挑衅，有人甚至恨恨地挥起拳头。

至于查利，他仍急迫地想从布鲁托夹克内胸袋紧扣的皮夹子中，夺走那枚生丁硬币。人群中，手臂乱舞，布鲁托正在奋力击退那些赌查利胜出的押注者。趁此良机，查利可以轻易地用手在布鲁托的胸口摸来摸去。摸到皮夹子和皮夹子上的金属扣时，查利感到一阵突如其来的兴奋。可就在这时，他突然感到腹部一阵剧痛。此时，布鲁托已在乱斗中，打跑那些攻击他的押注者。他猛地用胳膊肘将查利撞了出去。查利发出一声呻吟，接着，他的手从皮夹子上松开了，人也从扭打在一起的人群中滚了出来。

布鲁托从人群中脱身之后，站起身来，低头看着查利，脸上露出得意的笑容。

“瞧见没？”他边说边踢了攻击者一下，“他在生拉硬抢，毫无技术可言。”为了堵住所有人的嘴，布鲁托干脆将手伸进夹克内胸袋，掏出皮夹子，解开金属扣，把皮夹子倒过来，想让硬币自个儿掉到地上。

然而，没有硬币掉出来。

皮夹子已经空空如也。

布鲁托的脸色一下子变了，难以置信地张大了嘴巴。房间里的每个孩子，都慢慢地悄悄地爬了起来。

查利和他们一样震惊。虽然他很想把这份成绩据为己有，可事实上，他在被推开之前，连皮夹子的金属扣都没能打开。他开始平复自己的心情，但肚子上被布鲁托的胳膊肘撞击的地方还在隐隐作痛。他直起身子，跪在地上。就在这时，他感到有什么东西在蹭着他的大腿。这件东西，之前并不在那儿。他把手伸进裤兜，掏出一枚灰不啦唧的一生丁硬币，托在手掌心上。

房间里所有人都惊得倒吸一口气。

“哇，哇。”杰姬感叹道，她正忙着整理自己的马尾辫，“看来他是个天生的小偷。”

围在查利身边的孩子们都赞同地啧啧称奇。那些冒险赌一把，把钱押在查利身上的人，正高兴地互相庆祝。小鼠一脸不情愿地按之前约定的赔率向他们付了钱。布鲁托拍掉身上的灰，用更加怀疑的眼神打量着查利，不过很快，他就和其他人一样，把这段插曲彻底抛在了脑后。

“但我们必须征得校长的同意。”杰姬继续对阿米尔说道，“这是……流程。”

阿米尔点点头。

“他还不算加农炮。”她继续说，“只是耍了一个巧妙的伎俩。我们不能让这样一个生手直接加入，他会掀翻联盟的。他还需要经验。”

“没问题，杰姬。”阿米尔说，“在他学成之前，我们先让他负责中外场，可以吗？”

杰姬点点头。她看着查利，皱起眉头。“来吧，伙计们，”她说，“玩闹够了，该干正事了。我们还有大肚子要分。让我们开始剥皮，扔掉死皮吧。”她一声令下，大家一起围在那张长桌子前，开始仔细拣选他们收获的赃物。

查利被落下了，一个人孤零零地站在原地，手里仍握着那枚一生丁的硬币。阿米尔走过来，从他手上抢走硬币。“厉害啊，查利。”他狡黠地笑了笑。他来回翻转着硬币，细细研究起来。

“谢谢。”查利说，“不过我没有……”

“嘘。”阿米尔把手指竖在唇边，警告道，“秘密，我俩之间的秘密，懂吗？”说着，他把硬币放进查利法兰绒衬衫的前胸口袋里，并意味深长地拍了一下。

来吧，
伙计们，

玩闹够了，
该干正事了。

我们还有大
肚子要分。

让我们开始
剥皮，
扔掉死皮吧。

“难道是你……？”

“嘘，”阿米尔说，“秘密。”他伸出胳膊，搂住查利的肩膀，把查利带到长桌边。“欢迎来到奇盗联盟，查利·费希尔。”他说。

第9章

美智子来自日本广岛，她是在美军原子弹轰炸后的第二年出生的。她的父母在城市的废墟中将她抚养长大。

“我不喜欢美国人。”阿米尔介绍她时，她如此说道。

“好吧，”阿米尔看着查利说，“她不喜欢美国人。”

博拉，也就是熊，十二岁，来自苏联的列宁格勒，经由苏黎世来到马赛。据说他家以前是沙俄的贵族，和罗曼诺夫家族来往甚密。他们和其他贵族一样，在十月革命中被打倒，失去了原有的地位和财富。博拉的大家庭在乡下安然无恙地生活了几十年，直到他们被斯大林的特工发现后，才被迫逃往欧洲。

“这位是塞姆班，负责打掩护。”阿米尔指着双胞胎中的一位说道。

“我才是塞姆班。”双胞胎中的另一个说。

“我是法图尔。”阿米尔刚才手指的那位说，他朝查利挤了挤眼，“才怪。”

“说实话，我们也分不清，只能相信他们自己的说法了。”阿米尔说，“他俩是塞内加尔人，长得一模一样。这点在干活的时候特有用。”

查利在阿米尔向双胞胎介绍自己的时候，友好地朝他俩挥了挥手。双胞胎依次抬起头，表示已收到关于查利的介绍。他们两个正忙着整理散落在桌面上的各种战利品。一堆是硬币，另一堆是纸币。值钱的东西——项链、手表、戒指——被分别堆在不同的地方。死皮则被扔到地上，积了一堆。查利从未在一个地方见过这么多的财富，仿佛昔日海盗藏匿的宝物已重见天日。

他们的收获一定颇丰，因为屋里的氛围，自从发现查利在场后，一直不太对劲，现在却活跃了起来。这群奇盗一边分着赃，一边嬉笑怒骂。

“杰姬嘛，你之前已经见过了，”阿米尔继续说，“她是我们的顶级工具，来自美国田纳西州查塔努加市。我说得没错吧，杰姬？”

杰姬从桌子上抬起头，眨巴眨巴眼睛看着查利，给了他一个假笑。“一名南方俏佳人。”她说。她捡起一枚金戒指，狠狠地咬了一口，以鉴定真伪。

“她在联盟里的资历比我们都老，”阿米尔说，“她六岁时，校长就把她培养成才了。”

“一个超级加农炮，”杰姬说，“你也可以这么说。”

“而且，她也是我们中间最谦逊的人。”那名英国小姑娘打趣道。站在她身边的杰姬轻轻推了她一下。

阿米尔笑着说：“这位是小鼠莫莉。她是个吊钩，同时也擅长掩护。她是我们联盟的小丫头，才九岁。她出生成长于伦敦东区，狄更斯笔下的那个伦敦东区。”

“很高兴认识你，我的好伙计。”女孩语气夸张地说。

阿米尔继续陪查利认识桌边的人。“当然，布鲁托你已经认识了。他是我们的文件夹。他负责策划安排每次行动。出生于布宜诺斯艾利斯。在马戏团长大的，对不？在一场飞刀表演中失去了一只眼睛。”

查利吓得一哆嗦。“你被人拿刀戳瞎了眼？”他问。

布鲁托回答说：“哪有！我才是扔刀子的人。刀刺中了一个姑娘的肩膀。于是，她拿着六英寸的高跟鞋来找我算账了。”他一根手指戳进脸颊，又拔了出来，嘴里同时发出砰砰的令人毛骨悚然的爆裂声。

查利吓得捂住嘴巴。

“还有这位就是我们的开心果。”阿米尔说，“贝尔图乔，他就是你刚刚在楼上遇到的服务员。他是科西嘉人，经营着这家土豆烧牛肉连锁店，同时保我们大家平安。”

“土豆烧牛肉连锁店？”

“就是我们的老巢，窝点，这家七角咖吧。”

“噢，”查利说，“明白了。”

在围绕长桌走过一整圈认识了在场的所有人之后，查利感觉自己似乎骑在旋转木马上，头晕目眩的。他试图掩藏起自己对这些孩子的崇拜之情，他不想显得过于阿谀奉承。他凑近桌子，看这些小偷对着桌上的一堆赃物争论不休，鉴定其价值，并大声宣讲自己为之付出的努力。小鼠莫莉举起一个像是领带夹的物件，正一脸嘲弄地仔细研究着它。

“谁偷的领带夹？”她问大家。

“肯定是博拉。”塞姆班回答说，或者是法图尔？亲爱的读者，这里悄悄说句离题话。我们得继续这样，把一句话想成既有可能是塞姆班也有可能是法图尔说的，因为除了这对双胞胎没有人能够分清楚谁是塞姆班谁是法图尔，连他们的伙伴们也做不到。当然，这一特质，他们也一直珍惜并有意培养着。我们就不要剥夺他们的乐趣啦。

“在莫斯科，”熊为自己辩解道，“领带夹在市场上卖得很贵的。”

“不会吧，”莫莉说，“那是旧派头啦，哥们儿。你又不是扁平接头。一个领带夹，如果上面没有冰块，就一文不值。”

（查利这时向阿米尔抛去一个好奇的眼神。阿米尔悄悄为他翻译道：“一个领带夹，如果上面没有钻石，就一文不值。”）

“博拉，你倒不如去砰背带呢，”布鲁托说，“如今，这可是一种时髦派头。”

一群人听完，都哈哈大笑起来，只有查利听不懂这个笑话。看到查利满脸困惑，阿米尔解释说：“砰就是偷的意思。我们有一个加农炮，每次干完活，习惯偷呆子的背带。”

“伟人塔特，”莫莉补充道，“他可是一名顶级加农炮。”

阿米尔只好憋住笑继续说：“对，塔特他是一匹孤狼。他喜欢单独行动，喜欢在聚会上扇风，比如社交舞会。他在舞池上作业，砰戳儿、山脊、贫民窟……他们身上的任何东西。但是在他收工前，他一定会砰所有男士的背带，然后躲在一边，看他们一边像这样扶着裤裆，一边跑下舞台。”他双手紧提裤腰，模样滑稽地在屋子里跑来跑去，仿佛他的裤子快要掉到脚脖子上了。所有人，包括查利在内，看到他这个样子，都哈哈大笑起来。“塔特会把这些背带全部扔掉，丢到舞厅外。于是，这帮绅士不得不再花一小时的时间，试图分清哪个背带是哪个人的，而在此过程中，他们的裤子一直不停地往下掉。”

“他是个超级加农炮，”博拉说，疯狂大笑，声音沙哑，“像他这号人真不多。”

“他现在人呢？”查利大胆地问道。

“在某个停业点吧，”阿米尔有些伤感地说，“他已经退出联盟了。”

“你们还可以这么干吗？”查利问道，“退……退出联盟？”

“是啊，”阿米尔说，“谁都可以的。我们一般称之为宣布出局。”

“但谁会想要退出呢？”美智子插嘴道。说着，她把一沓花花绿绿的法郎钞票摊开，就像孔雀开屏一样。

“确实啊。”阿米尔笑眯眯地看着查利说。

“我们加入联盟，”布鲁托说，“是因为我们心向往之。”

“是我们有所专长。”美智子补充道。

“校长不会强迫我们的，”杰姬说，手里拿着一枚金戒指在那儿欣赏，“我们来这儿，是因为我们自己愿意。我们很高兴能够在反抗富人的战争中，贡献自己的绵薄之力，而我们的贡献是任何军队都无法取代的。”

查利眯起眼，指着桌子四周的人。“等等，”他说，“你们聚在一起都是出于这个……信仰吗？”

美智子摇摇头说：“不是的，我们只是马赛的奇盗联盟。”

“查利，工具没有任何信仰，”阿米尔说，“我们只认屁股。”

“这怎么……你们怎么……”查利停了下来，试着把脑海中的一连串问题组织成一个简洁明了的句子。他问道：“你们是怎么互相认识的？”

这个问题一出，桌上所有人都抬头看向查利。他们警惕地交换着眼神。杰姬给阿米尔递了一个眼色。塞姆班说：“我们可以告诉他吗？”

“那样我们恐怕得杀了他。”美智子调皮地笑着说。

“这活儿就交给我吧。”布鲁托主动请缨道。他斜视着查利。显然，这个男孩还在对查利偷到那一生丁硬币耿耿于怀呢。

“闭嘴，布鲁托。阿米尔，你说呢？”杰姬问道。

“我们可以告诉他，”阿米尔说，“他应该知情。”

“我们也没必要隐瞒了，”熊补充说，“反正他已经看见了一切。”

“什么？”查利一脸迷惑地环顾四周，“你们有什么秘密？”

“查利，我们是一个小偷组织，”阿米尔说，“像我们这样的组织还有很多，遍布全世界。”

“每个主要城市都有一个这样的组织。”杰姬说，“我们肯定不是你遇见的第一个。只不过你不知道罢了。”

“我们是秘密行动的。”塞姆班说。

“藏在暗处。”法图尔说。

“你只需要知道这么多。”美智子说。

“哎哟，说吧，”阿米尔说，“如果他要和我们在一起，甚至负责中外场，那么我们就得告诉他全部。”

“请告诉我吧。”查利说。

阿米尔朝杰姬点点头。“你来告诉他。”

“七铃学校，”杰姬说，“听说过吗？”

“恐怕没有。”查利说。

“他当然没听过了。”布鲁托插嘴道，“他是个呆子。他是个……”

“杰姬，你就把你的故事讲给他听吧。”阿米尔打断道。

杰姬停顿片刻，才继续开始讲述。她捡起一根金链子，绕在指头上。“当我还是一个小女孩时——在我很小很小的时候，我生活在查塔努加的一个种植园里，整天无忧无虑的，有大把大把的时光。我有一个大家庭，兄弟姐妹很多，每个人都想方设法得到关注。我发展了一项……”她努力寻找合适的词语，“一项技能。我不但懂得如何巧妙而隐蔽地运用我的手指，还学会了怎样操控别人，你懂的，了解他们的位置以及我自己身处的方位。就好像我可以驾驭时间。我完全可以改变世

我们是秘密行动的。
藏在暗处。

界上人们的生活方式。我发现，我可以在我爹毫无知觉的情况下，取下他的眼镜。我还教会自己开锁，偷糖果。我做错了事情，便栽赃给园丁或任何一个兄弟姐妹。你可以想象，我有点难管教，但我天赋异禀。事实证明，我有那种天分，那种偷盗天分。正是这种天分，将我与世界上千千万万个和我相似的孩子联系在一起，虽然当时我并不知情。有一天，我正在大屋后面的花园里玩耍，一个男人走了进来。他穿得特别气派，西装革履的。他说话口音有点奇怪。我记得很清楚，他跪在我面前，手里拿着一枚硬币。他像变魔术一样，一会儿让硬币消失，一会儿又让它出现在我的围裙里。他要求见我的父母。我还记得他们和他聊了很久。他们聊完后，爸爸走到我跟前说，这个男人会带我去一个地方，一个不可思议的地方。那里专门培养像我这样的孩子，我的才能也可以得到打磨和提升。接下来，我看到自己的行李被打包好了，然后我就被送走了。这个男人名叫奈杰尔，是一名发现者。我们走了很多天，其间先后换乘汽车、飞机和轮船。我们跋山涉水，远渡重洋，最后来到一个我所见过的最奇怪的地方。在南美洲哥伦比亚中部一座山的山顶。我们抵达了目的地——七铃学校。”

女孩讲述的过程中，查利听得如痴如醉。整个房间都安静了下来，所有人的目光都聚焦在杰姬身上。

她继续说道：“你可以想象这一切看起来有多么古怪离奇，我只是一个来自查塔努加市的六岁小女孩。而这座像城堡一样的建筑，却矗立在世界另一端的某个地方，离我的出生地十万八千里之遥。但正是在这里，我懂得了将自己的才能学以致用，改变世界。我……”讲到这儿，她挥了挥仍绕在手指上的项链，指着房间里的孩子们说：“以及你在这里见到的每一个人，我们的技艺、才能，使我们得以集聚在一起。在校长的教导下，我们的技能越发炉火纯青。我们组成了奇盗联盟，被派往世界各地去干活。”

“去偷窃？”查利问。

“是匡扶正义，维护世界公平，”美智子插嘴道，“给富人放放血。”

“也为了使我们自己变得富有！”熊咧嘴笑着补充道。

“我们拿小头，剩余的全给校长。”杰姬说，“他收下这些钱，就当作我们交的学费。”

“用于未来加农炮的教育支出。”阿米尔说，如同演戏似的，他把一只手按在胸口上。

查利发出惊讶的笑声，挨个儿看每一个孩子，等着他们跳出自己的角色，揭露这个精心设计的笑话。可他们并没有，于是查利满脸狐疑地问道：“你们知道这听起来有多疯狂吗？一个专门培训扒手的秘密学校？在南美洲？”

阿米尔耸了耸肩。“这取决于怎么看了，毕竟疯狂是相对的，是吧？”

“然后你们就像这样，分成一个个小组，被派往各地工作吗？我想知道，比如在华盛顿，有没有这样的奇盗联盟？”

“有啊。”阿米尔说。

“东京呢？”

“嗯。”莫莉说。

“莫斯科？”

“有的。”熊回答道。

“那……”查利不停地在大脑里搜寻，“澳大利亚的悉尼呢？”

“事实上，那里有一个很出色的奇盗联盟呢。”杰姬回答道。

“虎子就是那个联盟里的，对吧？”阿米尔问，“哈，他真是个了不得的加农炮。”

“我们无处不在。”杰姬重复道。她把金项链在食指上绕了几圈，然后将它扔到桌上的那一堆金银珠宝上。

“好吧，”查利说，“那它为什么叫这个名字呢？七铃学校？”

“这问题问得好，查利，”阿米尔说，“不过答案很简单。”

“它得名于一项测试，是每个孩子从联盟成才之前都要通过的一项测试。通过这项测试之后，他或她就成为真正的加农炮了。”杰姬解释道，“我们几个都通过了七铃测试。”

查利环视四周，房间里的每个人都点点头。

“那么……”他小心翼翼地问道，“这到底是一项怎样的测试呢？”

“七枚硬币。”塞姆班说。

“分别放在七个口袋里。”法图尔说。

“让我们来给你演示一下。”杰姬说。

杰姬抓住了阿米尔的肩膀，紧接着，她带他来到了地下墓穴的正中央。一盏带有黑色罩子的电灯泡悬挂于他的头顶上，在他身上掷下不祥的阴影。她从地下墓穴墙壁上的一个石穴里取出一件绿色卡其布军装，帮他穿上。这件衣服的胸前有好几个大口袋。

“在一个叫作竞技场的房间里，”杰姬解释道，“那是位于学校正中央的一间宽敞的露天房间。在那个房间正中央，站着一个假人，一个人体模型。房间里除了它，空无一物。”她走回桌边，抓起一把硬币。阿米尔则根据她的指示，努力装成假人的样子，不过他僵硬的表情，却引得大家哈哈大笑。

“嘘！”杰姬不满地呵斥道，“记住你是个假人。”

“阿米尔，这对你来说应该不难呀。”小鼠莫莉喊道。

阿米尔脸一沉，房间里的其他人都爆笑起来。“好好笑呀，小鼠。”他板着脸说。

杰姬继续解说道：“这样一个假人，身上穿着一件有很多口袋的衣服，每个口袋上都拴有一个铃铛。”说着，她麻利地将手里的一枚枚硬币，分别塞进阿米尔身上的七个口袋里。她一边塞，一边解说：“衣穴里一个，上衣坑里一个，背心穴里一个，右上衣摆里一个，左上衣摆里一个，踢屁股里一个，大腿上裤兜里一个。七枚硬币，七个口袋，七只铃铛。”

她退后几步，检查了一下阿米尔站的位置，然后一挥手，把美智子叫到跟前。“学生的任务是偷走所有的硬币，但不能把铃铛碰响。”

美智子走上前来，迎接挑战。她面对一动不动的“假人”阿米尔，兴奋得直搓手。她的手指灵活优雅地移动着——尽管阿米尔的口袋上没有拴铃铛，女孩在迅速地接连偷走两枚硬币后，查利看见口袋仍纹丝不动。

“她做到了，她通过了测试。”杰姬说，“但凡铃铛发出一丁点声响，就算失败了。”

美智子徘徊在阿米尔身边，犹如一头狮子在审视它的猎物。她简短地打量了一下每个口袋，接着——刺啦——她的手快速而悄无声息地伸了进去，将硬币从其藏身之处取了出来。

“不过，还有一个问题。”在这场模拟测试进行到一半时，熊突然走上前来，打断道，“偷完三个口袋后——前提是你能进展到这一步——校长便会走进竞技场，看你在重压之下，是否依然能够表现出色。你自以为很了不起，因为总共七个口袋，你轻轻松松就拿下了三个。但是突然之间，你发现校长正向你走来。”说着，博拉的走路姿势变了，仿佛在模仿另一个人：他微微驼着背，往手掌心吐了一口唾沫，把额前的头发往后一抹，似乎是为了遮住秃顶。他应该模仿得挺像，因为他的同伴们都在鼓掌叫好——这项模拟测试突然加进了这么一段惟妙惟肖的表演，众人直呼过瘾，口哨声、欢笑声不断。整个房间里，顿时有了剧场的气氛。“好啦，现在我就是一个中年人，口臭无比，”博拉说，他故意吊着嗓子，模仿英国人的口音，“牙口也不好。”

博拉开始弯腰驼背地在美智子身边打转。美智子好不容易才憋住笑。他越过她的肩头东瞄西瞅，还凑到她耳边，絮絮叨叨。几个旁观的小偷，忍不住笑了：他估计表演得有点儿过头了。

“小心啦，美智子，”他低声说，“别被他识破了。盯住那些屁股。无论如何，保持镇定。”

尽管压力不小，女孩还是设法从口袋里偷到了另一枚硬币。阿米尔保持人体模特的姿势，立在那儿一动不动，眼睛一眨不眨，手臂僵硬，样子很是滑稽。美智子搂住阿米尔的肩膀，另一只手伸进他夹克的内胸袋。博拉紧跟其后，以便在她扑向口袋时，赫然出现在她身后，干扰施压。

“有些人成功了。”杰姬说，顺便朝阿米尔使了个眼色。得到这个信号，阿米尔立马大叫一声：“叮！”

“大部分失败了。”她继续说。

一度自信满满的美智子，一下子泄了气。博拉饰演的校长，则像一个歌舞剧里的恶棍，开始肆无忌惮地放声大笑。整个房间，突然爆发出一阵掌声，仿佛一出精彩的舞台剧刚刚落幕。美智子、阿米尔、博拉三个人，跳出各自的角色，高兴地站成一排，微笑着向观众鞠躬致意。

查利忍不住拍手叫好。“太棒了，”他说，“太精彩了。”

“不过，凭你的技术，不可能走太远，”布鲁托皱着眉看向查利说，“就算你把假人摔倒在地也没用。”

“他说得有一定道理。”阿米尔边说，边脱掉卡其布军装。

“嗯，是的，”查利说，“我确实需要练习。”

“你会有机会练习的。”阿米尔说。

奇盗联盟的这群高手，又回到桌子旁，继续分赃。他们互相闲聊，不时飙出脏话。他们之间的革命友谊，是那么迷人而有吸引力。在查利看来，奇盗联盟的这些孩子，是如此特别的存在。与他平日见到的那些金融家和政客的孩子相比，他们是如此与众不同。查利他自己，就是一个被过度保护的小孩。他身边的同龄人，也都是温室里的弱苗。而这些孩子，毫无疑问，会把帕福根家那几个爱欺负人的熊孩子打倒在地，甚至有可能偷走他们的钱包，然后逃之夭夭。奇盗联盟真是个不错的组织，查利心想，他也想融入其中。不过，他得先磨炼提高自己的技能。也许有一天，他也能够和他们一样，坐在神秘的地下墓穴里的长桌前，数着当天的战利品，聊着以前干过的活儿（就是他们所说的“打枪”）。过了一会儿，服务员贝尔图乔从楼上的咖啡馆回来，双手托着一个砧板，上面堆满切成薄片的意大利香肠和法棍面包。

“贝尔图乔，给我们唱个曲儿吧。”莫莉大声向他喊道。其他小伙伴似乎也赞成这个提议，他们一起双拳砸桌，要求听歌。

贝尔图乔笑了笑，有点害羞地脸红了。他走到墓穴一个装修考究的角落，一把西班牙产的吉他正在那儿等着他。拿起吉他，贝尔图乔调拨琴弦，摆弄弦轴，然后开始放声歌唱。

此时，查利正坐在阿米尔旁边的一把椅子上，在男人富有魅力的嗓音中，沉入遐想——那是一种浑厚圆润、丝滑流利的声音，如缥缈的烟云，在地下墓穴低矮的石头天花板间回荡。他唱的是一首意大利歌曲，查利虽听不懂歌词内容，但依然沉醉其中，如同中了魔法。服务员唱完一曲，房间里爆发出经久不息的掌声，孩子们齐声要求他再唱一曲。贝尔图乔欣然应允。在这个地下房间里，身边是堆积如山的财宝和丰盛的美食，耳畔是奇盗联盟的成员们仿佛属于另一个世界的交谈，查利渐渐忘却了时间。他发现自己正身处一个令人迷醉的世界。终于，他挪到墙边，在一个石穴下，靠着一个大大的流苏枕头，打起盹儿来。

睡了一会儿后，查利醒了，又回到了人间。他看了眼手表，但发现自己忘了上发条，秒针已经不走了。“谁有准确的时间？”他揉揉眼，问道。

此时，杰姬正窝在桌边的一把椅子上，手里拿着一块手表，细细欣赏。“十点。”她说着把表举到耳边仔细听了听，检查它的走动情况。“不对。”她把表扔回桌上，纠正道。她开始在一堆手表里翻找，想找出一个准确的时间。“五点十五，九点三十五，四点十分。”她对查利微微一笑，说，“随你挑。”

“管它几点了，”查利说，“我得走了。我爸爸——我该回家了。”

“等一下，”布鲁托看着阿米尔说，“我们怎么知道他是实心的？我们怎么知道他会不会去胡须子那儿向我们开火？”

阿米尔耸耸肩，说：“布鲁托，都到这份儿上了，我们只能相信他。”

“我是实心的。”查利回答道，他希望这么说即足以证明自己，“我不会……开火的，不会去胡须子那儿，也不会去任何人那儿。”他看了看房间里的每一个人，开始坐立不安起

来，“胡须子是什么意思来着？”

有人哈哈笑了。美智子放过了他：“是警察的意思，查利，警察！”

“好的，”查利说，“那我肯定不会去找胡须子。”

“你想好了，加入了就算加入了，”阿米尔说，“现在不能反悔了。”

“我想加入。”查利说，“我非常确定。”

阿米尔指着布鲁托说：“布鲁托是我们的文件夹，他星期天要给我们安排一个活儿。你愿意的话，就一起干吧。是不是啊，布鲁托？”

“他能干什么！”布鲁托不满地嘀咕道，直到杰姬打断了他。

“他已经加入我们了，不是吗？”她说，“那我们就得带着他，让他跑跑中外场。他不会碍着我们的。”

“好啦，布鲁托。”阿米尔说，“我们也需要人手，需要第九个工具。”

布鲁托对着石地板狠狠踢了踢鞋，然后说：“马赛博雷利跑马场，赛马跑道，是西贡大奖赛。一场大型的四分之一赛马比赛。”他酸酸地看了查利一眼，补充道：“南法地区的所有肥肉们，那天都会在场。”

“我也会在场的。”查利兴高采烈地说。

“上午九点整。”布鲁托翻了个白眼说，“前门集合，不许迟到。”

“我保证。”查利说。他高举胳膊，摆了个手势，手势奇怪得难以描述，有点像是童子军的敬礼与打车手势的结合。突然意识到这个动作有点别扭尴尬，他迅速把手放下。

“查利，我们不见不散，”阿米尔说。他转向服务员：“贝尔图乔，你可以将这位正在接受训练的加农炮送到外面吗？”

“没问题。”贝尔图乔说。他和查利一起，爬上螺旋楼梯，穿过狭窄的砖砌走廊，通过暗门，来到咖啡馆空无一人的餐厅。此时，夕阳西下，在咖啡馆窗外的大街上，掷下了长长的影子。贝尔图乔打开一扇门，探出头匆忙地扫视四周，然后把查利带到外面。他把手指放到眼前，似乎是在说注意安全，随后便钻回咖啡馆，不见了身影，只留下查利一人在外面的大街上，既感到困惑，又兴奋不已。

第10章

查利回到家时，天色已黑。前门紧锁，他不得不按门铃，让看门人把大门打开。费希尔家大宅的落地玻璃窗内灯火通明，查利抬头看见了爸爸的身影，他站在楼上书房的窗户后，正低头看向地面。

查利刚走进门厅，就碰到了管家，他说：“你爸爸找你，他在书房。”

通常只有事情严重的时候，他才会被叫去书房，这里是进行私人谈话和说教的地方。书房里，橡木书架上摆满了皮面装订的精装书籍。书架占据了整面墙。墙面上的其他地方则贴满了老查尔斯为国鞠躬尽瘁多年而获得的各种奖状、证书。其间夹杂着许多照片，都是查尔斯·费希尔与各国首脑的合影。照片上，老查尔斯与所有你可以想到的领导人亲切而庄重地握手。书房正中央摆着一张办公桌。查利走进来时，他父亲正背对着门，站在桌后，面朝窗户。“有什么事，爸爸？”他问。

“你到哪儿去了？你知道现在几点了吗？”他父亲的声音听起来很紧张。查利从未见过父亲这么担心的样子。

“对不起。”查利说，“我想，我只是忘记时间了。”

“我问过西蒙，他说他从未要求过你去买美术用品。事实上，我问起此事时，他都不知道我在说什么。”老查尔斯依然背对着他儿子，“到底怎么回事，查利？”

“我……”查利刚开口就被打断了。他父亲转过身来，面对着他。

“查利，你今天的行为简直不可理喻。现在已经是夜里九点半了，你没回家吃晚饭，也没跟任何人打过招呼，告诉我们你去哪儿了。别忘了，查利，你可是美国总领事的儿子！”

“对不起，爸爸。”查利说，“我出去跟朋友玩了，玩得忘记时间了。”

“长点儿心吧你！一个像你这样的男孩，身份特殊。你得——”老查尔斯突然打住了，“你刚才说什么？”

“哪句？”

“你说你出去和朋友玩了？”

“是的。”查利说。他没料到自己的一句坦白竟让父亲停止了训斥。“就是我遇见的几个小孩。”他补充道。

“哦。”老查尔斯说，“那不错。”

“别这样呀，老爸，”查利说，“搞得跟很意外似的。”

“我一点也不意外啊。”老查尔斯说。话虽如此，他爸爸的脸上却仍带着震惊的表情。终于，一抹笑容在他脸上绽放开来。“查利，这是好事啊。他们是谁？谁家的孩子？我认识他们吗？”

“你估计不认识，”查利说，“他们都是私立学校的孩子，交换留学生。”这其实算不上完完全全的扯谎。

还好，他父亲没有继续追问下去。“很好。”他说。他似乎记起自己正在扮演一个严厉家长的角色，于是稍微克制了一下自己的热情。“我很高兴你交到了朋友，但这仍然不能作为你晚归的理由。”说完，他的注意力又回到办公桌上的一本书上。他随手翻开书页，手指按在书上，似乎在查看某一章节的开头几段文字。查利一直待在书房里，直到他父亲抬起头来，发现他还在那儿，于是说：“没事了，你可以走了。”

“好的，先生，谢谢你。”查利说，“我保证下不为例。”

“嗯嗯。”老查尔斯一边随意地翻动书页，一边说。

查利退回到走廊上。他刚一离开父亲的视线，就跑了起来，奔过铺了地毯的大厅，冲进自己的房间。回到房间，他气喘吁吁地往床上一扑，仍沉浸在奇盗联盟的地下据点那甜蜜的香香的空气中。没过多久，他便沉沉地睡去了。

第二天早晨，查利默默地吃着早餐。吃完后，他在贮藏室外找到安德烈。

“有何吩咐，先生？”这位助理管家问道。

“我在想你有没有多余的——你们管它叫什么来着——撑衣服的？”

“您的意思是男士大衣架？衣帽架？”

“没错，可以用来挂外套的那种。”

“您父亲有好几个。我要取一个来给您吗？”

“好的。”查利说。

那天上午晚些时候，一个实木衣帽架出现在了他房间的一角。你可能对这样的一个小玩意儿并不熟悉，但多年来，它为无数衣着考究的男女提供了极大的方便。它大体上就是一个衣橱里挂衣服的那种衣架，立在一个木架上。查利研究了好一会儿——这玩意儿和他差不多高——然后把自己的一件海军蓝休闲西服挂了上去。他调整了一下西服的肩膀部位，然后扣上最上面和中间的扣子。从远处看，它像极了人体的躯干，只不过里面是空的。接着，他从梳妆台上的一个龟壳碗里取出一把硬币，开始往每个口袋里塞。之前，他从父亲的一个抽屉里翻出了一只空的旧钱夹。现在，他把它放进西服的内胸袋——衣坑里。此外，他还折了一个手帕，塞进外胸袋里。他后退几步，欣赏自己制作的假人。

“你好！”他问候道。

但衣帽架没有任何回应。

“好吧，如果你要这样的话……”查利说，随后缓缓靠近它。

查利开始练习了。

他先从直面目标开始练起——当着呆子的面干活儿。他练习用布鲁特做掩护——拿着一份折好的报纸，放在他和假人中间，当手在口袋附近干活时，可以遮挡住手部。他小心翼翼地用食指和中指，将上衣口袋里的碎银子捏出来。与此同时，他的小拇指悄悄拨开上衣的翻领，就像一个被关在屋内的人用手撩开窗帘。随后，他又练习脱皮——解开口袋的纽扣，以便把手探入衣坑。练习如何在上衣的胸袋里收帆，阿米尔曾向他展示过这一招，即用手指一点点夹住口袋内衬，把兜里的钱包推挤到开口处，让它自个儿滑落，掉进手掌心里。到了吃午饭的时候，他甚至想到一个新的招数，他从假人的上衣外胸袋砰了一条手帕，并用它作为掩护，安全地从衣穴里砰走了一枚硬币。

这些练习进展得并不顺利，他犯了不少错。查利很清楚，自己这业余的三脚猫功夫，在七铃测试中，肯定走不远。不过这并不是他的目的，他只是想尝试一下。

于是，他继续练习着。

时间来到了星期天的早上。查利醒得很早，深思熟虑之后，他穿上了一件法兰绒衬衫和一条牛仔裤。他觉得，这身搭配，适合第一次踏入扒手聚点。他把一顶棒球帽斜歪地戴在头上，然后跟房间角落里的假人告别。过去的两天里，这家伙没少被指指戳戳，查利仿佛听到了它解脱之后的呻吟抱怨。

查利刚出门，就看见父亲已经在天井里辛勤地拾掇花园。他告诉父亲自己今天的行程——地中海狭海湾一日游，海湾离海岸线只有几英里①远，他新认识的一个朋友，家里正好有一艘游艇停泊在海岸。对于儿子新开启的社交生活，老查尔斯毫不掩饰自己的骄傲和喜悦。听到查利轻快地说“再见”后，他高举手臂，慈爱地向查利挥了挥手。

因为是星期天，家里很多工作人员都没来上班，谢天谢地，纪尧姆今天也不在，这下没人会揭穿他的计谋了。根据惯

① 1英里约1.6千米。——编者注

例，周末的出行，需要查利自行解决。他沿着普拉多大道，走到威风凛凛的大卫雕像处。大卫一直矗立在大道与大海中间，站岗值守。在这里，查利搭乘十九路公交车，沿着法国皮埃尔门德斯大道，坐了几站后来到马赛博雷利跑马场的前大门。

博雷利跑马场确实是一个与众不同的所在。它既不像皮姆利科或丘吉尔园马场那样，是全世界赛马爱好者心中的圣地，也不像加州的德尔马或墨尔本的费明顿马场那般，富有浪漫风情，但它确实值得一看。它坐落于海岸边，一面是地中海平静的海水，南边是羔羊谷荒凉的白崖，北边是普拉多的高档住宅区。在阳光明媚的日子，跑马场上举办奖金丰厚的比赛时，没有比这儿更好的去处了。

显然，在这个晴朗的四月下午，很多马赛人都抱着同样的想法。当查利来到跑马场的前门时，他发现一大群人早已聚集在入口处，等待进入看台并挤向投注窗口。查利伸长脖子，寻找他的同伴——奇盗联盟的成员们，但在礼帽、领带、太阳镜和软呢帽的海洋中，他看不到一张熟悉的脸。他也加入等候入场的队伍中，随着人群慢慢往前移动。排队的同时，他打量起周围人们的钱夹、提包和塞得鼓鼓囊囊的口袋。在查利（未经训练）的眼中，每个人似乎都挺有钱的，都达到了所谓的奇盗联盟准则的标准。准则规定，所有面临经济困难、处于社会边缘、遭受剥削压迫的弱者，都不该成为偷盗目标。但眼前这群人，一看就处于马赛的上流社会。接下来发生的一幕，使他对此更加确定了。

“查利·费希尔！那不是查利·费希尔吗？”

一个女人的声音从他身后传来。他确信她肯定不是奇盗联盟的成员，因为这个声音属于一个岁数较大的人，讲一口时髦漂亮的英语。查利转身看见一对中年夫妇，穿着考究，戴着墨镜，正低头看着他。

“你们好。”查利微笑着说。

男人转过头来，对女人说：“我就说是他吧。”

“查利·费希尔，”女人俯下身，用戴着手套的手，捏了捏查利的脸蛋，“你不记得我们了吗？”

“想不起来了。”查利说。就在这时，人群往前推挤，一个戴帽子的男孩上前兜售比赛节目单。

“我们是门罗夫妇啊！艾迪和卡罗尔！”女人说。

看见查利似乎一点印象也没有，女人嗔怪道：“我们是你爸的朋友呀！”

“想不起来也没关系，查利。”男人说。他伸出手来，和查利握了握手。这个男人一看就是美国人，不过他妻子听讲话口音，似乎出身于老英格兰的上流阶层。“你爸在吗？”

“你该不会是一个人跑来看赛马吧？”卡罗尔问。

“我要见……”查利结结巴巴地说，“见几个朋友和他们的家长。有的家长带孩子来看赛马，而我正好是他们的朋友，是他们的孩子的朋友。所以我来找他们，找那些家长和孩子。”

“噢。”卡罗尔说。她一时被查利糟糕的语言表达能力给震惊了：这么简单的事情，居然解释不清楚。“嗯，那不错。”

艾迪则应对从容。“听起来很有趣。”他凑到查利跟前说。查利可以闻到男人身上的麝香古龙水味。他俯在查利耳边，悄悄说：“给你一个可靠情报啊。第六场比赛中的五号赛马，希腊舞者，赌它风险很大。不过，它一定能赢。”说完，他退回去，站直身子，冲着查利眨眨眼睛。

“谢谢。”查利说，“哦，他们在那儿呢。”他随便指着一个方向，挥挥手，似乎在招呼远处的某个人，“我真的得走了。很高兴见到你们俩。”

“替我们向你爸爸问好！”查利转身离开时，卡罗尔说。

“还有，一定记住，”艾迪说，“选第六场比赛的五号赛马！”

查利微笑着挥挥手。待门罗夫妇被人海彻底吞没后，查利长舒一口气。终于，他又是一个人了。他下意识地扣紧法兰绒格子衬衫的扣子，突然意识到自己的穿着，对于这种场合来说，显得太过寒酸了。他四下张望，寻找奇盗联盟的影子。他不停地查看手表，已经九点多了。这时候，他们应该已经开始了，不是吗？

“节目表！”兜售节目表的男孩高声喊道，“卖节目表啦！”他显然是把查利当作潜在的顾客了，因为男孩一直围在查利的身边不停地叫喊。

“不用了，谢谢。”查利说。

“卖赛马的节目表喽！”男孩继续说，这次声音格外大。

“不用。”查利愤怒地重复道。

“查利，买一份吧。”男孩用英语说。

查利看着男孩。男孩掀起棋盘格花纹帽子的帽檐。原来是法图尔。

“哦，你好，”查利说，“我不知道是你……”

“嘘！”法图尔有点不耐烦，示意他不要说话。他一边环顾四周，一边递给查利一份节目表，还假装要收钱。“跟我走。”

法图尔离开前门，穿过停车场，走向一个看上去废弃已久的售票亭。查利紧跟其后。“刚才和你聊天的那个大叔是什么人？”男孩问道。

“哦，他？就是我爸爸认识的一个人。”

“他们认出你了吗？”

“我想，是的。”查利说。

法图尔翻了翻白眼。“查利，你不能被别人发现，你要学会融入周围的环境。”

“我在努力。”

男孩停了下来，转过身，上下打量着查利的衣服。“不要穿得跟个伐木工人似的。你又不是干这个的。”

“为什么大家都认为我穿得像伐木工人呢？”查利大声质问道。

一大群观看赛马的人在门前排队，而远在他们视野之外，在售票亭的另一边，奇盗联盟的成员们正在集合。

“你好，查利，”阿米尔说，“很高兴你能来这儿和我们碰面。”

“你迟到了。”杰姬说。看到杰姬，查利有点惊慌失措。

她今天打扮得很漂亮，身穿淡黄色连衣裙和外套，头戴黑色宽边草帽，帽子向一边斜着。帽子下面，一对朱唇格外醒目。她一边说话，一边戴上一双圆点花纹的手套。“布鲁托会告诉你今天的任务。”

“好……好的。”查利结结巴巴地说。他转过身，看看其他伙伴。只见阿米尔斜倚着售票亭，上身一件常穿的粉红色衬衫，下身一条卡其色烟管裤。塞姆班则身穿一件短袖衬衫和蓝色牛仔裤，站在阿米尔的旁边。美智子穿了一条休闲的淡色裙子和小圆领的衬衫。熊站在美智子身旁，穿着蓝色夹克和休闲裤。他们俩这身打扮，似乎要像幽灵一样消失在人群中。

布鲁托直起身子，站在查利面前。他那一身的穿搭，仿佛是直接从第五大道男装店的橱窗里撕扯下来穿在自己身上似的。淡粉色运动外套，脖子上一条围巾，头上一顶尖尖的稻草软毡帽。甚至连眼罩，也为他增添了一丝国际范儿的气质。一看就知道，他准备在今天的赛马上大赚一笔。

“你和阿米尔、双胞胎们一起，跑中外场，记住了吗？别做小动作。你的任务就是观察和学习。懂了吗？”

“明白。”查利说。

“熊为美智子掌舵，美智子是当班加农炮。”布鲁托突然拿出一本小册子，摊开来，现出一张赛马场的地图。他指着赛道的一侧说：“他们待会儿在这儿，在看台边动手。”

“但我会先到那儿去。”熊用一根粗手指指向会客厅。他从法图尔那里搞到了一张节目单，现在他打开节目单，正认真阅览比赛赛程。“我知道，咱们的重点作业范围是赛道。但在别的地方也顺道捞一笔小财，难道不好吗？”

“当然可以啦。”布鲁托说，“但这次别再看走眼搞砸了奥库斯，好吗，熊？”

博拉用俄语咕哝了一句什么——可能是骂人的话。

布鲁托没理睬他。“阿米尔、查利、双胞胎，你们对赛道旁边的人群下手。杰姬……”

他被女孩打断了。“人家叫杰奎琳啦。”杰姬用南方上流社会名媛的口音抑扬顿挫地说，声音甜得像化了的蜜。

“杰奎琳，”布鲁托继续道，“和我一起，在看台顶层的包厢里，对贵宾俱乐部的会员们下手。”

“你们怎么进得去？”查利问。他来过马赛博雷利跑马场一次，是陪他父亲一起来的，那次是受到芝加哥某地产大亨的邀请。他们一直待在看台顶层的观景包厢里。那里，衣冠楚楚的服务员们，会照顾好你的每一项需求。查利记得，那里的安检非常严格，需要提供一张特别通行证。

“哦，我们有贵宾卡的。”布鲁托说着从衣坑里摸出一张薄薄的卡片。上面印有贵宾俱乐部的花体标志，署名：亚力杭德罗·埃斯科瓦尔。

杰姬用手腕轻轻钩住布鲁托的胳膊，嗲嗲地说：“比赛太好看了，布鲁托，我喜欢。”

“莫莉去哪儿了？”查利看了看眼前的这群人，问道，“我是说，小鼠。”

“啊，”布鲁托说，“我们的‘撒手锏’。”他用指关节敲了敲售票亭的木板壁。

"来啦！"售票亭里传出一个女孩的声音。

"快点，小鼠！"布鲁托说，"查利都来了，每个人都分派过任务了。"

售票亭的门打开了一条小缝，查利看见莫莉的脸露了出来。"这太荒唐了。"她说。

"快点，小鼠，"阿米尔憋着笑说，"让大家看看你的行头。"

门敞开了，女孩忸忸怩怩地走出门外，站在阳光下。她穿了一身闪闪发光的缎面衣服，看上去好像在不同颜色的染料里浸过似的：外套的胸部是紫色的，缀着橘色的亮片；袖子是荧光黄色的；她头上还戴了一顶带护目镜的头盔，和外套一样是黄色和紫色的，只不过饰有沙滩排球的图案；她的裤子则是白色的，鼓鼓囊囊的，像一对降落伞似的。查利立马认出这身打扮在赛马界被称为骑师彩绸装，是所有骑师的标志性装束。此时，莫莉的脸涨得通红，这为她彩虹般五颜六色的彩衣又增添了一种色彩。

"这下你们高兴了吧？"她问。

布鲁托绷着脸忍住不笑。"莫莉，小鼠，"他亲切地责备道，"这想法真天才，不是吗？你在幕后、在围栏里遇到的肥目标，绝对比我们所有人遇到的都多，数量绝对超乎想象。那里才是马主们待的地方。那里才是大买家们会去的地方，他们在那儿看马选马。那里才是真正的肥贝茨们逛的地方。相信我。我已经放出过蜜蜂了。"

"你最好祝愿我在里面能捞得盆满钵满，"莫莉把挡住视

这下你们高兴了吧？

线的一缕凌乱的棕色头发吹开，踮起脚，凑到布鲁托跟前，恶狠狠地说，“否则我让你好受。”说着，她用手指弹了一下布鲁托的眼罩。

“好啦，伙计们，”布鲁托无视莫莉的威胁，继续说，“你们都已经清楚自己的分工与定位了。咱们四点整还在这里集合，明白了吗？”

大伙儿都点点头，表示没问题。

“你，”布鲁托突然用手指戳向查利的肋骨，说，“你给我留下，听到没？”他挑剔地看了一眼查利的着装。

“除非我们看到一些树需要砍伐。”说完这句话，大伙儿分成若干个小分队，朝赛马场各处走去，准备干活。法图尔经过查利身边时，撞了一下他的肩膀。

“他这么说是因为你穿得……”他开始说。

“像一个伐木工人，”查利说，“嗯，我知道。”

第11章

赛马场内气氛热烈，人声鼎沸，宛如一个嗡嗡作响的蜂箱。查利和塞姆班、法图尔、阿米尔一起，被人潮裹挟着，进入场内。他们个个都一门心思想着战利品，以及该如何得到它。白色的看台建在赛道的东侧，其装饰和颜色，就像一块结婚蛋糕似的，立在椭圆形跑道之上。从看台那儿可以饱览地中海壮丽的美景。在查利和另外三个扒手小伙伴，穿过入口处的重重障碍，进入场内的时候，第一轮比赛刚刚开始。喇叭声大震，号角齐鸣，起跑门棚砰的一声打开了。今天的第一组赛马在如浪潮般的欢呼声中跃入赛道。

赛马奔过看台时，人群沸腾了。在马儿们跑第二圈也是最后一圈时，人群中爆发出了更加响亮的欢呼和尖叫。它们如旋风般刚冲过终点线便被骑师勒住了缰绳，停了下来。人群里，有人在庆祝胜利；有人则将马票撕得粉碎，抛向空中，似乎在借这种“抛纸带迎宾式”发泄对失败的不满。紧接着，人们又拥回投注窗口，开始新一轮的赌博。

“跟上，”他们在穿过乱哄哄的人群时，阿米尔说，“但别贴得太近。我们马上开始了，好吗？”

“好的，明白。”查利说。

“我要给咱们找一个肥贝茨，”塞姆班说，“一个真正的大户。”

新一轮比赛已经开始了。在椭圆形跑道的正中央，赛场上的记分牌开始显示新的数字。一群观赛者聚集在终点线附近的护栏旁，在他们的节目单上写写画画。扮演掌舵者角色的塞姆班，这会儿跑过去，开始绕着这群人打转。他这种行为，查利已得知叫作“锁定目标”。他正在悄悄打量这群观赛者身上的物件，看值不值得下手。显然，他不太满意，因为他又跑了回来，对着阿米尔几乎察觉不到地摇了摇头。他们继续转战下一处。

赛马们已经在起跑门后集合完毕，小偷们慢慢移向围观赛马的人群。马儿们在门后不停地弓背跳跃、喷鼻息。塞姆班侦察一番后给出了信号。阿米尔大步往前走去，双胞胎则隐入了人群。

接着，行动开始了。

迅疾地，悄悄地，那一招一式，既像精心编排，又似即兴发挥，三个扒手开始围攻他们的猎物，犹如敏捷的老鼠在偷食盘子里的奶酪。他们穿行在闹哄哄的人群中，时而闪躲，时而飞奔，仿佛对时间和空间的节奏了然于胸，仿佛他们心里都有一张蓝图，知道拿下每个目标需要采取怎样的行动——精确到每一个抬肘、扭胯的动作。他们的撤退和进攻一样迅速。待他们返回时，查利还愣在原地，看得如痴如醉，没回过神来。

“拿着这个。”阿米尔说。他把两个钱包塞进查利的裤兜。

“还有这个。”法图尔说。另一个钱包和两条金链子被塞进另一边的裤兜。

“还有这个。”塞姆班说着，把查利裤子的两个后兜也塞满了赃物。

“你是公爵啊，”阿米尔说，“你去把这些东西统统藏在售票亭后边。然后再回来。”

查利很高兴自己能够帮上忙，于是扭头就往大门口跑去。不过，他马上就被阿米尔叫住了。“慢点，查利，慢点，”他说，“记住，你只是来观看比赛的，好吗？”

查利听从了这条建议，开始慢悠悠地逛起来。他很想一边走，一边吹一曲轻快的小调，只可惜他不会吹口哨。他特想知道自己兜里一共揣了多少个钱包。在穿过停车场时——此时此刻，那里停满了空车，有雪铁龙，也有雷诺——他甚至想尝试把手伸进裤兜里，结果发现里面塞的赃物实在太多了，手指根本无法插进去。待终于抵达售票亭，他松了一大口气。售票亭的门里，放着一个大麻袋，里面已经堆积了不少今天的战利品。查利把他兜里的东西也扔进袋子里，便急匆匆地往回赶了。

“查利，在这里。”查利刚回到跑道边，就听见阿米尔在喊。小偷们已经往前挪了几十码。

“好的。”查利汇报道，“我已经把戳儿全部塞好了。”

“好样儿的，好样儿的。”阿米尔说。接着，他手指向一位身穿笔挺的条纹西装的老先生。老先生正聚精会神地浏览手中的节目单。塞姆班和法图尔悄悄地站到他的身体两侧，形成左右夹击之势。“看着啊，”阿米尔说，“这一招就叫‘塞内加尔大旋转’。”

查利在一旁看着，只见塞姆班走上前去，拽了拽老先生的袖子，用黑话来说，这叫作“直面目标”（在目标眼皮子底下行窃）、“露脸”（让目标看见自己的脸）。他们交谈了几句，老先生的目光又重新回到节目单上。塞姆班的手就一直悬在老先生的右口袋上。紧接着，站在老先生另一侧的法图尔，也拽了拽他的袖子，老先生的注意力又转向了身体的左侧。他转身面向法图尔时，扭胯的动作使得他右口袋里的钱夹正好掉进了塞姆班的手里。

老先生发现，面前的这个人似乎和刚刚引起他注意的男孩是同一个人，这令他很困惑。和法图尔简单寒暄之后，他继续看赛马节目表。就在这时，塞姆班再次拉扯老先生的右袖——迫使他转身，让口袋内的另外一样东西，滑落到法图尔的指间，法图尔的手早已在老先生左屁股边准备就绪。这样的拉扯，接下来发生了好几回，老先生每次转身都越发困惑不解，直到他身上的东西被摘得一干二净，双胞胎兄弟才消失不见。

“哇。”查利说。

“这就是双胞胎的厉害之处，”阿米尔说，并看了看手表，“我们走吧。”

他们准备离开的时候，查利回头看了一眼刚才被偷的呆子。呆子脱下帽子，拿在手上，欢快地在自己面前挥来挥去。

他的领带松开了，样子很滑稽，仿佛是在预防突然的眩晕。在查利猜测老先生已经意识到自己被盗的时候，老先生已经从他们的视线中消失了。

“我们有两小时的时间来清理干净这条赛道，”阿米尔说，“在整个赛马场计谋被识破前。”

他们一边沿着看台往下走，一边继续干活。查利在一旁看着，惊叹不已。他开始观察他们的招数。

查利发现，每当马儿们轰隆撞线，抵达终点的时候，人群里的所有人，是赢是输，便能够一眼认出。输的人沮丧地将票扔到地上，赢的人则站在原地欢呼雀跃，然后转过身，兴高采烈地去投注窗口，领取他们的奖金。这些人不知不觉间，已将自己分成两类：肥肉和空袋子。而奇盗联盟的这些高手，就像天线一样，能够监测到遥远星球的波段，更不会错过这里的每个信号。

那些赢家，拿到现金后，自然是回到场内。他们个个自信满满，因为赢钱兴奋异常。作为掌舵者，塞姆班身先士卒，趁着这群赢家往回走之际，溜到他们的前面，不动声色地假装在给他们引路。当塞姆班突然停下时，目标们也不得不停下来。紧接着，法图尔便会借机靠上去，准备得分，并把战利品递回给阿米尔。阿米尔再把它们交给查利，指挥他送到外面的售票亭。

他们手指灵巧娴熟如同机器，双脚闲庭信步宛如跳舞。

他们偷走女士的发卡，然后用它们像筷子一样去钩回藏在她们钱包和手袋里的一捆捆钱。他们还碎了一些手帕，掩护盟友偷偷摸摸的手指，用完后便丢回另一个人身上。

他们一旦开启工作模式，便无人能挡。他们就像一支篮球队，配合默契，球打得越多，越敏捷灵活、轻松自在。

他们砰手表的时候，会当场验货，倘若是疵品或假货，便放回失主的手腕上。而失主并不知道就在他抬手看时间的间隙，手表曾短暂地离开了他。

同样地，他们可以通过砰一个呆子的钱包并检查里面的东西，来评估他的财力，更好地了解他的社会地位。如果他财力一般，那么他的钱包就会被原封不动地返还。

阿米尔在一个男人的眼镜盒里找到了一首情诗。于是，他便不再打这个男人的主意了。

小偷们密切关注着记分牌上的数字变化——他们监视着每场比赛的胜负。他们从娴熟或幸运的赌徒手里偷走中奖的彩票，把未中的彩票塞回这呆子的衣穴里，有时甚至直接塞回他的手里。

这已经不是单纯的偷盗了。他们不单单是在偷那些观看赛马的富人的钱——他们简直是在表演一项艺术，一项优美、典雅，又灵动、俏皮的艺术。那些钱包、手表、珠宝和钱币，像是通过手指、双手、胳膊肘和手臂组成的戈德堡机械，源源不断地汇入查利·费希尔越鼓越大的口袋里。

查利往售票亭跑了好几趟了，他越发地放松、自信起来。他朝迎面而来的路人亲切地挥挥手，迈着轻快的步子往前走去。售票亭里的麻袋越来越沉了，奇盗联盟的小伙伴们还在以自己高超的手艺，迅速、悄悄地洗劫着赛场上呆子们的财富。

查利在来回运送赃物的路上，迎面碰见了博拉。熊正在专注地研究赛程表，查利心情大好，便俯在熊耳边，把艾迪·门罗，今天早些时候碰见的那个美国人，给他的小道消息，悄悄告诉了熊。“希腊舞者，它就是你应该选的马儿。”说完，他笑着继续往前走去。他感到熊的大手落在了他的肩膀上。

“你刚刚说什么？”

“我只是得到了一个小道消息。”查利说，“之前别人告诉我的。希腊舞者，第六场比赛。”

博拉低头看了看节目单。“第六场比赛，就是下一场了。对于这匹马，你了解多少？”

“其实，我对它一无所知。”查利耸耸肩膀说，“只是听到了一点小道消息。”

博拉笑了，露出一颗镶金的虎牙。“我就赌这匹马了。查利，我今天还一无所获呢，但是你给了我希望。”他搂着查利的脖子，拖着查利，往投注窗口走去。

“我真的得走了，得回去找阿米尔、塞姆班和法图尔。”查利说，“我是他们的公爵。”

“那个可以等等的，查利。”博拉说，“我们今天砰得够多了。是时候在赛场上也赢一把了。你随我来。你会带给我好运。”

“好……好吧。”查利说。

“当我还是个小男孩的时候，我生活在圣彼得堡，也就是列宁格勒，随便你怎么叫它，”他们一起穿过人群时，博拉说，“我祖父母家有一匹阿拉伯纯血马，漂亮得不得了。它的名字叫彼得鲁什卡。它真是漂亮，查利。获得过很多赛马比赛的大奖。在我们的乡间别墅，我度过了一个个漫长的夏天，喂彼得鲁什卡熟透的苹果，骑着它漫步在美丽的草原上。”

“那感觉一定棒极了。”查利说。

“后来，苏联人带走了它，给它戴上轭，让它为当地的大队犁地。”博拉愁眉不展地说，“就是这样了。”他们已经来到投注窗口前。博拉把一张十法郎的大钞“啪”地拍在柜台上。“十法郎，赌希腊舞者赢，劳驾。”

钱被收了进去，一张赌票被推了出来。博拉捧起赌票亲了好一会儿，然后递给查利。

“你也亲一下。”他说。

“什么？”查利问。

“亲它。”博拉说。

查利敷衍地轻轻吻了一下。

“不不不，”博拉说，“你得认真亲它，带点儿激情！”

查利感到自己脸红了，他突然意识到周围有那么多人。不过，在熊的注视下，他还是把那张白色的小纸条放到了唇边，开始亲吻它。除了母亲（还有爱丽丝·格兰德尔，不过在严格意义上，她不算数）以外，查利还从没吻过别人。查利尽自己最大的努力，模仿了约翰·韦恩和玛琳·奥哈拉式的激吻，直到博拉将票从他手里一把夺走。

“这也太过火了吧。”熊恼怒地说。

“查利。”有人在喊。他们转过头，看见美智子正向他们跑来。“你在干什么啊？”

“我，呃，在祝博拉好运。”查利说。

“博拉这会儿不该在下注，”女孩怒瞪着自己的同伴说，“博拉这会儿应该去干活儿。”

“你瞧瞧我得的分，”博拉为自己辩解道，“我已经砰得够多了。下面该希腊舞者登场了。”

美智子懒得与他纠缠。“莫莉需要人做掩护公爵。”

“查利就可以啊，”博拉说，“他整个上午都在为阿米尔做掩护。”

美智子看了看查利。

“没问题，我来做，”查利说，“她在哪儿？”

“在小围场里。你进不去的，但她会在栅栏处和你碰面。”

“好的，”查利说，然后看了一眼博拉，“祝你好运。”

“希望你没把好运给亲跑！”熊溜进人群的时候，查利听到他大喊了一句。

看台的两个区域之间，有一条通道通向露天座位的下方。墙壁上有个标志，指向小围场。广播喇叭在播报新一轮比赛即将开始，于是，人群疯狂地从通道冲向看台。查利不得不在熙攘的人潮中奋力逆行。到了看台下面，他开始顺着一条昏暗的过道往前走。过道地面上散落着撕毁的票据和丢弃的节目表。不一会儿，他就来到了小围场。这是一间空旷的房子，泥土地板上建了一座圆形竞技场，四周围了一圈高高的绿色栅栏和一脸专注的赌徒们。准备参加比赛的马儿，一匹接着一匹，被骑师们牵了进来，在竞技场里缓慢整齐地走圈。骑师们身穿五颜六色的丝绸彩衣，用缰绳牢牢地控制赛马。赌徒们全神贯注地盯着它们看，在节目表上圈圈点点，和旁边的人讨论每一匹马的优点，评估它们的状态。这里才是真正的赌徒们聚集的地方，不像那些业余的观众，在看台上到处瞎溜达，仅凭一时兴致，或自己喜爱的号码和名字，来决定在哪一匹赛马身上下赌注。

“嘘——查利。”一个声音悄悄说。

查利抬头一看，发现小鼠正站在栅栏的铁栏杆后朝他挥手。竞技场内，赛马已套好比赛用具，骑师们个个身着五彩缤纷的套装，穿骑师彩绸装的小鼠巧妙地隐藏其中。

“嗨，莫莉，”查利小声说道，“美智子说你需要一个……”

“小点声！”莫莉打断道，“你过来。”

两人走到竞技场的尽头。那里，栅栏连着墙壁，长长的一道阴影为他们提供了一个隐秘的碰头地点。

“靠近点。”莫莉说，并示意他往前来。

查利向栅栏走去，突然之间，莫莉抓住他的踢裤裆，用力往下拉，这样他们两个人可以靠得更近点，现在只有冰冷的铁栅栏横在他们中间。

这突如其来的亲密动作，让查利一时手足无措。他呆呆地站着，整个人都僵硬了。与此同时，莫莉将她砰来的赃物，一股脑儿塞进他身上的口袋里。等他像头骡子一样负重满满，浑身上下再也无处可塞时，她才终于停下来，轻轻推了一下查利，示意他离开。

“快走，”她低声说，“待会儿再回来，等——”

“你！”从跑道另一边，突然传来一个男人的大喊声。他正穿过一匹匹气宇轩昂的赛马向他们走过来。“小伙子！”

查利害怕那男人是在对他喊话，于是本能地从栅栏边跳开。莫莉也已经转过头去，背对着查利，准备好应对下面将要发生的事情，无论那将是什么。

“小伙子！”男人又喊了一声。

看见男人是在对莫莉说话而非他时，查利长舒了一口气，因为这会儿，他身上的口袋里装满了偷来的东西。一定是莫莉看不出性别的骑马装，让男人误以为她是个小伙子，而不是姑娘。可莫莉并不打算纠正他。

“怎么了？”她回答道。

说几句离题话。现在你应该已经知道了，查利的法语理解能力，虽然自从来到马赛后有所提高，可还是很糟糕。而莫莉对这门语言的掌握则近乎完美。因为她在七铃学校接受过语言培训。每一名成才的工具，都必须能够使用十五门语言进行对话交流，对八门达到流利水平，对三门达到精通程度。为了让我们那些没有接受过七铃学校严格语言培训的读者能够读懂，我们将提供以下对话的翻译。莫莉情急之下竟飙出了一口地道的法语，接近于巴黎北郊土著的口音。查利从两人语速极快的对话中只听了个大概。不过，在座各位读者朋友请放心，你不会因为查利在学业上的怠惰就被蒙在鼓里——说实话，这只是查利一个人的过错。

以下翻译，直接拿去，不用客气。

“你骑哪匹马？哪匹是你的马？”男人问。他嘴里叼着一根很粗的雪茄，话说得含糊不清。

莫莉居然一字不落地听懂了，真叫人佩服。“苏丹的新娘。”她回答道。

“它跑第……？”

“第十赛道。”莫莉回答道。

男人咬着雪茄，仔细打量了她一会儿。“你有多高？一米一？一米二？”

“我身高一米五。”她回答道。

“太棒了。你可以去骑第六赛道蒙瑟夫男爵的马，拥王者的骑师来不了了。显然是吃生蚝吃坏了肚子。我彩衣给你备好了，在围场后边。”

这是查利第一次看见莫莉犹豫，她看上去似乎要昏过去了。“我……”

“第六场比赛，它们已经在起跑门那边集合了。”

“我真的……”莫莉开口道。

“你是执证骑师，对吧？”男人问道。他从嘴里取出雪茄，从唇边吐出一个烟圈。

“当然了。”

“那就跟我来。”男人说，“我们现在需要一个人去骑那匹马。”

查利以为莫莉会朝他投来一个痛苦的眼神，但是她并没有。这小姑娘真厉害，无论心里有多害怕，她只在迈出第一步时流露出一丝丝的犹豫，接着便踏着自信的步伐，跟在男人身后，跨出围场了。

“莫莉！”查利惊恐地小声喊道。他们为何没预见到这一出呢？让一名工具穿上彩衣，伪装成骑师，待在围场里，肯定会招来这一劫的呀！他环顾四周，很怕引起别人的注意，因为他口袋里装满了从房间里每个呆子身上搜刮来的贵重物品，以至于裤子都快掉了。他慢慢地小心翼翼地转身，走出围场。每走一步，都会发出轻微的叮当响，仿佛脚上拴了铃铛似的。刚走到人们听不见的地方，他就狂奔起来，像一只圣诞雪橇叮叮当当地穿过过道，奔向外面的光明世界。

“打扰了，”一个女人说，她的身体斜靠在看台的墙壁上，“小伙子！”查利抬起头看向女人。她却手指着他的双脚。他低头看了看，原来不知是哪一个家伙的金项链滑落到了查利的腿上，悬在裤子边沿。查利朝女人摆了摆手，以示谢意，随即伸手去抓回来，塞进裤兜里。他能感觉到，莫莉藏在他身上的其他物件，这会儿也开始跃跃欲试，想要出来遛弯。大半天以来，他都在考验自己所有口袋的装货能力——现在，缝线终于开始松动了。查利紧紧提住裤子，放慢脚步，缓慢而又别扭地朝马场的出口走去。当售票亭终于映入眼帘，并确保没有人在看他的时候，他开始奔跑着穿过人行道。硬币哗啦啦地在口袋里发出叮叮当当的声响。一到装赃物的地方，他马上腾空口袋里的战利品，然后疯狂地冲回场内。

“阿米尔！”他一边挤过闹哄哄的人群，一边大喊道，“阿米尔！”

阿米尔正和塞姆班、法图尔站在一块儿啃着火腿三明治。听到有人大声喊叫自己的名字，阿米尔吓了一跳。

“查利，小声点，”阿米尔说，“这个地方到处都是警察。”

“是莫莉，”查利唾沫星子飞溅，上气不接下气地说，“莫莉，小鼠，她成了一名赛马骑师。”

“我知道，”阿米尔说，“这是布鲁托的主意。”

“不是，你没听懂我的意思。她真的在骑马比赛，他们让她骑上了一匹马。”

“不可能，”塞姆班补充道，“莫莉不会骑马。”

查利彻底慌了。“她不会……”他结结巴巴地说，“他们在学校里没教过你们这个吗？”

“马术吗？”法图尔说，咬了一口他的火腿三明治，“我不认为有什么必要。”

“这都无关紧要了。她在骑马，在赛马！”

就在这时，忽然鼓角齐鸣，锥形扬声器里发出的声音响彻场内。有人透过喇叭，宣布赛马开始列队，即将前往起跑门棚。阿米尔、塞姆班、法图尔和查利全都跑向看台护栏。几匹马以及它们的骑师，沿着覆满厚厚污垢的赛道，依次并立。只见有一匹马落在了后面，好像受到了惊吓，不停动来动去，哼哧哼哧地哈气，显然是与自己的骑师有点不合拍。毫无疑问，这匹马就是莫莉的，名叫“拥王者”。她已经脱下那身紫色和黄色的丝绸衣服，穿上绿白相间的彩衣，这会儿正努力尝试控制自己那不听话的坐骑。

“哦，天哪，”阿米尔说，“这可不是什么好事。”

几名骑师好奇地看着倒霉的莫莉。喇叭声又响了。马儿们开始进入起跑门棚。莫莉还在跑道上对付自己的马。几名官员朝她走去，不过还没等他们靠近，马儿明显已下定决心可以准备比赛了。突然之间，它挣脱了缰绳，冲向门口。莫莉的身子顿时后倾，靠上马的侧腹。不过好在，她的一只手设法控制住了缰绳。这并不是拥王者的第一次比赛。它可能是感觉到了自己的骑师愚蠢无知，于是不怎么听莫莉的指挥，马蹄子踢来踢去，鼻孔哼哧哼哧的，径自走向起跑门棚。

“请赛马各就各位。”看台上的播音员说道。

查利开始紧张地咬自己的指甲，博拉悄悄贴过来。“发生什么事了？”他问。

“莫莉正骑着一匹赛马。”阿米尔回答道。

“六号马。”塞姆班说。

“这匹马叫拥王者，”查利说，“她是被临时抓去参加比赛的。”

“哦，”博拉说，“可她不会骑马啊。”

旁边的四个男孩不约而同地点了点头。

“只要她不干涉希腊舞者，赛个马也没什么大不了的。”

查利不可思议地看了一眼熊，而博拉则耸了耸肩。

一声铃响，起跑门棚那里发出了金属撞击般的响声，只见十扇门，整齐划一，“哗”一声全打开了。

“比赛开始了！”播音员喊道。人群开始沸腾了。马儿们在赛道上疾驰奔跑，铁蹄砸向地面，泥土飞溅，肌肉碰撞，一片混乱嘈杂。

而莫莉和拥王者还在起跑门棚里。

即便离莫莉有点远，查利仍可以听到她在咒骂自己的马。拥王者看上去有自己的计划——或许它很气愤自己的骑师会如此笨拙无知。最后，莫莉几乎绝望地踢了几下马的侧腹，马这才从起跑门棚一跃而起，踏上赛道。莫莉发出一声尖叫，声音很响，站在露天看台上都能听得清清楚楚。因为马的冲劲儿，莫莉的身子瞬时被甩得向后倾。万幸的是，她的右脚紧紧固定在一个马镫里面，才使得她没有从马背上摔下来。查利看得倒吸了一口凉气。

"莫莉，坚持住！"查利喊道。

当拥王者冲出门棚，全力冲刺的时候，其他赛马正在绕过第一个弯道。莫莉倚靠在马的臀部上，像个布娃娃做仰卧起坐那样，努力试着调整好自己的身姿。她在马背上的扭动，一定是惊吓到马了，因为只要她一动，马就不停地加速奔跑。

起初，场边观众的注意力都集中在处于领先位置的马匹身上，但他们突然看到了拥王者和它背上摇摇欲坠的骑师。

"快看！"查利后面的一个男人大声喊道。

"太可惜了！"另一个男人也跟着喊道。查利能够想象，那些把赌注压在拥王者身上的人的郁闷。一些撕碎的票据散落在查利的头顶上，足以证明他的猜测是正确的。

不可思议的是，莫莉成功地坐回马鞍上，并把左脚塞进马镫里。然后，她开始伸手去抓拥王者的缰绳。此时，缰绳像面条一样，挂在马脖子上，不停地抽打着它。感觉到莫莉的动作后，拥王者似乎开始全力冲刺了，现在离大部队只有几步之遥。看台上的观众们目睹了这一切，惊诧于拥王者的后来居上，纷纷拥向护栏。令查利惊叹的是，莫莉和她的拥王者，此时已赶上排在前面的几匹马，甚至占据了第二名的位置。就在这时，他感觉到阿米尔在他耳边悄悄密语。

“快看，查利。”

阿米尔朝身边的人群点点头。只见他们个个都看得如痴如醉，眼睁睁看着拥王者和它的骑师，一路追赶，从第六名追到第五名，接着又冲到第四名。阿米尔朝查利笑了笑。“完美的掩护。”

紧接着，扒手们重新开始干活了。从这些有钱的观众身上偷走一切有价值的物品——所有还没被他们灵巧的手指钩走的手表、钱包和金链子等。与此同时，莫莉和拥王者不可思议地加足马力，旋风般地冲过最后一弗隆①，和头名的赛马并驾齐驱。这匹马身披五号战袍，在节目表上的名号是“希腊舞者”。那些早早把票撕碎的人，看到赛场上的风云突变，开始急着在地上到处乱摸，急不可耐地想要把扔在通道上的碎片，捡起来重新拼凑。

最后的冲刺阶段终于到来了，所有的赛马，在骑师们的鞭打下，奋勇争先，大步流星地冲向终点。莫莉拼命地贴住马鞍，如同一个马戏演员，身子使劲儿向前倾。莫莉和拥王者在向领头马希腊舞者发出强有力的挑战。查利跑到护栏边，看得十分入迷。

“莫莉，加油！”他声嘶力竭喊道，“拥王者，快跑！”

---

① 1弗隆，约为201米。——译者注

他感觉旁边有人在用力推他。原来是博拉。“希腊舞者，加油啊！五号，赶紧冲刺！”他不停地叫喊着。他粗粗的手指紧紧抓住票根。电光石火间，所有的赛马全都冲过终点线，霎时看台上人声鼎沸。

可以这么说吧，拥王者，一匹阿拉伯夸特马，成了当天最耀眼的明星。当然了，在接下来最著名的欧洲巡回赛中，它继续证明了自己的勇气和耐力。不仅如此，它最终冲出了欧洲，征服了美国赛马三冠王大赛，甚至在它死后的四分之一个世纪里，也没有后来者能够追上它的丰功伟绩。喜欢赛马的读者朋友们都知道，拥王者将功成身退，在法国布列塔尼的牧场上度过自己的退休生活，每天享用鲜嫩的三叶草，在布列塔尼的灿烂阳光中，自由嬉戏玩耍。它死后，总统和首相也为它歌功颂德。所有最伟大的欧洲领导人都争先恐后地怀念拥王者，以及它参加并赢过的比赛。而所有的颂词，都会提及一九六一年四月的那一天，在马赛博雷利跑马场，拥王者第一次尝到了胜利的滋味。它的骑师是一个名不见经传的小人物，刚冲过终点线便消失得无影无踪，仿佛化成了一缕青烟遁入天际。

拥王者的追随者们，簇拥着它，将鲜红的玫瑰花环挂在它弯曲的脖颈上。与此同时，奇盗联盟的高手们早已搬走售票亭里的一麻袋战利品，奔向公交车站，准备乘车前往位于帕尼耶的七角咖吧。博拉一屁股坐在查利旁边的凳子上，抱怨道：“查利，你的小道消息可真准。”

一张撕碎了的票据，飘落在公交车的地板上。

第12章

回到老巢后，庆祝活动热闹非凡。此次出征，所有联盟成员中，布鲁托和杰姬的战利品最多。他们向其他扒手讲述了他们在上流精英云集的高级俱乐部里的历险故事。在整个过程中，他们始终没有忘记自己扮演的角色，布鲁托是一位奸诈的南美石油巨亨，名叫亚力杭德罗，而杰姬是他的新婚妻子，名叫杰奎琳。他俩说话的嗓音，滑稽又做作。他们一起迈着潇洒的滑步，在房间里走来走去，样子像极了搞笑漫画里的贵族人物。地下墓穴中央的大桌子上，在最显眼的位置，摆放着一枚巨大的耀眼夺目的翡翠胸针。这枚胸针，据布鲁托猜测，应该是从一位瑞士大亨身上砰来的。美智子和博拉，跟查利他们小组一样，都在各自的工作区域，取得了成功。不过，他们的战术不同，偏爱数量，胜过质量。他们紧盯着看台上的观众，锁定连续取胜的赌徒，因为这些人的钱包肯定是鼓鼓的。

小鼠莫莉怒气冲冲地乘坐公交车来到帕尼耶，然后穿过拥挤的街道和小巷，来到七角咖吧门口。一路上，她气得一句话也不说。当大伙开始说着黑话，分配战利品，丢弃死皮的时候，她还是黑着脸，一个人躲在墓穴内阴暗的凹室里。

“好了，小鼠，”布鲁托说，“你还没闹够吗？”

“你不得不承认，”阿米尔补充道，“这是一个妙计。”

“我见过的最棒的掩护策略，”美智子说，“正好赶在警察出来、整个行动即将被识破之前。”

听到这儿，博拉又开始咕哝起来，表示不满。“要从她那一份里拿出十五法郎给我。因为她害得我输了这么多钱。希腊舞者本来可以光明正大、轻而易举地赢得比赛的。”

博拉的酸话终于让小鼠忍不住顶了回去。“哦，哈，哈，哈，”她的声音从一个角落传了过来，“对你来说，这是件有趣搞笑的事。我以前可从没骑过马，知道吗？我差一点就被摔死在那里了。”

阿米尔则大笑着，走到她身边。“好了，莫莉，别生气啦。你帮了联盟一个大忙。回到学校后，最起码好几年内，人们会不停地说起你这次的功绩。再等等，校长很快就会知道这件事。”

“我只想要回我的衣服，”莫莉将双臂交叉在一起抱在胸前表示抗议地说道。她身上仍穿着炫目的骑师丝绸服，这套衣服是小围场里的人给她的。

杰姬强忍着笑。“亲爱的，白绿相间的衣服真的很适合你，”她借用杰奎琳的嗓音，调皮地说，“你觉得呢，亚力杭德罗？”

布鲁托的肩膀靠在杰姬的肩上，手里转动着怀表的短链。“哦，是的，亲爱的，确实适合。”两个人笑得前仰后合。

说时迟，那时快，一个流苏枕头像加农炮弹一样，从凹室发射过来，砸中了布鲁托的脸。“我跟你没完，你给我等着！”莫莉喊完，愤怒地转过身，盯着墙壁发呆。布鲁托给了他的扒手同伴们一个无奈的表情。接着，他们继续在桌子上，一边闲聊，一边将钱包和里面的现金分开。

查利走进凹室。“嗨，莫莉，你还好吧？”

“让我一个人静静。”

“我想……”他纠结了一会儿，不知该说什么好，然后说，“或许，这是我的错。我应该跟那个男人解释一下的。我应该想办法让咱俩都离开那个小围场。这才是一名真正的工具应该做到的。”女孩背对着他。他无法判断她有没有听进自己说的话。“不管怎样，对不起。”

有那么一会儿，女孩并没有理会他说的话。最后，当查利准备离开回到桌子边时，他听见莫莉说：“不要瞎想，这不是你的错。”

查利停了下来，咬住嘴唇，思索了一会儿，然后转过身。“嗨，”他说，“我在桌子上找到了这个，我觉得和你很配。”

莫莉转过身，看见他手伸进口袋，掏出一条长长的金属链子，上面穿了个坠物，形状像老鼠。他把链子递给莫莉。她接过链子，在微弱的灯光下欣赏把玩。

“哦，谢谢你，查利，”她说，脸上露出喜悦的表情，“真的很漂亮。”

重新回到桌子边后，查利发现赃物已经堆了很高，并已分门别类整理好，全都是些上流社会人士外出游玩时佩戴使用的东西。最后一块手表鉴定完毕，最后一枚硬币还在桌子上旋转着，刚刚滚进硬币堆。扒手们开始分配赃物。少量现金和些许容易典当的珠宝饰品，以每日津贴的形式，分发给奇盗联盟的每一个成员，就当作是从他们的头儿即七铃学校的校长那里所领取的工资。杰姬是这群加农炮的领头人，因而有幸对每一名扒手的表现进行点评。

“布鲁托，作为我们的文件夹，策划了一次成功的摸壶行动。”她一边说，一边把一小沓现金和一块金表扒拉到布鲁托站的方向。

“美智子，你一直稳扎稳打，虽然大半天你只能一个人单独行动。”女孩在拿回自己的封赏时，瞪了一眼博拉。

熊还没来得及为自己辩解时，杰姬就已经发话了：“熊，下次记得把注意力集中在工作上，不要老想着赌钱。这样或许你还能砰些东西，而不是输钱了。”

“我本来可以赚些的，要不是——”

杰姬示意他闭嘴，并把他的那一份酬劳划给他。“你输了钱，也活该。赌钱就是赌钱，不要瞎抱怨。”小鼠羞怯地从躲藏的地方走了出来，站在桌子的远端。“考虑到莫莉出色的掩护，以及赢了一场赛马比赛，我认为应当给她双份。”杰姬整理出一大堆物品，推到穿骑师装女孩的面前，“小鼠，你冒着生命危险做出了不可思议的贡献。放心吧，我们保证会向校长报告此事的。”

莫莉脸红了。她接过属于自己的奖赏。

杰姬一一点评了每位扒手的表现，并发放了每日津贴。当她做完这些之后，阿米尔站了出来。

“查利呢？”他问。

杰姬的回答是：“查利？哦，他是负责中外场的。”

“但他为塞姆班、法图尔和我做了跑腿公爵呀。”

“还有我，”莫莉补充道，“要不是他及时出现，我可能会被困在一堆奥库斯中间。”

听到他们的赞许，查利很是感动，站在原地，一言不发。

“他也干了活儿，参与掐，参与戳，就应当得到报酬。”阿米尔说。其余的扒手对于阿米尔的讲话，纷纷小声嘀咕着表示赞同。

“好吧，查利，”杰姬说，“你为自己赢得了一份报酬。”说完，她将一小沓法币推到了查利面前。随后，她又把手伸进一堆分好的贫民窟，挑了一件小巧的、装饰华丽的随身小折刀，扔给查利。他在半空中接住刀。

“谢谢你，杰姬，”查利说，“谢谢大家。”

就在这时，贝尔图乔走了进来，告诉他们晚饭做好了。他带来了一只大砧板，上面堆满了新鲜出炉的烤肉和蔬菜。接着，他从房间的一个壁龛里取出一瓶红石榴汁来，放在桌上。

“我可以来一杯吗？”查利伸出自己的玻璃杯，问道。

“当然，”贝尔图乔说，“我还记着呢，查利·费希尔，一个真正的苏打水加石榴汁爱好者。”

“这次千万别再给我加杜松子酒了，求你了，贝尔图乔。”查利说。

“没问题。”服务员笑眯眯地回答说。他开始往查利的杯子里倒石榴汁。“一切随石榴汁小子的意。”

查利突然感到一个巴掌重重地拍在他背上。原来是博拉。他大声嚷嚷着：“查利，这就当你的外号吧！”他手里也举着一杯鲜红的石榴汁，“敬我们的石榴汁小子。祝愿他今后火力全开、油水赚足！”

小偷们纷纷应和着，把手中的杯子伸到桌子中央，与博拉碰杯。查利啜了一口甜甜的石榴汁，腼腆地笑了。所有人，在贝尔图乔的盛情邀请下，开始享用这位服务员为他们准备的丰盛晚餐。待奇盗联盟的成员们吃饱喝足，贝尔图乔取出他的西班牙吉他，像之前一样，用一首又一首悠扬的歌曲，让大伙儿沉浸在一片醉人的宁静中。塞姆班和法图尔背靠背依偎在一张凳子上。杰姬若有所思地看着表演，手指摆弄着桌上的一摞硬币。查利坐在阿米尔身旁，他俩都被贝尔图乔奇怪而优美的歌声给迷住了。接着，阿米尔抖抖身子，似乎挣脱了这歌声的魔力，快速拍打了一下查利的胳膊。

“喂，查利。”他说。

“怎么了？”

“跟我来。”

他们一起离开了地下墓穴里那群昏昏欲睡的小偷，爬上螺旋梯，沿着砖砌走廊，走出暗门，来到七角咖吧空荡荡的大堂里。接着，查利又随阿米尔穿过旋转门，走进一间充满浓郁的百里香、迷迭香和大蒜味道的厨房。

“这边。”阿米尔说。他带领查利爬上一段狭窄的楼梯，来到一扇巨大的木门前。推开门，阿米尔挥挥手，示意他继续往前走。查利紧随其后，一脚踏出门，户外的新鲜空气迎面扑来，他发现自己正站在一个高高的屋顶上俯瞰着整座城市的景色。查利还从未见过这样的马赛。

“哇。”查利说。

“很美，是吧？”阿米尔说。

这栋建筑屹立于帕尼耶区的一座小山之上，站在这个制高点往下看，几乎没有什么东西可以挡住视线，城市的景观一览无余。从这里，可以看见旧港的全貌，港湾里永远泊满了渔船和小帆船。往返于港口北边的码头和南边的利浦农布码头之间的渡轮，在波光粼粼的水面上不紧不慢地突突前行。时值傍晚，港口边上的咖啡馆里坐满了品饮玫瑰香槟的顾客。几艘颜色鲜艳的渔船散布于码头上，鱼贩们正向游客们兜售他们刚刚捕捞的贻贝、牡蛎、沙丁鱼和鲱鱼。它们被摆在水草上，向游人展示，看上去十分诱人。在港口对面的一座高山上，黑白相间的圣母院俯瞰着这座喧闹的城市，仿佛一位牧师正既严厉又慈祥地望着聚集在讲坛下的教众。一艘船鸣响了号角，它正驶出港口，驶过富丽堂皇的法罗宫。海鸥也在晚风中嘶鸣、盘旋。

“是啊，”查利说，“真美。”

“等一下。”阿米尔说，“你闻。”

“闻？”查利长长地吸了一口气。

“你闻到什么了？”

“我闻到了——大海。可能，还闻到了一点鱼腥味吧？”

“停。”阿米尔说。他正倚在建筑物低矮的石膏栏杆上，伸长脖子朝下面的街上张望。“再试试看。”

查利照做了。这回，一股不可思议的气味侵袭了他的感官：那是新鲜烘烤的面包的香气，混杂着某种查利无法识别的刺鼻的香料味。“那是什么？”

“这位住在隔壁的女人，每天晚上都会为她的家人，用橄榄油和香料烘烤扁面包，作为晚餐。她每天到这个点就开始烤面包，雷打不动。我上来就是为了闻闻这个香味儿。”他又深深地吸了一口气，“这个女人，我从来没见过她，但我知道，她肯定是黎巴嫩人。或至少是那一带的人。我闻得出来，她在用扎塔香料烤麦尼许。我妈妈当年也是这么烤面包的。”他又深吸了一口，说：“查利，这就是我童年的味道，我家乡的味道。世界上的任何味道都比不上它。”

“你后来回过家看过你的父母吗？”

“我吗？怎么可能！”阿米尔说，“一旦加入了联盟，联盟就是你的家了。”他沉默了片刻，说：“不过，我很想念他们。我有两个妹妹。我很想知道她俩现在过得怎么样。她们都是非常聪明、坚强的女孩子，查利。或许，你会喜欢上她们的。我想她们也会喜欢你的。”

查利听了这话脸红起来。“那你为什么不回去一趟看看她们？”

“那里不再安全了，我的家乡，连年战争，打仗。我很担心我妈和我爸。不过，这就是人生，不是吗？男孩子早晚得离开妈妈。”

“要么他的妈妈迟早会离开他。”查利平静地说。

阿米尔转过身来，背对着城市的夜景，把自己撑起来，坐到栏杆上。他定定地看着查利：“真的吗？”

查利点点头。

“我想，那或许更糟糕。”阿米尔说。

“没事。我已经想通了，反正她也算不上一个称职的母亲。”

“查利，我很抱歉。”阿米尔说。

“这就是人生，不是吗？”查利努力模仿阿米尔的语气说道。

阿米尔笑了。“但人生还长着呢，查利。我们谁也不知道将来会怎样。我也不可能一辈子待在马赛。校长会召回我们，把我们分派到一个新的城市，新的国家。远方始终有新的机遇，新的地方，新的人。生活一直在变化。我们不可能都像那位女士那样，每晚都在厨房里烘烤麦尼许。”

“或许她也会厌倦这一切，”查利猜测道，“或许，日复一日，每天如此，她早已闻不到那面包的香味了。”

阿米尔听了这话，陷入沉思。“有道理。所以，是我们太多愁善感了，不是吗？不过，有时候，我来到这上边，闻着这个香味——烤面包、扎塔的香味——我就在想，若是我不干了呢？宣布出局？我发现就在奥夫斯谷的山麓大道上，有一家黎巴嫩咖啡馆。老板是贝鲁特人。假如我退出联盟，在他家后厨里寻一份差事呢？他们肯定需要一个像我这样的孩子帮工打杂。然后，我赚了钱，就会买一条小渔船，泊在那边的小湾里，船上放一张小床。”

“听起来真不赖，”查利说，“不过，你真的打算放弃这一切吗？”

阿米尔抬起手，在面前扇了扇，仿佛在驱赶一个不切实际的梦。“不，永不可能。”他对查利笑着说，“我一生一世都是奇盗联盟的人。”

“真希望我也可以这么说。”查利说。

“坚持干下去，你应该能成功的。”阿米尔说。

两个人安静了一会儿，直到查利打破了沉默：“阿米尔。”

“怎么了，查利？”

“我想谢谢你。”

“谢我什么？”

“谢你为我做的这一切，帮助我，成为我的朋友。我……”查利停顿片刻，整理了一下思绪，“我一直不太擅长交朋友。从小经常换环境。先是和我妈生活在一起，但后来她抛下我走了，我就又搬来和我爸住——我们天南地北地奔走，从来没在一个地方稳定下来过。或许，假如我善于交际，我也可以在不同的地方交到朋友，可事实并非如此。这是头一回，我感到自己找到了家的感觉，找到了属于自己的朋友。”他突然对自己的坦白感到无比尴尬，“我的意思是，我不想强迫你。我可以把你当作我的那个，可以吗？”

“什么，朋友吗？”

“嗯。”他小心翼翼地等待阿米尔的回答。

“当然了，查利。”阿米尔说着，露出了一个温暖的笑容——可是，为什么查利从他的声音中听出了一丝悲伤呢？难道是阿米尔的情感盔甲上突然出现了一道看不见的裂缝？“当然可以啦。”

“太好了，”查利说，脸上堆满了笑容，“那么，为了友谊！”他一边说，一边伸出手。

阿米尔握住查利的手：“为了友谊。”

就在这时，楼下的街道上传来一个女人说阿拉伯语的声音。屋顶上的两个男孩顺着墙檐往下看，只见一个中年妇女穿着一条围裙，站在隔壁房子的门前。查利无须阿米尔给他翻译，也能猜到是妇女在叫她的孩子们吃晚饭。没多久，一群上蹿下跳的小朋友从某个街角冒出来，冲向女人，开心兴奋地抱住她，差点将她撞倒在地。女人大笑着，责怪了几句，然后转身，跟着孩子们一起走进屋内。

“好了，”阿米尔说，“我们也该回到家人身边了。他们既是家人，也是朋友。”

查利点了点头，开始穿过这饱经日晒的屋顶。刚走到楼梯口，他突然意识到阿米尔并没有和他在一起。他转过身，看见男孩仍站在栏杆的边缘俯瞰城市。此时，夕阳的金色余晖笼罩住了整个城市。

“你不来吗？”查利问。

“嗯，查利，”阿米尔说，“你先走，我马上就来。”说着，他一路小跑，穿过屋顶，追上查利。

第13章

看仔细喽。你现在可是从圣母加德大教堂的长方形会堂的尖顶上往下看呢，看时光在这座古老的港口城市里慢慢流逝。现在已是春天，微风和煦，天气温暖，即便是站在这么高的地方也不会太冷。整座城市在你面前徐徐铺开，好似由泡沫、黏土和轻木制作而成的沙盘模型。街道上，人群熙熙攘攘，有人走路，有人驾驶着噗噗作响的小汽车，还有人乘坐叮叮当当的有轨电车。从你所在的位置，一切尽收眼底。不要花时间苦思冥想你是怎么爬到现在这个地方的，或者急切地想弄清楚怎么下去。请暂时抛开一切，欣赏这个绝佳位置赐予你的美景，感受世界围绕你转动的兴奋。

查利·费希尔在那儿。你看到了吗？他正沿着山崖边的滨海大道，骑自行车回家呢。微风吹拂他的脸庞，夕阳的余晖笼罩着地中海。海面波光粼粼，远处的岛屿像黑色的小山丘，矗立在碧波荡漾的大海上。轮船劈波斩浪，有一些是游船，正将大批的游客从伊夫岛接送回港。他们前往伊夫岛探险游玩，目睹了小说人物爱德蒙·邓蒂斯逃亡的地方。夕阳的光辉红得耀眼，活力四射。再看看查利，一副得意满足的样子，他端坐在自行车的坐垫上，顽皮的笑容时不时地挂在嘴角，脑海中则回忆着刚刚经历的旋风般的冒险。

倘或你一眼无法认出这个男孩，倒也正常。现在的查利，已经不是两个星期之前那个害羞的少年。他变了。这段时间里，他成了一个双面人，在两个不同的世界来回切换。在一个世界里，他是美国驻马赛总领事的乖儿子；而在另一个世界里，他是石榴汁小子，是一群扒手的得力助手，在奇盗联盟里有着不错的前景。这种切换，就像那些晒得黝黑的游客，出海游玩，但也不忘回岸。由此带来的结果，便是查利身上仿佛笼罩了一层淡淡的光晕，即便他推着自行车走进自家大宅的前门也不曾褪去。看门人皮埃尔打开大门欢迎少爷回家。

“查利，你今天气色很好嘛。”皮埃尔说。

“谢谢你，皮埃尔。”查利回答道。他推着自行车在院子里溜达了一会儿，然后把自行车斜倚在一排修剪整齐的黄杨灌木丛上。

西蒙站在正门旁，指了指手腕上的表。

“你差点就迟到了。”他说。

“差点迟到，”查利一边喘着粗气，一边笑着说，“但没迟到哟。”

他的家教嘴里嘟囔了些什么，但还是认可了他的说法。

“你特想找机会训我一顿，对吧？”查利问道。

“好了，”西蒙说，对查利的问题避而不答，“音乐会一小时以后就要开始了，赶快脱掉这身脏兮兮的衣服。”

查利小心翼翼地过着两种不同的生活，近乎巧妙完美地在两种生活之间自由切换，游刃有余。比方说，他还在按时上课，一节都没落下。与此同时，他仍能花上半天时间，跑到人员密集的广场和公园，以及马赛的咖啡馆，为奇盗联盟做掩护公爵。今天，查利不得不从行动中提前撤退，去赶八点钟马赛爱乐管弦乐团的演出。这是西蒙为他安排的课外实践活动——欣赏巴洛克时期作曲家的作品。今晚音乐会上演奏的是韩德尔的作品。查利刚好踩着点回到家，穿上他的燕尾服，拿起一块火腿奶酪牛角面包塞进嘴里后，就匆匆和西蒙一起坐进雪铁龙的后座上。

“你今天干什么去了？”当纪尧姆驶离砾石路进入大街时，西蒙狡黠地问道。

“哦，你懂的，”查利回答，“就是一些事情。”

“今天天气很好，确实适合做事情。”

“而且是某些事情。”查利回答道。

“好吧，不过事事精通的人[①]……”西蒙说。但他没有继续追问具体什么事情。男孩和他的家教很默契地达成了一种共识。他会准时上课，努力完成作业。而西蒙则不会过问他课堂以外的活动，也不会向查利的父亲汇报查利不寻常的举动。可以想见，西蒙自以为非常了解查利。而在他看来，查利所能遇

① 英语俚语，“Jack of all trades，master of none”，形容一个人什么都懂一点，但是没有一样是精通的。此处略去了后半句“master of none”，是西蒙作为家教对查利的一句劝诫，希望他更专注于学业。——译者注

到的最糟糕的麻烦，无非就是闭馆后，仍磨磨蹭蹭，久久不肯离去，惹得马赛图书馆的图书管理员们失去了耐心。

西蒙的女朋友塞西尔正在马赛歌剧院门前的护柱旁等他们。她穿了一件浅色雪纺礼服，棕色头发用发卡盘在脑后。一看到女友，西蒙就眼睛发亮，步履匆匆地走过去。查利很清楚，他们今晚外出来歌剧院的目的并不仅仅是为了他的学习。

“你好，查利。”塞西尔边说，边轻吻他的双颊，以示问候。

“你好，塞西尔。”查利说。

西蒙和女友来了一个大大的热情的拥抱，然后伸出一只胳膊。塞西尔挽住他的胳膊。三人一起朝歌剧院走去。其实，这并不是塞西尔第一次参加他们的课外实践活动。自从西蒙知道查利经常在外面做事后，他就想当然地决定自己偶尔也可以做一些轻率出格的事，比如课外实践的时候带上女朋友。至于查利嘛，他很高兴他的家教能和他“同流合污”，于是也就不打算在父亲面前揭发他了。

他们穿过金碧辉煌的歌剧院里盛装打扮的人群，找到老查尔斯非常乐意地为他们订好的包厢。灯光转暗，管弦乐团奏响一支曲子，悠扬的乐声顿时如一场茫茫大雾，在整座音乐厅弥漫开来。

“这叫调音。”西蒙指出道。他迫切地想抓住机会履行自己的教学任务。

正式演奏开始了。查利沉醉其中，浮想联翩。西蒙则握住塞西尔的手，一脸自豪地看着自己的学生。显然，他的音乐史课，查利听进去了，因为这小子正像一块快乐的海绵似的沉浸在演出中。不过，西蒙并不知道，查利其实并没有在看演出。

他在看台下的观众。

他在看人们的钱包和口袋，在大厅温暖的光线下，它们是如此夺目显眼。他在看男人们敞开的黑色夹克衫，那一线银色亮光处便是衣坑，一个男人身上最值钱的地方——内胸袋，里面装着他最心爱、最宝贝的东西，所以放在那儿，离心窝子最近的地方。他在看女人们的手提包，由一个小夹子或扣子合上。这种小夹子或扣子，在失主毫无觉察的情况下，用两根手指就可以悄悄解开了。台下一百多块手表，在舞台灯光的映照下，表面同时发出耀眼夺目的光，像星星般闪烁着，遍布整座看台，如一粒粒璀璨的珍宝，等待被撷取。

当最后一支曲子戛然而止灯光转亮时，音乐厅里人群乱哄哄地起身离开，西蒙则拍了拍查利的肩膀。

"你觉得怎么样？"这位老师问道。

"非常有教育意义。"查利回答说。

你看见他们了吗？从你坐的位置，圣母加德大教堂的尖顶看去，一切尽收眼底。仔细看着查利吧，看他走在回家的路上，然后回到他的房间，走到房间一角的那个假人身边。自从他把假人竖在此处，好多天过去了，查利也渐渐对它产生了一种类似友谊的情愫。他给它取名为丹尼斯。那天晚上，他一边如蛇蜕皮般脱掉燕尾服，一边和它说话。

"怎么了，丹尼斯？哦，今晚的音乐会真的棒极了，非常愉悦人心。演奏的曲子是韩德尔的，还是巴赫的？这两人我总是分不清。你今晚过得怎么样？”

假人默默无言地回瞪着查利。它还穿着两周前的那件衣服。

“哦？你不愿意说吗？”查利问道，“你丢了一个一生丁硬币？真悲催。”

查利绕着假人走了一圈，假装拂去它肩膀上的一根线头，随即又出现在它的另一侧，手里捏着一枚硬币。

“在这儿呢，”查利说，“就在你口袋里。好好保管它，好吗？”说着，他麻利地将硬币塞回假人的前胸口袋里，并亲切地拍了拍它。接着，男孩倒在自己的床上，很快就睡着了，睡着时还穿着正装裤子和衬衫。

假人默默地守护着他，仿佛一位骄傲的爱子心切的家长。

它也确实有理由感到骄傲。你瞧，距他竖起这尊陪练假人，距他和奇盗联盟的其他成员一起去赛马场执行首次任务，才过去了两周时间。现在，查利已经可以轻松地从纪尧姆的裤腰带上偷走钥匙，把总管家米歇尔的手绢偷偷换成女佣拉鲁什太太的抹布。而且他做这一切从未被发现过，从未引起过受害人的警觉。只有你，站在大教堂尖顶上的你，才可以看见他在悄悄练习自己新学到的本领。请小心脚下。

甚至连他的父亲也难逃他的魔爪。一天早上，他用一份报纸做掩护，将报纸塞到父亲面前，假装向父亲展示某条新闻，趁机将老查尔斯的滑轮组——他的表和表链——从马甲的左口袋转移到了右口袋。之后，他向父亲询问时间时，老查尔斯·费希尔一脸茫然地发现，自己从年轻时起就一直放在左口袋的表，竟然出现在了右口袋里。

“九点十五。”费了一番周折，终于找到表后，查利的父亲回答说。

“谢谢你，爸爸。”查利说，“我只想知道这个，别的没事了。”

查利的父亲好奇地盯着表看了半天，然后把它放回老地方——马甲的左口袋。接着，他一脸狐疑地看向自己的儿子。

“你的手表呢，查利？”他问道，“你该不会为了讨好某个新朋友，把它也送人了吧？”

“哦，没有，爸爸。”查利说。他一抖手腕，露出手表。它仍在它一贯的位置——他的手腕上。“我只是想校准一下时间。”

“啊，那就好。”老查尔斯满意地说。

正如你从自己绝佳的观察位置所看到的，查利和他父亲正在书房里。就在刚刚，老查尔斯的注意力又回到了突然嘀嘀作响的电报机上。他轻轻揽着机器缓缓吐出的那页纸，仿佛一位面包师在小心翼翼地处理薄面饼。他戴上双焦眼镜，仔细阅读纸上的内容。“看来，”他说，“卢米拉维亚王后使这周六要来……”说着说着，他没了声音，自己静静地阅读电报码。过了会儿，他又转身看向查利：“到时候，毫无疑问，会举办一场午宴。你有兴趣参加吗？”

“这周六吗？”

查利的爸爸点点头。他其实已经知道自己的儿子会给出怎样的答案。

“我去不了，先生。”查利说，“我要去见我的那帮朋友。”

当然，“那帮朋友”便是查利对奇盗联盟的成员、他新结交的伙伴的称呼。围绕他的“那帮朋友”，查利已经动用了自己全部的讲故事天赋，编织起了一套繁复详尽的故事。这些查利成天挂在嘴边的外国交换生，以及他们的家人们，必须家境优渥、出身良好，才能打消老查尔斯的疑虑和担心，但又不能身世太过显赫，否则他们从没在总领事的社交圈里出现过，也说不过去。关于他们的故事，必须简简单单，不会引起太多的关注，也不能太过简单，要足够有趣，否则听起来像编的。这的确是一个真正的小说家才会面临的难题。值得庆幸的是，迄今为止，查利的想象力一直在线，尚可从容应对。

“周六是伊索贝尔的生日。”查利继续说道。

“伊索贝尔——那个爱沙尼亚姑娘吗？”他爸爸问道。

“嗯嗯。”

“一条腿被截肢的那个？”

“是的，真不幸。”查利应和道。不得不承认，这个细节，有点过了，但查利有天晚上实在回家太晚了，他不得不编造一个离奇的故事来圆谎。

“她怎么样了？那次伤得那么重。”

“好多了。”查利回答道，“她是个斗士。”

“太好了。”电报机又嘀嘀嗒嗒地吐出了一页纸，老查尔斯再次聚精会神地读起电码来。即便是你，站在旁观者的角度，也可以看出，老查尔斯一直在对查利每日行程汇报中的前后矛盾之处，故意睁一只眼闭一只眼——看到自己的儿子终于真正融入了这个崭新、陌生的城市，而且还结交了一群听起来相当有意思的小朋友和他们的家人，老查尔斯只顾着兴奋了。难道是他作为家长，放松了要求吗？就我们所知（我们已经知道得不少了），答案无疑是肯定的。然而，假如你有为人父母的经历（你们中的有些人，或许已经尝过做父母的滋味），你就会明白，任何父母都不忍心在孩子开心的时候反问质疑他们。

而查利这段日子，确实很开心。

瞧瞧他。你也看见了，对吧？即便是你，才刚刚认识他几个星期的你，也发现了他的变化。他在扒手一行积累的自信，正漫溢至生活的方方面面。他发现自己面对不得不参加的社交应酬时，不再畏畏缩缩；偶尔与父亲朋友的孩子相处的时光，也不再觉得漫长煎熬。甚至连帕福根家的男孩也对查利的变化感到震惊。对的，这几个粗鲁的男孩还在城里，仍每隔两晚往费希尔家跑一趟，查利也猜不透他们来干什么。

“我知道了。”鲁道夫一边和他的兄弟们打桌球，一边朝查利晃了晃手指说，“我知道发生什么了。”

“什么？”查利说。

“你成功了，对吧？”

“我不知道你在说什么。”查利有点心虚了，生怕这个男孩窥破了他的双面生活。

“承认吧，你被亲过了。”

查利笑了笑，不知该怎么回答。但他的笑容，已足以赢得巴伐利亚男孩的认可，男孩重重地拍了拍查利的肩膀。“我就知道你行的。干得漂亮，查利。”

可是到底是谁亲了他呢？

他是被一个奇盗联盟称为口袋的承诺的事物亲吻了。

当然了，如今在奇盗联盟看来，仍有一些特别棘手的工作查利无法胜任。这些工作，用联盟的术语叫作大票，指的是精心准备数日，需要联盟最好的掌舵者布鲁托和美智子亲自指挥，关注每一个细节，充分规划好活动时间和地点的活儿。哪怕让查利负责中外场，都十分危险，代价太大。

这些活儿，往往需要在警察的眼皮子底下行动——比如一些官方会议或政府部门聚会上活动，或者从出手阔绰但与组织犯罪有联系的一群赌场赌徒身上砰走他们赢得的钱财。在这类行动中，倘或被目标识破抓住了，结果可不是轻微拍一下手腕，或吃一碗牢饭那么简单，而是一个工具的生命可能会受到威胁。你们岁数太小，不知道这些事。但这个时期的马赛，仍是地下犯罪团伙统治的城市。因此，查利完全可以，用联盟的黑话，宣布出局。你或许以为，查利还是你之前认识的那个男孩，会老老实实待在家里，就像一个卧病在床的小孩，无法参加学校的野外活动，只能独自痴痴地望着雨水打湿窗户。恰恰相反，他会利用一切时间，在假人丹尼斯身上，练习各种偷窃技术。比方说，查利把丹尼斯当作被偷的呆子，然后用日益优雅和灵巧的手法，从它的口袋里砰走生丁硬币。

但是，让我们不妨把时光往后退，看看此时的查利在干什么。此时，距离查利在马赛博雷利跑马场首次亮相干活，已经过去一个星期了。奇盗联盟的伙计们，排成两队，正走在圣米歇尔大街上。尽管他们的平均年龄只有十三岁，但走起路来却雄姿勃发。那天是星期三，没有正式安排具体任务，只是计划在街上随便漂流。这是他们经常做的事情，在七铃学校的各个奇盗联盟中都十分常见。“漂流”这个词，在法语里读成“dérive”，是联盟悠久的传统。大伙成群结队地穿过城市的街巷和大道，沿着曲曲绕绕的道路，漫无目的地闲逛，走哪儿算哪儿。其实，这项传统是在悄悄庆祝城市和它的加农炮之间的友谊。漂流的时候，极有可能，会碰上一些活儿，比如聚在咖啡馆外喝咖啡的人群，或是某个富有银行家的生日派对。不过这些都不重要，重点是在街上漂来漂去。

他们一行人，就这样开始漂流了。当博拉建议，由查利来为他和美智子掩护的时候，布鲁托做出了如下的评论：

“他是个呆子，一辈子都是呆子。”

博拉耸耸肩膀，说：“在我看来，他已经不是呆子了。”

“可能是你不够敏感吧。”独眼男孩回答道。你瞧，虽然跑马场那天过后，查利完成了首秀，也接受了“洗礼”，得到了一个新名字“石榴汁小子”，奇盗联盟的其他成员都已对他刮目相看，可布鲁托始终无法放下对他能力的怀疑。

“我在这儿呢。”查利说。他确实正站在一边。

“我知道，”布鲁托说，“一身呆子气。”

说实话，他这么说有点儿过分了。几天前，查利为他们跑腿扮演公爵时，他也没有反对。那天的行动，是帮一群参加帆船赛后午餐会的人们减减负，偷走他们多余的珠宝和钞票。

那场行动很重要，所以就让我们回到那天，一起看看那天的情形。之后，我们还会回来的，我保证。

帆船赛行动通常是留给新人练手的“小票”，杰姬是这么说的。菜式简单，难度不高：一群有钱人穿着宽松的衣服，一边晒太阳，一边喝香槟，喝得微醺。每年春天，海洋酒吧都会举办一场帆船比赛。于是，每年春天，所有身强体壮的帆船手都会齐聚在此，劈波斩浪，争当第一个冲过沿海群岛回到旧港怀抱的人。按照惯例，获胜者一回到酒吧，就会接受一场“香槟浴”，以示庆祝。一群狂热的帆船运动爱好者和赌徒们，早已等候在酒吧外的临港露台上，手里拿着红酒白酒。要偷他们，难度太低了。查利做了十五分钟公爵，刚停下来喘口气，便扇到了一个容易的目标。

一个身穿花哨的条纹划船服的男人正在裤兜里摸索什么东西，与此同时，他一直在和两位年轻女士热烈地交谈着，他的另一只手则端着一只满满的香槟酒杯。当他把右手从裤兜里拿出时，他钱夹的一角露了出来。查利看见了，与此同时，他感到有人推了他一下。是塞姆班。

“那是个容易的目标哟，”男孩说，“一个挂钩。”

“我看见了。”查利说。

“制定你的框架吧。可能你需要慢慢收帆，但那样露在口袋外边的目标，应该不难。”

“我这么做不会给联盟惹麻烦吧？”

“怎么会呢，查利？”

“因为我应该扮演跑腿公爵的角色，”他快速扫了一眼四周，然后悄悄地说，“而不是加农炮。”

塞姆班冲他眨了眨眼睛：“这件事，就我俩知道。”

查利深吸一口气，再次打量了一下目标——它还在，没什么变化。他可以从男人敞开的口袋里看见莫里哀戴假发的脑袋，所以这一票至少能捞五百法郎。查利暗自揣测，这个男人对这么一大笔钱竟如此粗心大意，想必他即便丢了钱也不会在意的吧。他迈步向前，噘起嘴唇，模仿吹哨的口型，等待时机。男人挥动双手，似乎在为两位女士解说比赛，又或许是在夸耀自己的成就。就在这时，查利出手了。塞姆班说得对，钱夹很大很沉，查利不得不收帆——通过在布料上打褶，将奥库斯慢慢挤出口袋——不过，幸运的是，他已经在家里的假人身上练过这个动作了。男人屁股一扭，钱夹正好掉进了查利的手心。

他差点儿高兴得叫起来。他正准备转身离开，却看见其中一个女孩突然结束了和男人的交谈，向他走来。她清清嗓子，查利抬起头惊讶地发现她竟是杰姬。

查利冲她笑了笑，杰姬则对他怒目而视。她气呼呼地扭头，往二十英尺开外的酒吧门口走去。他跟在她身后，默默地走到酒吧门口。

“你在干吗呢，查利？”他们走到岸边人群听不见的地方后，杰姬压低声音生气地说。

“对不起，杰姬。”查利回答道，“我真的很抱歉。”

“那个呆子是我的，那个奥库斯是我的。”这会儿，她气得两颊绯红，尽管为了这个场合，她脸蛋上已涂了胭脂。

“我……我……”查利磕磕巴巴地说。

海洋酒吧
15
15
今日推
贝贻
法郎

“他比你抢先了一步。”一个声音说。他俩一齐转过头来，看见阿米尔正靠在建筑的外墙上，用一根鲜艳的黄色吸管从一个灯泡形状的玻璃瓶里啜饮着法奇那橙味汽水。

“我正在制定框架，阿米尔，”杰姬说，“我正在直面目标，而且已经控制住了他。”随后，她转向查利，说道：“你是不是以为这一切都是意外，奥库斯就这么平白无故地半露在穴外？你该不会真的这么以为吧？就好像上帝降临，专门把偷窃术传授给你，你就是上帝钦定的加农炮似的。”

“杰姬，放松点。”阿米尔说。

“查利，老老实实干你自己的活儿，”杰姬说，“不要干涉别人。”

“知道了。”查利说。他既震惊，又恼怒。

女孩最后愤怒地看了一眼阿米尔和查利，气冲冲地跑回人群中。查利默默地站在那儿，心里五味杂陈。一方面很开心自己第一次偷到东西，尽管是在杰姬的协助下。而另一方面，又感到很羞耻，自己竟然被老前辈当众指责。

“有意思。”阿米尔一边说，一边离开墙边。他猛吸了一口，直到饮料瓶见底，发出吱吱声。他又把瓶子倒过来摇了几下，确定里面空无一物之后，便随手抛在了人行道上。

“什么有意思？”查利问。

“杰姬说的话。‘干你自己的活儿。’看来你在某种程度上，已赢得了南方女孩的芳心。查利·费希尔，依我看，你小子差不多可以出师了。”他拍拍查利的背，漫不经心地走向一群跌跌撞撞的水手，仿佛自己是他们失联已久的老战友。

“干你自己的活儿。”查利像念咒语一样重复道。

但之前一直都是布鲁托在扮演反对者的角色，阻拦查利干活儿。特别是，每当查利主动请缨，要求做负责中外场或跑腿公爵之外的活儿，他的嘴巴就不停地嘟囔。那一天，离他们干完帆船赛后午餐会那一票几天后，他们穿行在帕尼耶尘土飞扬的街道上，像一群野狗般，四处徘徊游荡。如果你记得的话（你应该记得），布鲁托刚刚说过某人一身呆子气，毋庸置疑，他指的是查利。他说这话的时候，查利正走在他的后面。

“那么，布鲁托，你讲讲呆子气是什么样的？”莫莉问道。

“昂贵的古龙水，洗得干干净净的亚麻衣服，散发着肥皂的香味。”布鲁托如此回答。

“一个有良好卫生习惯的人，就是你口中的呆子吗？”阿米尔反驳道。

“如果这样的话，那就要把你自个儿排除在外了，布鲁托。”杰姬补充说。

“哈哈哈哈哈！”博拉一阵狂笑。声音好似管状炸弹一样从他的胸部发射出来，吓了查利一跳。

布鲁托并没有理会他们。“我说了这么多，只想说明一点，当我们纵容他的时候，他会把我们整个联盟置于危险之中，哪怕只是给我们做做跑腿公爵。可现在，他居然还把自己幻想成加农炮了。”

“我只想让他稍微给我打一下掩护。”博拉说。

“他会出卖盟友的，”布鲁托坚定地说，“这样不安全。”

“我不会出卖盟友的。”查利说。他刚刚还在犹豫要不要插嘴解释，觉得自己没什么资格去和布鲁托争论。“倘若我被抓，或者我让盟友暴露了，我会承担一切责任的。我决不会出卖任何人的。”

“那我们怎么知道呢？”布鲁托问。

“别再唠叨了，布鲁托。”阿米尔说。

“我永远不会做出那种事情的。”查利说，没理会在一旁插嘴的阿米尔。接着，令人意想不到地，查利说了一句非常勇敢的话——认识曾经那个查利的你，可能会因此大吃一惊。但是请记住，查利正在慢慢改变。“再说了，”他说，“我也不会被逮住。”

“不会？”

“不会，绝不可能。”

“那你证明给我们看。”布鲁托说。他停下了脚步，与查利面对面地站在街上。

“好啊，”查利说，“你想让我怎么证明？”

“做一匹孤狼，我们会尾随你。”布鲁托说，“带我们漂流到某处。我想看看，你的偷盗感觉能把我们带向哪里？”

这两件事——领队漂流和单独行动，查利都没做过，而且是在没有掩护和公爵帮忙织网的情况下。他回答时有些许犹豫。他痛苦地发现，所有的联盟成员都停下了脚步，在密切地关注着他。他看向阿米尔，男孩脸上毫无表情。

“好的。”查利说。

莫莉和塞姆班激动地直拍手。博拉差点儿哈哈笑出来。布鲁托则走到街道另一边，朝前一挥手，示意让查利来领队。“请吧，开始吧。”他说。

查利观察了一下四周。他正位于帕尼耶区一条狭窄的街道上，几条小道斜插过来，与这条街道交错在一起——是非常窄小的街道，在不熟悉帕尼耶区迷宫似的布局的人看来，这些街道与小巷无异。

“要我说……”查利开口道，沿街的某样东西闯入了他的眼帘，一面墙上有人随手画了一个箭头形状的涂鸦，“走那条道。”

于是，漂流开始了。

他们一起在蜿蜒的坡路上缓缓攀爬，排成一列纵队，跨过两座赫然耸立的高楼之间的一条窄道，穿过废弃的游乐场，绕过一家露天咖啡馆摆放在门口的桌椅。每带领队员们走上一个新的方向，查利对自己作为漂流领队的信心便增加一分。他彻底放开了，不设目标，带领联盟，随意穿行在大街小巷上。与此同时，他一直在留意沿路出现的标志，并在心里默默分析城市的布局与道路的走向。他们飞快地穿过私人花园，翻过篱墙。没过多久，他们来到一段挡土墙前，翻墙而过，像一群外星来客般，降落在一座城市广场的中央。那里，一群人正围在喷泉旁边，观看一位魔术师的表演。

正好落在查利身边的布鲁托，酸酸地看了查利一眼。“你小子真够走运的。”他说。

当然了，这时的查利已经能够一眼看出眼前聚集的人群是绝佳的机会。一群看表演看得入迷的人，所有注意力都在眼前这位魔术师身上，而且他们大多数都是身上揣着钞票的游客——用联盟的黑话来说，这一切都符合“大票”的特征。

联盟成员们纷纷往后退，退到墙脚。杰姬轻轻推了一下查利的后背。

“上吧，”她说，“孤狼。”

查利伸展了一下肩膀，扭扭脖子，似乎在为接下来的行动热身。“好了。”他对大家说，也是在对自己说。他向人群走去，装成一个偶然经过的路人，一个第一次来这座城市探索观光的游客，碰巧遇上了这场精彩的街头表演。这感觉不错，仿佛在为自己写一篇小说，而且绝非之前他在作文本上写的那种习作。他不再是扒手查利了，而是东张西望的游客查利，一个清白无辜的小孩。

“来吧，”喷泉旁的魔术师说，“快过来，我不咬人。”

（虽然他说的是法语，但查利根据语境，也能猜个八九不离十。不过，读者朋友您还是一如既往地享有我们的翻译服务。）

人群依照他的指示，往前聚拢。查利也随他们一起往前移动。他感觉自己的肩膀抵住了一个穿短袖男人的胳膊，屁股碰上了一个女人的钱包。他很惊讶地发现，这两人似乎都丝毫不介意旁人的贴近。这种环境实在是太理想了。

魔术师开始表演，查利开始干活。

从这个意义上说，他们二人的工作，可谓相互协调，互通有无。消失不见的围巾，凭空出现的硬币，为魔术师赢得了观众的喝彩。而查利刚好相反，借助钱包翻盖和手帕的掩护，在围观人群毫不知情、没有丝毫怀疑的情况下，从他们的口袋、钱包里偷走硬币和现金。魔术师努力表演，争取吸引观众的目光。而查利呢，使出浑身解数，分散他们的注意力，不让他们发现自己的隐秘行动。即便如此，魔术师和查利的工作，本质上是一样的。他们手法巧妙、不动声色地操纵人们的感官，并借此牟利。

查利的口袋很快就满了。没有公爵协助的话，他没法继续下去。但恰在这时，来了两名警察。他们驱赶聚集围观的人群，指控魔术师非法集会和教唆。人群渐渐散去，浑然不知自己的钱财已被查利偷走了，魔术师则苦苦哀求警察网开一面。至于查利，他开始慢悠悠不慌不忙地往回走，想回到队伍中，向他们炫耀自己的战绩。奇盗联盟的伙计们仍在广场边远的一侧靠墙而立。可查利还没走几步，就感觉有人抓住了他衬衫的袖口。

"喂，站住。"一个男人说。查利转过身来，原来是魔术师。

"干什么？"查利一边挣脱男人的手，一边问。

"给我一半。"

"你说什么？"

"别以为你能糊弄我，小美国佬。"男人用英语说道，"你以为我没看见你干的事儿？你个小毛贼，对我的观众下手，嗯？分我一半，否则我不会放过你。"

警察们已经走开了，不管这位魔术师了。可他们毕竟还在附近，查利无法安心。“好吧。”查利说。他手伸进裤兜，掏出一沓法郎现钞，塞进魔术师张开的手里。魔术师看了一眼，摇摇头。

“快点。”他继续伸手要钱。

查利皱了皱眉头，掏出一个他从某位女士身上偷来的丝绸钱包，里面鼓鼓囊囊地装满了现钞。“拿着，”他说，“这差不多就是我的一半收入了。”

“谢谢。”魔术师说，他目光越过查利的肩膀，“你也是联盟一员啊，美国佬？”

“我不知道，”查利回答道，“大概算是吧。”

“那你要当心了，和那帮人在一起，”魔术师说，用目光示意墙脚的那群小孩儿，“你心里要有点数。”

说着，魔术师往后退了几大步，如在舞台上般，给查利鞠了一躬。“一位魔术师向另一位魔术师的致敬，”他说，“再见了。”接着，他便转身离开了，边走边吹着小曲儿。

当查利回到墙边，奇盗联盟的其他成员都捧腹大笑起来。博拉伸出胳膊，一把揽住查利的肩膀。

“厉害了，”博拉说，“查利，你碰上一个难搞的魔术师了。”

“不过，你的表现还是很棒的。只是到了最后……”莫莉说。她话说到一半，就忍不住咯咯咯地笑起来。

“这是那位魔术师今天使出的最绝的一招，”美智子说，“有如魔法般，让查利一半的收成消失了。”她也笑得喘不过气来。

“笑吧，随便你们笑吧，”查利说，“反正我捞了不少。”说着，他手伸进口袋，掏出了所有赃物：即便被魔术师薅走了一半羊毛，剩下的数量依然十分可观。

布鲁托赶紧把钱包和钞票塞回查利怀里。“嘘，”他说，“这儿还有警察呢。我们到安全的地儿再数钱吧。”查利把东西收好装回口袋后，布鲁托说：“话虽如此，你还是好样的，石榴汁小子。”

布鲁托的一句肯定让大家都安静了下来。“谢谢你。”查利说。

布鲁托笑着说：“反正以呆子的标准，你小子算不错了。现在，我们得趁着这位先生再返回来薅咱们羊毛之前，赶紧逃回老巢啦。”

博拉的胳膊仍搂着查利的肩，查利已赢得了联盟的认可，成功融入其中。他们晃悠悠地离开广场，大家边走边嘻嘻哈哈，又一次称赞查利干的这一票。不过，阿米尔不在其中，他什么也没说。注意到这一情况后，查利挣开了博拉的搂抱，走到阿米尔身边。

“你怎么看？”查利问，“不错的漂流，有模有样的技术，对吧？”

阿米尔起初什么也没说。查利以为他没听清，便又重复了一遍：“有模有样的技术，对吧？”

“查利，你说第一遍的时候，我就听清了。”阿米尔毫不客气地打断了查利的话。

“哦，我……”

“嗯，的确是有模有样的。”阿米尔突然走开，小跑追上大部队前头的杰姬，留下查利在队伍的最后。查利对阿米尔的话困惑不已，过了一小会儿，他发现莫莉走在了自己的身边。

她显然是觉察到了他心情上的变化，因为她开口问道：“查利，你咋了？”

“没什么。”查利说。

“阿米尔是不是说了什么？”

查利刚准备开口，向莫莉复述方才他和阿米尔的对话，但转念一想，还是算了，本来也没什么事。最多算是心情不佳。没什么大不了的。“没，”他说，“真的没什么。”

不过，阿米尔带给他的这种感觉，那天一直困扰着他，直到晚上仍无法摆脱，就像一块石头压在了他的心头上。

第14章

渐渐地，一个个下午变成了一个个白天，一个个白天又变成了慵懒的一个个星期。四月翻篇了，迎来了五月。游客开始从世界各地蜂拥而至。奇盗联盟每日、每周的收成，随着一拨拨游客的到来，不断增加。随着查利开始在团队里承担重要角色，他和这个奇怪的圈子走得越来越近——他开始了解每个成员奇怪的癖好，以及小小的不安全感。他看到了莫莉任性的一面。因为她是联盟里年龄最小的，所以造就了这种脾气。他还摸清了，博拉一般在上午或下午快到饭点的时候，会变得脾气暴躁，胡言乱语。有一次，查利从他们在咖啡馆匆匆吃完的一顿简餐中，顺走一块面包，并藏了起来。当那位苏联大个子开始抱怨某个曾经识破了他的呆子的时候，查利将面包拿了出来。这令整个奇盗联盟，尤其是博拉，大吃一惊。查利目睹过布鲁托和杰姬之间的争吵，他俩是这个奇怪大家庭中的大哥大姐。查利经常充当二人的和事佬，这或许和他常年在父亲身边耳濡目染，学到了不少斡旋调停之术有关。于是，查利在他们俩心目中的地位越发重要了。

最让人惊讶的是，他学会如何辨别塞姆班和法图尔了，哪怕他俩穿着同样的衣服。他发现塞姆班的口才较好，能说会道。相比之下，法图尔的嘴没那么利索。正因如此，虽然兄弟俩妒忌查利能识破他们老练的骗术，但对他的辨别能力很是钦佩。美智子比较文静，性格内向，不太好相处。但她和查利，两个小孩子之间，互相尊重，因为他们俩是同类人，都自带一种神秘感。

然而，尽管联盟的小伙伴们都和查利越来越熟，对他越来越友好，可阿米尔却十分反常。随着日子一天天过去，每干完一票，阿米尔对查利就越发冷淡，两人关系也日渐疏远。这种变化，似乎从他们在咖啡馆屋顶上的那次谈话开始，便逐渐显现出来。那是几个星期前的事了。在屋顶上，阿米尔首次承认查利是他的朋友。那一刻，阿米尔的身上，有一种悲伤，随着时间的推移，这种悲伤越发沉重。可惜，查利一直未能察觉。很久很久以后，屋顶上的那一刻，仍一直停留在查利的脑海中。

山顶长方形会堂广场上，一大群人正聚在一起吃午饭。他们混迹其中干活儿。这会儿，他们收了工，不顾教会志愿者们的抱怨，在低层露台的石头墙垒上坐成一排吃三明治。他们一边吃，一边讨论如果校长召回他们，并在下一个任务开始前给予短暂假期，大家准备干些什么。这是他们经常讨论的话题，却总令查利情绪低落。

“我要去美国，”博拉说道，“去纽约市。然后我要登上帝国大厦的顶层，点一份你们见过的最大的牛排。”

我要登上帝国大厦的顶层，
点一份你们见过的最大的牛排。

“熊，我不想泼你冷水，”杰姬说，“不过，帝国大厦的顶层是没有餐厅的。”

“我有说过餐厅吗？我要坐在帝国大厦顶层，提前点好牛排，让专人做好，给我送过来。我要买下整个顶层，让它变成博拉的专属餐厅。或许，我还会竖一个大大的霓虹灯广告牌。”

听完博拉的计划，大家个个儿笑得合不拢嘴。

“我会去品尝的，”查利补充道，“听起来很诱人。”

坐在查利旁边的博拉，用胳膊搂住查利的肩膀。“查利，你可以提前预约。我会给你留一个好位置。”

“博拉，查利不会去你的餐厅的。”阿米尔突然说。他的语气异常冷淡。

“谁说的？”博拉问。

“查利会一直在这里，留在马赛的。”

“我吗？”查利问。他冲着阿米尔笑了，想看看这孩子为什么突然变得如此严肃，可阿米尔不为所动。

“而且我们肯定得马上归队。我们能在波哥大休息一个礼拜，就算走运了。”阿米尔吃完了三明治，他把包装三明治的蜡纸揉成一团，从崖边扔了下去。

博拉对坐在身边的美智子扮了个鬼脸。女孩耸了耸肩，作为回应。

“扫兴。”美智子说。

“还有你，查利。”阿米尔站起来，居高临下地看着查利，继续道，“你就待在这儿，好好地当个总领事的儿子。谁知道呢，说不定你老爸哪天发达了，当上大使了。你会住在巴黎塞纳河左岸的豪宅里，从家里窗户看出去，能看见埃菲尔铁塔。”

“这对我来说，没什么吸引力。”查利嘟囔道。他突然没胃口了，低头看了一眼手中的三明治，胃里泛起一阵恶心。接着，他看向杰姬，发现她正怒视着阿米尔。

“别打破他的美梦，阿米尔。”杰姬说。

“是啊，”坐在远处的莫莉也插嘴道，“我的意思是，如果……假如查利和我们一起走呢？”

大伙儿纷纷表示赞同。只有阿米尔缄口不言。

“假设，”女孩继续说，“我们把他带上。他手艺已经不错了。我敢打赌，校长肯定会喜欢上他，教他几招独门秘籍，再考验一下他的能力，把他培养成一名真正的工具。”

查利心中一阵激动。同时，他也在想象这将意味着什么——抛下父母双亲，失去青春年华。不过，他还来不及多想，就被打断了。阿米尔愤怒地跺脚，试图引起所有人的注意。

“你们在开玩笑吗？”他说，“我们只是个扒手联盟，又不是抓兵队，还要为七铃学校招人。这不是我们该管的事，不是吗？再说了，校长只消看查利一眼，就会笑掉大牙的。”

查利心里猛地一缩，低头看向自己的脚，他被朋友对自己的评价刺痛了。

“别说了，阿米尔。”杰姬恼火地说。

“是的，”布鲁托说，“对他宽容点。”

“查利，你要心存感激，”阿米尔说，“你现在是在围城外，想进来。每天晚上，你回到普拉多的豪宅，回到你父亲、你家人身边。而我们呢？只能睡在地下墓穴里，睡在不属于自己的财宝中间。”他抽了抽鼻子，然后说：“我先走一步了，待会儿老巢见。”说着，他跳下崖壁。就在那时，一辆观光小火车叮叮当当地驶过，阿米尔纵身一跃，跳了上去，把车后部的乘客吓了一大跳，赶紧神色紧张地闪开。很快，阿米尔就和火车一起，在“之”字形路上渐行渐远，消失在了山脚下。

“他怎么了？”他走后，塞姆班问。

“吃错药了吧。”法图尔说。

查利则一言不发，感到很受伤。

“别听他的，查利。”杰姬说，“他走他的。你跟我们在一起，挺好的。”

离他们坐的地方不远处，一群牧师正在聚会，他们一边静静地聊天，一边时不时地往这边张望。当地的两名警察也走过来，加入了交谈。

“嘘，”莫莉小声说，“胡须子。咱们撤吧。”

他们一个接一个地跃过栏杆，从现场逃离。查利感觉博拉用胳膊肘轻轻撞了他一下。“查利，到时给你准备最好的牛排啊，”苏联男孩说，“博拉餐厅。你将是我的第一位顾客。”

他们一起往山下走，像一群逃学的小孩：一会儿轧着马路牙子走，一会儿乱扔石子，一会儿互相击掌。没过多久，查利就从低落的情绪中走了出来。联盟其他成员也在有意开导鼓舞他。阿米尔的爆发，很快就被大家忘在了一边，这个下午重新充满了博拉的爽朗笑声、莫莉的古怪动作、杰姬的快语妙言和布鲁托的挖苦嘲讽。美智子走在最前面，戴一顶黑色贝雷帽，穿一身条纹衫，像戈达尔[1]电影里的女主角一样酷。塞姆班和法图尔则轮流着你背我我背你，走在一旁的人行道上。

当他们回到老巢，阿米尔正坐在七角咖吧的吧台前，小口啜饮一罐可口可乐。贝尔图乔坐在他身旁，扮演一位富有同情心的酒保，耐心倾听这位冒失鬼顾客说的话。阿米尔看见查利走进来后，马上向他道歉，并友好地拍了拍他的背。

"不用担心。"查利说。但说实话，他能感觉到，他们之间的友谊已产生了一条小小的裂痕，并且有扩大的风险。查利觉得他们之间的关系很难再修复了。

离开长方形会堂，几天后的某个晚上，他们之间的缝隙，突然一下子裂开了。

那是一个星期四的晚上，查利正坐在他房间里的小书桌前，努力搞懂拉丁语词形变化。这时，窗台附近传来异响，他走到窗户边，抬头看向漆黑的庭院，却不见一个人。他重新回到书桌前，可刚坐下没多久，小石子击打窗户的声音又将他拉回窗前。查利掀起窗框，将头探出去。这是一个温暖的夜晚，窗户下边，是皮埃尔用心栽培修剪的薰衣草丛，散发着阵阵清香。

"嗨。"有人压低声音说道。声音从一棵巨大的悬铃树上

---

① 让-吕克·戈达尔，法国导演、编剧、制作人，法国新浪潮的旗帜人物。——译者注

传过来。这棵树虽然长在院外的林荫大道上，但它高大、粗壮的树干，越过铁栅栏伸进院内。

“谁啊？”查利问。

“是我啊，阿米尔。”一个声音说，“我在树上呢！”

“我看到了，上面不安全。”

“哦，我会……”他会怎样，查利没听清，因为就在那时，查利听见了一声巨响，看见一个人影从树枝上掉下来，落进了院子里。那是阿米尔，只见他跳起来，似乎有点儿高估自己的弹跳力了。他加速跑过草坪，准备跳上钉在房屋墙壁上的木格子架。那木格子架极不结实，是用来种植蔷薇的，显然承受不了阿米尔的重量。眼看阿米尔就要做出伤害自己的事情，查利着急地从窗口大喊：“别动，阿米尔，我去放你进来。”

此时夜已深，他父亲早已上床睡觉，查利知道这会儿家里的用人们肯定都在厨房里抽烟打牌，过自己的夜生活。他完全能够把阿米尔偷偷带进自己房间而不被人发现。

“你在这儿干什么？”查利问阿米尔。晚上早些时候，他们已在老巢分手道别。那个下午很平静，没有人想组织行动，全体成员都在七角咖吧楼顶上懒洋洋地打发时光，玩骰子，喝石榴汁。查利和前几天一样，注意到了阿米尔异乎寻常地安静。所以，此时此刻，看见阿米尔情绪激动地出现在自己家，查利着实吃了一惊。

“我得和你谈谈，查利。”男孩说。他脸上有几道细小的擦伤，头发上还粘着落叶。他看上去就像从《仲夏夜之梦》里走出来的人物。

“好啊，”查利说，“你说。”

“你得收手了。”

“收什么手？”

“你心里清楚，”阿米尔说，“别再跟我们混下去了，好吗？你得快点退出联盟。”

查利哈哈笑道：“我为什么要退出？阿米尔，到底发生了什么？”

阿米尔正准备开口，却在迅速扫视了一圈房间后，改变了主意。他的目光落在了查利的陪练假人身上。查利看他的注意力在假人身上，便说：“那位是丹尼斯。”他试图为谈话加入一丝轻松的气氛，可是看来效果甚微。

“哇，查利，”阿米尔说，“你真够用功的。”

“为什么不呢？”查利说，“你以为我平白无故就能从跑中外场一路晋级到做公爵，当加农炮？”

阿米尔笑了。“你变了，查利，和以前完全不一样了。想当初，我第一次见到你，教你那些招数，”他说，“你还记得那时吗？”

“法院门口的律师。大兵和戒指。我当然记得。那段日子真精彩啊。”

“谁想得到你现在也成了联盟一员？”

“是啊，我也想不到。”查利说。

“当我第一次遇见你的时候，我怎么也没想到……”他说着说着，声音变小了。

“没想到什么？”

阿米尔突然改变了语气。“那一天，我偷了你的钢笔，你却为我在警察面前说话——你帮了我。”

“阿米尔，我们一起经历了这么多……”

“听着，查利。现在我要帮你了。”

“你一直在帮我啊，阿米尔。你把我介绍给联盟。你给了我这一切。”说到这儿，查利一挥胳膊，指着房间，似乎在指他全新的生活，全新的自我。

“胡说。”阿米尔说。

“你什么意思？”

阿米尔静静地看着查利，似乎过了很久，他才说：“想想看，查利。在认识联盟之前，你过着多么美好的生活啊。你也不想搞砸这一切，对吧？”

“哦，只不过比较有钱而已。”查利说，他突然感到一阵恼火，“你对我的人生，又有几分了解呢？”

“我只知道你有一个温暖的家，一个爱你的爸爸。你还有专人教你音乐、教你读书，厨师为你做饭，女佣为你打扫房间。”

“或许，我不想要这些东西呢。”

“那你就是个傻瓜。”

查利扑哧笑了。“你站在外人的角度，说这些话，当然很容易。你不了解我，也不了解我的生活。我的人生该怎样，由我做主。”

“好啦，查利。”阿米尔开口说道。

“不要再‘好啦，查利’，凭什么你可以选择这行，加入奇盗联盟，而我就不行呢？你是不是觉得我像温室里的花朵，太嫩了？”

阿米尔一声不吭。

“原来如此，”查利继续说，“这就是你不了解我的地方。你不认为我能够做到，能成为一名小偷。哦，查利·费希尔是总领事的儿子，从小被庇护溺爱，太小资了，不是干我们这行的料。好吧，阿米尔，你猜到了吗？我天生适合干这个。大家伙都已经接纳我了。杰姬和博拉，小鼠和美智子，以及双胞胎，甚至布鲁托，他们统统都认可我。他们现在已经是我的朋友了。”查利气愤地瞥了一眼阿米尔，“你怎么回事啊？”

“我？我没事。”

“你之前跟我说的那些话算怎么回事？你说我很有天分，是天生的奇才，等等。我很奇怪，你当时为什么要这么说？”

查利咄咄逼人，阿米尔沉默不语。“为什么领我入行，一直保护我，难道是为了转过头来告诉我，我不适合干这行吗？你为什么要这么做啊？”

阿米尔停顿了一会儿，然后说道：“我只是想安慰安慰你，让你心里好过一点。”

风吹打着窗户格格作响。有人在楼底下大笑。查利感到眼泪已经在眼眶里打转。“让我心里好过一点？”

“对，”阿米尔说，“刚见面那会儿，你没朋友，人很迷茫，所以我同情你，知道吗？”他提高了嗓门，能明显地听出声音中带有愤怒。

“你出去吧。”查利说。

“查利，你不是工具。你只是个来自美国的呆子。”

“滚出去！”

“退出奇盗联盟吧，查利，这是为你好！”

查利终于忍无可忍，狠狠地打了一下阿米尔的胳膊。阿米尔畏缩地后退一步，随即抓住查利的手腕。查利奋力挣脱，拽得阿米尔的身子前倾。两个男孩摔倒在地，扭打在一起，拳打脚踢。趁着没造成严重的伤害，阿米尔赶紧逃离查利的魔掌，踉踉跄跄地往后退到窗户边。他擦干嘴角的血迹，边瞪着查利，边打开窗户。

“查利，你在自掘坟墓，”阿米尔说，“我要和你断交。我大老远跑到这儿，是为了帮你，可你却无药可救了。”他停了一下，瞪眼看向查利。他把手伸进口袋里，想掏出什么东西，但手上空无一物。

“这个吗？”查利问道。他手里正拿着犀飞利帝国钢笔。钢笔是他在和阿米尔扭打的过程中，神不知鬼不觉地从阿米尔身上砰走的。“阿米尔，看清楚了吗，到底谁是呆子？”

阿米尔无力地笑了笑。“再见，查利。很高兴认识你。”说着，他踩过窗台，顺着木格子架，跳了下去。

第二天早上，查利醒来后还陷在昨晚与阿米尔的争吵中缓不过神来。那支犀飞利帝国钢笔就摆在他的床头柜上，提醒他这一切并非一场糟糕的梦。他从床上坐起来，套上衣服，然后拖着脚下楼。他像个奔赴葬礼的人一样，失魂落魄地迎接这个周五的早晨。父亲已经去上班了，仆人们也忙着各就各位，开始新一天的工作。查利自己弄了一碗麦片粥和一杯果汁，权当

12
3
6
9
七角咖吧
圣弗朗索瓦斯
路46号
查利·费希尔
金银岛
R.L.S.

早餐。

他计划那天上午再去一趟老巢——前一天晚上和联盟成员分开时，他们是这么约定的。那天下午，他们要去漂流，大家都坚持让查利也加入。但现在，阿米尔已经和他绝交了，联盟的人还会欢迎他回去吗？或许，阿米尔只是一时冲动才和他正面冲突起来。或许，阿米尔这会儿正坐在七角咖吧里，边喝可乐，边等着向他道歉呢。

喝完最后几口橙汁，查利听见自己仿佛在做更衣室动员演讲，自言自语道："我要上了。"

在他看来，他已经站到了阿米尔的对立面。他会保持立场，决不妥协。他已经证明自己能够和联盟里的加农炮们愉快地相处。如果现在退出了，只会进一步印证阿米尔对他的看法。不，他得去老巢，即便阿米尔在那里等着他，要与他当面对质，那就来吧。他效忠的是奇盗联盟。他绝不会被区区一个阿米尔吓倒。

在乘电车去旧港的一路上，他的心怦怦直跳。他在帕尼耶区的卵石路上前行，每走一步，心就扑通跳一下。仅仅几个星期前，这一带的街道，在他眼里还那么陌生。现在，他对这里已经像当地人一样熟悉了。

他到咖啡馆时，发现里面一个人也没有。他动了一下潘诺酒瓶后的一个按钮，打开藏在酒吧后的暗门，走过长长的走廊和螺旋梯。他走进地下墓穴，看见联盟成员们似乎刚刚吃完早餐，正准备出门，开始新一天的"狩猎"。

"嗨，查利，"莫莉说，"你来得正好。"

“你看上去糟透了，查利。”布鲁托说。

“我没睡好。”查利回答道。他四处张望，寻找阿米尔，却不见其踪影。

“好吧，你最好打起精神来，小子。”杰姬走到布鲁托身边，说，“我们需要你。”

“需要我？”查利问。

“明天晚上，我们要干一票。我们还需要一个加农炮。”

“是个大票。”博拉说。他正坐在桌边拿小刀在木桌面上刻刻画画。

查利对这突然的邀请吃了一惊：“真的吗？”

“是的。”布鲁托说，“我们需要你代替阿米尔的位置。”

“什……什么……”查利结巴道，“阿米尔怎么了？”

没人愿意回答查利的问题，过了一会儿，莫莉才大声说道：“他已宣布退出奇盗联盟。”

“什么？”查利难以置信地问道。

布鲁托严肃地点了点头。“昨天晚上的事。真不知道他咋想的。他跑到这儿大发雷霆，没人能让他冷静下来。他说他不干了，要退出联盟，以后不能再干这一行了。”

“估计是没胆儿了，”莫莉说，“完全没料到他会这么做。”

“胆小鬼。”博拉坐在桌前低声骂道。

突然间，查利觉得自己胜出了。他预想中的阿米尔vs查利老巢终极对决，不用上演了。除此之外，他还受邀取代一名正式的七铃加农炮。他终于证明了自己，尽管之前阿米尔一直从中作梗，反对他加入。对于阿米尔的行为，查利深感困惑，又怀有一丝丝悲伤。

“那么？”杰姬问道。她察觉出了查利的犹豫。

“我加入！”查利说。

第15章

他需要一套燕尾服。正好他家里有不止一套而是三套这种穿着极不舒服的衣服，所以这不成问题。他甚至愿意借一套给布鲁托，因为布鲁托现在是他最亲密的搭档。不过，奇盗联盟已经为所有的成员定制了晚礼服。这次行动的目标，是一个隆重的晚宴。晚宴将在法罗宫举行，每个参加晚宴的人都必须穿正式的晚礼服。法罗宫是一栋新古典主义建筑，宏伟壮观，可以俯瞰旧港的南岸。塞姆班和法图尔会扮成餐饮工作人员混进去，博拉则和宫殿工作人员打通了关系，将化身晚会上帮宾客拿衣服的男孩。联盟的其他人都将以宾客的身份参加晚宴。

干好这一票，对于布鲁托来说，需要几个星期的缜密筹划。他给每个人都准备了合适的服装，以及必要的凭证文书。不过，依照惯例，每次干大票都是如此。

“这回绝对是真正的大票，”布鲁托说，“上流社会的精英们，炫耀他们的钻石和珠宝，互相攀比。小子们，我们快过上富得流油的生活啦。”

“还有姑娘们。”美智子说。

“当然了，”布鲁托说，“姑娘们也包括在内。”

“随便你怎么说。”美智子翻了个白眼。

查利将和美智子搭档，组成二人组，在舞厅里作业。布鲁托则和杰姬配合，在花园帐篷里活动。塞姆班和法图尔，准备对自助餐厅排队取餐的人下手。博拉则准备到存衣处收割现成的。

“就像射击桶里的苹果一样简单。”他说。

“这比喻也不算恰当，”查利说，“但我大概明白你的意思。”

还有阿米尔——好吧，阿米尔已经走了。

对查利而言，这就好比观看一场著名的戏剧或电影，可是主角却不见了，从台上消失了。所有的要素都齐全了——布景、服装、音乐——但最主要的主人公却不在了。他决定了，这只是暂时的，一旦他习惯了阿米尔的缺席，他就可以如往常一样自在地待在联盟里了。他就不再会感觉自己像一个无所适从的男孩，在参加一场主人不在场的派对。

布鲁托许是猜到了查利的犹疑。那天晚上，他们准备离开老巢时，他单独找到了查利。他们计划于第二天晚上在山下离宫殿几个街区之外的一个咖啡馆碰头。他们将从那里开始对参加盛会的人们发起攻击。布鲁托建议所有人都回去度过一个平静的夜晚，养精蓄锐。查利正准备回家，按照吩咐，好好休息。这时，布鲁托在螺旋梯前拦住了他。

“什么事？”查利问。

“我知道，阿米尔走了，你感到有点怪怪的，”布鲁托说，“我知道你俩走得近。”

查利点点头：“这没什么。我不会让这件事影响到我的。”

“那就好，”布鲁托说，“因为明天，我们需要你。我们需要加农炮查利。”

这让查利一下子受宠若惊。他还从没听过布鲁托叫他加农炮呢。“没问题，他会准时到场的。”他微笑着答复道。

“这话我爱听。”布鲁托说。

查利转身离开，可站上楼梯的那一刻，他又停了下来。“你知道吗，我见过他，”他说，“阿米尔。”这件事，他还没对任何人提及。阿米尔突然与他绝交，至今仍刺痛着他。他不愿让任何人知道。

“是吗？”布鲁托问，“在哪里？”

“在我家。他来过一次，大概晚上十点。”

“他都说了些什么？”布鲁托一副很关心的样子。

“他说……他说我应该退出联盟。”

布鲁托用很夸张的语气说：“什么？让你退出联盟？太荒唐了吧。”

“是啊。”查利说，“他当时看起来很激动。太奇怪了。我知道他最近有点吃错药，但从没见过他那个样子。他真的太……恶毒了。”

“嗯，”布鲁托说，“他滚蛋最好，没人需要他。我私下里跟你说，他估计是嫉妒。像你这样，没培养几周就能出师成为联盟一员的人才，太少见了。这确实太打击某人的自信心了，你懂的。答应我，这事儿别往心里去。他一直有点不着调。说实话，我很高兴你取代了他。”

“真的吗？”

“真的，真心话。”

查利腼腆地笑了。布鲁托亲切地拍了拍他的胳膊，说：“那我们就明天见啦。”

“明天见。”

查利按时赶回家吃了晚饭。那是一个难得平静的周五夜晚。大餐厅的中央，一张特别特别长的桌子上摆了两套餐具，仿佛无尽的荒漠上两座小小的城池。查利和他父亲坐在相互垂直的位子上。老查尔斯一如既往坐在桌子的上首。

他俩一言不发地坐着，默默吃完了第一道菜、第二道菜。查利发现自己的思绪被阿米尔和第二天晚上即将到来的“大票”交替占据着。

他在脑海中幻想着自己在目标中间来回穿梭，掏空他们的口袋，打开镊子和塞子。他想象着从复杂的衣坑里，夹出最值钱的东西。然而，阿米尔的脸，却时不时地出现在他眼前，嘴里轻念一些刻薄损人的话，嘲笑他笨手笨脚。查利差点憋不住要发火了。

奶酪被端了上来。老查尔斯随意挑了几块，放在桌上。直到此时，他才开口说话。

“听安德烈说，他正在给你熨烫燕尾服，”他说，“我没想到你决定参加明晚的晚宴了。”

“什么？”查利刚刚在想别的事情，只听到最后几个字。

“卢米拉维亚王后周六来马赛举办的晚宴，”他爸爸说，“我肯定跟你说过的，不记得了吗？看你正在准备礼服，是不是打算要和我一起过去了？”

“哦，”查利说，“没有。有个派对要在土伦的雪绒花酒店举办。是朋友的生日派对，我答应过他们要参加的。”

“土伦？有点远。”

“是的，”查利说，“我整个下午都不在家，估计要很晚才能回来了。”

老查尔斯似乎是真的有点感到挫败。“查利，我看你最近这几个月变化挺大的。你不觉得自己已经不再怯场，可以参加领事馆的社交活动了吗？我相信，你会发现这些活动，既有趣又对你有好处。”老查尔斯停下来，用叉子叉了一块布里干酪放进嘴里。他一吃完，便继续说道：“而且，我也希望你能陪陪我。”

“我会的，”查利说，“我向你保证，但明天晚上不行。”

“你可以邀请你的朋友们，”老查尔斯说，“某个晚上来我们家做客。或者他们可以和你一起参加类似明天的晚宴。”

“哦，算了吧。”查利脱口而出。有那么一会儿，他想象着奇盗联盟的伙计们，在他家的大厅里晃来晃去，将家中值钱又能塞进口袋里的小玩意，洗劫一空。因为想得出神，查利被嘴里的格鲁耶尔干酪给噎着了。“我邀请过了，但他们一直都比较忙，过一段时间再说吧。”

“非常好，”老查尔斯说，“我很想见见他们。听了你的描述，感觉他们是一群有魅力的少年。特别是……那个谁来着……克拉克·肯特吗？是不是他独自一人在喀麦隆森林里生活了三个月？我觉得他的经历特别精彩有趣。”

“我会向他转达您的称赞，”查利感觉自己的脸红了，“您知道的，我今晚得完成西塞罗作品的赏析。下礼拜一早上还有拉丁语期末考试。”他推开椅子，用餐巾擦了擦嘴，然后站起来。“爸爸，晚安。”

“晚安，”老查尔斯说，“好好休息。对了，查利，最后一件事。你让安德烈看看燕尾服大小是否合身。该给你做一套新的了。孩子，你又长高了。”

“好的，先生。”查利说。他微鞠一躬，离开了房间。

那天晚上，他并没有复习西塞罗，也没有钻研拉丁语动词的用法。他一直在拿可怜的丹尼斯练手，在他兜里塞满现金、珠宝，然后再将它身上每一件值钱的东西、硬币、钞票洗劫一空，直到它的口袋被偷得空空如也。他又搞来了一个假人，作为丹尼斯的替身。这个假人，是衣冠楚楚版的丹尼斯，穿着查利洗干净、熨烫好的燕尾服。它默默地站在它的双胞胎兄弟丹尼斯旁边，承受着与丹尼斯同样的不幸。午夜过后，查利才入睡。他在床边用手指如蜘蛛织网般灵巧地转动着犀飞利帝国钢笔，转着转着，倒头睡去。第二天一早醒来，他发现钢笔还躺在他腿上。

查利穿着燕尾服，在约定时间来到咖啡馆。自上次穿这身衣服以来，他一定长高了好几英寸。他的裤腿高高地吊起，与鞋面离得老远，就仿佛他的裤子和鞋子是一对宿敌，都在尽力地避开对方。他本以为他会是联盟里穿得最好的那个，可是当他在约定的地方见到他们时，他才发现自己错了：联盟成员们个个看起来都像是从巴黎时装杂志上走出来的人物。

布鲁托穿了一身高定晚礼服，头发涂了发油，整齐地往后梳着。坐在他身边的杰姬则穿了一条华丽的红色舞会礼裙，大V领，低开胸。她的嘴唇也涂成了鲜红色，和裙子的颜色相称。一双碧蓝的眼睛，用大量的眼影和睫毛膏化了浓浓的眼妆。查利走进咖啡馆时，这双眼睛就像两束冷冷的光柱，打在查利身上。美智子正倚靠在吧台上。她穿着一件海藻绿的无袖长裙，上面缀有花朵。她戴一副墨镜，正用条纹吸管，吸一瓶可乐。莫莉则坐在她身边，穿一袭亮黄色拖地长裙。甚至连塞姆班和法图尔也穿上黑色夹克，打上白色领结——法罗宫后勤人员的统一装束——把穿着不合身的燕尾服的查利给比了下去。

“嗨，大家好。”查利说。

厕所的门突然打开了，博拉闯了出来。他那一身蓝色便衣和系得歪歪扭扭的领带，顿时让穿着高脚裤、戴着歪领带的查利赢回了点自信。

“很准时嘛，查利，”这个苏联男孩说，“你看起来……”他看到查利高高悬起的裤腿，到嘴边的恭维话又咽了回去。

“还凑合吧，”杰姬说，“说真的，查利，你难道不是某位高官的儿子吗？”

“是总领事，”查利说，“我想是因为衣服缩水了。”

“你在长个子呢。”杰姬说。

“我爸也是这么说的。”查利说。

“我们到时得给你量身定做一件。”布鲁托说。接着，他在心里默默清点了一下人数。“人都到齐了。让我们出发去派对吧！”

咖啡馆角落里，一对年轻人漠然地看着他们推门而出，走到街上。他们在咖啡馆门口聚集时，莫莉与查利目光对视了。

“阿米尔不在了。”她揣测着他的心思说。

“我们要不再等一会儿？看他会不会出现？”

“他退出了，查利。”莫莉说，“退出了就是退出了。”

“他不会再回来了。”美智子说。

查利点点头，面对朋友的背叛，尽力保持镇定。

在外面的大街上，布鲁托和杰姬一起走在队伍的最前边，认真讨论着接下来行动的方方面面。在老巢时，他们已经制订好了行动计划，但在布鲁托的坚持下，他们又把所有细节都回顾了一遍。

“好了。”布鲁托说，“听着，有组织地行动是关键。这个地方到时会遍地都是胡须子。但凡有一个人走漏了风声，但凡有一个人被识破了，我们就得赶紧撤离。首先，我、查利、杰姬和美智子作为宾客入场。查利，美智子是你的女伴。杰姬是我的女伴。”

“真浪漫。”杰姬说。

“别打坏主意哟。”美智子朝查利抛了个媚眼说。

查利感到自己的脸越来越红了。“我们怎么才能混进去呢？”

“靠我们无与伦比的魅力。”布鲁托说。

“等等，”查利说，“我们没有邀请函？我记得你说过我们有邀请函的。”查利认为，若情况属实，这无疑是一个巨大的疏忽。他曾参加过很多次高大上的晚宴，知道如果没有邀请函，就只能在大街上远远地看着。甭管你有多大魅力，都不可能让你进去的。

“那种地方安保是很严，”布鲁托回答道，“他们会在门口查验登记在册的宾客的姓名。我通过一个认识的家伙，放出过蜜蜂。我已经在宴请名单上搞到了一个名额，可以再带三位宾客进去。”他看了看手表，“我们进去后，如果不出什么岔子的话，杰姬会在七点十五分前赶到员工通道入口。塞姆班、法图尔、博拉、莫莉，你们几个知道自己的位置吧？”

“北门，在垃圾桶旁边。”莫莉说。

杰姬接着莫莉的话说道：“塞姆班、法图尔，你们兄弟俩从那里出发，直奔厨房。希望你们能快点出现在宴会场。博拉，去嘉宾放衣服的地方做准备。至于莫莉……你试着扮演一位皇室成员。”

“这是我的拿手好戏。”莫莉一边模仿皇室的腔调，一边说道。

“倘若我们被困在入口处该咋办？”查利问。

“无须紧张，”杰姬说，“我们干过很多次这样的活了，每次都很顺利，总会有办法进去的，放心好了。”

说到这里，塞姆班、法图尔、博拉和莫莉四个人祝其他“同事”好运。特别是博拉，他紧紧抓住查利的肩膀，说道：

“查利，祝你好运，一切顺利。”随后，他们跑向旁边的小街道，这条道大概是通向宫殿员工入口处的。

博拉的手劲太大了，查利只好龇牙咧嘴地痛并笑着，接受这位苏联男孩的美好祝福。与此同时，他感到一阵紧张，他调整调整燕尾服的翻领，捋了捋领带，然后向走在他旁边的美智子伸出自己的胳膊。

“请吧。”他笨拙地说道。

美智子笑了笑，挽住他的胳膊。

这两对扒手步调一致地走在大街上，穿过了几个街区后，愈显神态轻松自信满满，直至他们来到宫殿的前门外，混迹于成双成对蜂拥而至的宾客中间。前门通向色彩缤纷的花园，而花园就像一条由树木构成的护城河，围绕在法罗宫的四周。一辆辆加长轿车和出租车，停在前门旁边的人行道上，里面走出来衣着华丽的男男女女。甚至还有两对男女是坐着马车过来的。这时，门前已聚集了不少参加晚宴的人。人们排起了长队。奇盗联盟的成员们，也不得不加入等候的队列中。

四个身着燕尾服的大汉手里拿着写字板和铅笔，守住活动场地的入口。每对宾客都需按要求报出自己的姓名，然后门卫在花名册里寻找，找到后便用铅笔画掉他们的名字。他们全神贯注，仔细核实宾客的信息。排队等候入场的人群，缓慢地向前移动。查利感觉心跳在加速，看了一眼布鲁托，但他跟没事人似的。等他们排到队伍最前边时，美智子把查利的胳膊挽得更紧了。

“请问您怎么称呼？”一个男人拦住往前一步的布鲁托，问道。

“马吕斯·安东男爵。”布鲁托回答道。在查利听来，他的声音充满了贵族的优越感。“随我一起的，还有这三位贵宾。”当然，他讲的是法语。

听到这尊贵的大名，男人毫无反应，眼睛都不带眨一下——他的耳边，整晚回响着各种类似的响亮名号——他开始搜索登记在册的男爵名字。搜索了一圈，显然毫无结果，因为他看着布鲁托摇了摇头。

“没有。”他斩钉截铁地说。

布鲁托尴尬地笑了笑。“不可能，请再找找看。”

出于对上等阶层不情愿的顺从，男人又查看了一遍他手中那沓花名册。搜索到最后，结果还是一样。

“没有。”男人重复道。

杰姬探身过去。“亲爱的，”她拖着南方口音，嗲嗲地说，“到底怎么回事？爸爸还在里面等我们呢。我们不会大老远地从新奥尔良跑来却被挡在门口的，除非我的名字不叫毕波蒂。”说完这通话后，她看了一眼那男人，却惊讶地发现他竟丝毫不为所动。

“这太过分了，”布鲁托说，“我要见这里的负责人。我才不要被当成流氓痞子对待！”

查利感到美智子拉住了他的胳膊；她拽着他，往前一步，靠近与保安发生争执的布鲁托他们，虽然查利搞不懂，这么做是出于什么目的。看见他们试图强行闯入的计划出现了严重的偏差，他已经准备——用黑话来讲——开溜了，然后回到老巢，借一杯石榴汁抚慰联盟行动失败的伤痛。排在他们身后的几对夫妇已经开始不耐烦地抱怨起来。布鲁托和杰姬仍站在原地，毫不退让。随着时间推移，抗议声越来越大。另外几名身穿类似制服的安保人员，闻声赶来。查利感到自己正被人群推挤着往前。

“这里发生了什么？”一个年长的保安喊道，“怎么卡住不动了？”

“先生……这些小孩，”拦住布鲁托的男人说，“他们不在受邀名单上。”

另一个男人瞟了他们一眼。查利惊讶地发现，男人的目光竟落在了他身上。男人凑近了，仔细看，并用英语问道：“是你吗，查利·费希尔？”

布鲁托和杰姬让开，站到一边。美智子仍紧紧挽着查利的胳膊。

“是我。”查利回答道。

“那么这些是……”他顿了顿，看着查利的同伴，“你的朋友？”

查利不认识眼前这个男人，也不知道男人是怎么认识他的，但他很清楚该怎么抓住机会。“是的，”他说，“可我们不被允许进入呢。”

“哦，那这一定是个严重的错误。”男人说。接着，他看向拿花名册的男人，用法语说：“这位是美国总领事的儿子和他的朋友们，快让他们进去。”

那位犯错误的保安仍一脸淡定，挥挥手，让他们四个进去了。不一会儿，他们就穿过大门，进入了花园。

“为查利·费希尔高呼万岁！”布鲁托说。

“刚才发生了什么？”杰姬手捂住嘴问。

“我也不太清楚，”查利说，“他们可能认识我吧。”

“我们之前怎么没想到这个办法？”美智子拉着查利的胳膊，惊讶地叫道，“真是太机智了。”

“干得不错，查利。”布鲁托说，“你真是来对了。”

查利笑笑，说：“没什么，真的。算是沾到一点我出身的光了，我猜。”

恰好在这个时候，一名侍者端来了一托盘香槟酒。布鲁托取了四只，为四个扒手一人递上一只。他把酒杯端端正正地举在面前，仿佛那是一件圣物。他说：“来，干一杯，壮壮胆。”

四只酒杯碰在一起，发出清脆悦耳的声音。“加农炮们，让我们一起，敬奇盗联盟。”布鲁托说。

“敬奇盗联盟。”杰姬说。

“敬奇盗联盟。”美智子说。

“敬奇盗联盟。”查利也说道。他等其他人仰起脖子，干了杯中带有泡沫的液体，便马上翻转酒杯，将里面的东西倒在草地上。虽然过去的几个礼拜，查利伙同奇盗联盟干了不少偷鸡摸狗的勾当，但他还没堕落到肆意喝酒的份儿上。再者，倘若他真的沾上酒瘾了，还有哪个图书管理员或书商会订购这本书呢，更不用说推荐给像你一样聪明又用功的小读者了。让我们都心怀感激吧，幸好查利比较克制。好了，话不多述，继续讲故事。从现在开始，这个超级大票将正式拉开帷幕。

第16章

不过，别急，让我们先简单说几句题外话。

有件事你可能会感兴趣，那就是法罗宫修建于一八五八年，是拿破仑三世（此拿破仑非那个全世界都熟知的拿破仑）为其妻子建造的。他妻子的名字特长，叫多纳·马丽娅·欧仁妮·伊格纳西亚·奥古斯汀娜·德·帕拉福克斯·波托卡雷罗·德·古兹曼尼·柯克帕特里克。拿破仑三世生前，他和皇后平时并不居住在法罗宫，只是偶尔来马赛时才会住一段时间。拿破仑三世死后，皇后将法罗宫捐给了马赛市政府。毫无疑问，马赛市对于皇后的捐赠是充满感激的，因为法罗宫是一座精致的新古典主义建筑，可以居高临下地俯瞰马赛旧港和地中海。人人都在猜测，为什么皇后没有选择住在这么漂亮的宫殿里。但我们不妨这么想，作为皇后，多纳·马丽娅·欧仁妮·伊格纳西亚·奥古斯汀娜·德·帕拉福克斯·波托卡雷罗·德·古兹曼尼·柯克帕特里克对于入住哪一座非凡的宫殿自然有自己的考虑和选择。

你或许也有兴趣知道，多纳·马丽娅·欧仁妮·伊格纳西亚·奥古斯汀娜·德·帕拉福克斯·波托卡雷罗·德·古兹曼尼·柯克帕特里克通常被人们称为欧仁妮皇后。不过，这条信息给出得有点迟了，因为这将是她最后一次在本书中被提及。

虽然查利不曾拥有皇后那般的奢华生活，但他也踏入过不少富贵人家的宅邸，那些金碧辉煌的建筑，我们这些普通人至多只能透过篱笆和树丛间的缝隙偷看几眼。那高墙深篱将有钱人的世界和穷人的世界分隔开来。而查利，作为一名颇受尊敬的职业外交官的儿子，却得以进入那个华丽的世界。

相比之下，法罗宫又使许多富丽堂皇的建筑相形见绌。尤其是在这个特别的五月夜晚，环绕宫殿的花园里灯火通明。燃烧的火把，摇曳着火光，映照着人们的脸庞。前来参加派对的人群嘻嘻闹闹，每个人都穿着最昂贵的华服。远处，一个戏台上，缥缈的乐声如雾般飘来。这座宫殿本身看起来就像某处宏伟的希腊神庙，是那种可以遇见衣冠楚楚的哲学家、剧作家、政客，一边四处漫步，一边高谈阔论着人类文明未来的地方。身处这样的人间仙境，你或许会觉得整晚都在户外的花园里漫游是一件绝妙无比之事。但从法罗宫的许多扇窗户里透出的闪闪金光，天花板上攒动的影子，以及阳台上幢幢的人影，都似乎在许诺着：室内的派对和花园里的活动一样精彩。

布鲁托在动身前往与联盟其他成员约定的集合点前，兴奋地搓搓双手，给自己手中的酒杯又加满了香槟。美智子则紧紧钩住查利的臂弯。杰姬像一头勇猛的母狮，已经盯上了一群聚在一起聊天的人。

行动正式开始了。

美智子一个眼神，查利便明白她准备对聚在露台附近的一群老男人下手了，查利会在一边掩护她，做她的公爵。她慢慢向目标靠近，查利则跟在她身后。她像一只幽灵般悄悄融入人群中，让人完全无法察觉。查利则一路丝毫不松懈地跟着她，同时伪装成前来参加派对、正在寻找自己同伴的客人。钱包像骰子般哗啦啦滚落进查利的掌心，手表利落地从美智子的手里递到查利的手里。只需装作不小心地轻推一下，那位沉浸在对话中的先生就被偷光了身上的贵重物品。两名扒手则继续向他们的下一个目标潜进。

不远处，是位于花园正中央的一处凉亭，一支小型管弦乐队正在那里演奏一支婉转悠扬的曲子。几名宾客则在一旁的草地上翩翩起舞。

“愿意与我共舞一曲吗？”美智子问。

“荣幸之至。”查利回答道。

于是，两人相伴，走上舞池，伴随着乐队指挥一甩指挥棒而响起的欢快乐曲，跳起了华尔兹。没过多久，又有一群人加入了进来，凉亭附近很快便热闹起来，到处是成双成对舞动的身体。

“很好，”美智子说，她的右手慵懒地搭在查利的左臂上，左手搭住他的右臂，“不错嘛，查利·费希尔。”

“舞蹈课的功劳，”查利羞怯地说，他的右手温柔地放在美智子的后背上，“我妈妈逼我学的。你懂的，为了让我变成一个社交达人。”仿佛是为了强调这句话，他牵着她做了一个完美的转体动作，惹得美智子惊叫起来。

“别把我转丢了。”美智子大笑着说。

“我尽力啊。”

“你知道吗，查利，”美智子说，他们的脚步一起在草丛间曳行，“我一般不太喜欢美国人。”

“嗯，你之前说过的。”

“不过，你是个例外。”说着，她把头倚在查利的肩上。

“不要对我心软了哟。”查利说。

美智子哈哈大笑，随后说道：“嗨，查利，要不你领着我慢慢靠近我们旁边的那对舞者吧？”

“非常乐意，我美丽的小姐。”她的舞伴回答道。

舞池盗窃是项鬼鬼祟祟的工作，和舞蹈本身一样，历史悠久。查利领舞，优雅地引着他的舞伴慢慢靠近身旁的舞者，方便美智子触碰女人礼服的背面。美智子的手顺着查利的胳膊伸向呆子的钱包。查利引导舞步的手，如果突然被握得很紧，便是美智子在告诉查利，偷盗已完成。查利便一面旋着舞步带美智子离开，一面低声向呆子道歉。呆子虽然有点生气，但还是笑了笑。查利感觉身子有些沉重，毫无疑问，肯定是美智子把一些值钱的物件塞进他左后屁股口袋里了。

“两点钟方向有一对老夫妻。”美智子的嘴唇贴近查利的耳朵，低声说道。

这时，乐队奏起了欢快的西班牙舞曲，伴着舞曲，查利和美智子继续干活。他们俩在凉亭的舞池里，扭动身子，不停摇摆，依次靠向身边的舞者，假装不小心碰到他们。一圈下来，查利的口袋里装满了从舞者的钱包或女士手提包里偷来的东西。曾经有一度，一位满头银发的老先生跑过来想要和魅力四射的美智子共舞一曲。没办法，查利只好让出自己的舞伴了。

美智子被老先生领着，踩着旋步，来到舞池的中央。她的右手顺着老先生的背往下滑动，查利则双手插兜慢悠悠地离开舞池。

“嗨，水手。”他听到有人说。转身一看，原来是莫莉。

“哦，嗨，”他笑着说道，“你也进来了。”

“小菜一碟啦，”小鼠说，“你刚才摇摆了？”

查利先是一愣，然后结合语境，过了一会儿才搞明白小鼠在说什么。“嗯，”他说，“我的口袋已经装满了。”

“好样的，”女孩示意他到附近树篱的隐蔽处，等他们俩都藏好后，她用力拉了一下藏在礼服里的腰带。“夜间保管，愿为您效劳。”

查利低头凝视，看见莫莉在裙子上缝了一个隐蔽的大帆布袋，藏在礼服的大蝴蝶结旁边。

“不要盯着看！”莫莉叱责道。查利顿时双颊通红。于是，他开始将口袋里的物品转移至莫莉的裙子里。完了之后，女孩整了整衣服便走开了，步姿好像一个刚从盆腔手术中恢复过来的人。

查利目送她离开后便回到凉亭的人群中。美智子还在那儿，和老先生一起跳舞。此时乐队又演奏了一首新曲。查利穿过舞池，迎面撞上一对摇摆的舞者，说声抱歉后，便扭着身子继续往前走。那对舞者身上的重量，瞬时减轻了不少，就仿佛丹尼斯本人来到了舞池上。查利走到美智子和那个老先生跟前，问：“我可以跟她跳一会儿舞吗？”老先生不情不愿地同意了，于是美智子又回到了查利怀中。

“你怎么去了那么久？”她问。

“我得卸货呀，莫莉在跑公爵。”

美智子叹了口气。“下次提前告诉我一声。那家伙身上的古龙水味太浓了，快把我熏晕了。”

接着，在乐队开始演奏下一支曲子之前，美智子像王后似的宣称：“说实话，查利，跳了这么半天舞，我已经热到不行了。”或许她需要喝上一杯潘趣酒。向来很有绅士风度的查利，于是牵着她，走出凉亭，走进宫殿大门。

他们走上台阶时，看见杰姬正被四个仰慕她的年轻男子团团围住。其中一个男子说了一句笑话，把她逗得咯咯直笑。她的笑声太大了，显得有点刻意。“对不起，”她对自己的追求者们说，“我的男伴到了。”说着，她一转身，挽住了查利的另一条胳膊，说：“男人们真够无聊的。”

于是，突然之间，从未被女孩亲过的十二岁男孩查利，正陪着两位年轻漂亮的姑娘，走进皇后宫殿里举行的奢华宴会。更重要的是，她们还是他的朋友加战友，正并肩奋战，撼动这个不平等社会的根基，为偏袒有钱有势的绅士阶层、欺负贫穷劳动者的世界，带来一丝公平正义。他是一位当代的民间英雄，是穿着燕尾服的罗宾汉。他从未感到如此充满活力。

一对仆人站在宫殿的门口，毕恭毕敬地向他们三个人鞠躬，颇有皇室风范，然后领着他们进入一层的宴会厅。巨型的水晶吊灯闪闪发光，悬挂在棋格盘地板的上方，仿佛很多个水

晶UFO同时造访此地。一大群衣着华丽的成年人，手里拿着香槟，在镶木地板上闲逛。哦，对了，他们浑身上下披金戴银，珠光宝气的，还揣着价值几千法郎的现钞。有几位女士头戴货真价实的皇冠。一些男士的西装上挂满了闪亮的奖章和徽章。仆人们来回穿梭，端着食物和饮料，供宾客享用。

“不可思议。”查利小声感叹道。

紧接着，塞姆班和法图尔出现在他们面前，怀里抱着盛放牡蛎的托盘，身上的口袋像塞满东西的圣诞袜。“莫莉去哪儿了？”塞姆班急切地问道。

“我感觉自己的内裤已经塞满了整间厨房的器皿。”法图尔说道。

查利努力憋住笑。“我刚看见她在花园的戏台旁边，”他说，“你可以去那边看看。”

兄弟俩小步跑开了，非常谨慎小心，生怕口袋里的东西会掉到地上。宴会厅的一侧也有一支乐队在演奏，但似乎没什么人跳舞。宾客们的注意力都集中在彼此的陪伴和高谈阔论上面，仿佛国家的命运全取决于此。与此同时，他们还小声聊着丑闻和八卦，这些流言蜚语似乎足以压垮一个家族。查利以前被迫陪爸爸参加社交活动的时候，也见过类似的场面，但都没有像今天这般盛大。仿佛西欧那些皇室贵胄世家大族的子孙后代，全聚集在了这间金碧辉煌的大厅里，商谈决定二十世纪接下来的几十年世界应该朝着什么样的方向发展。

他们三人穿过大厅，沉浸在周围的谈话气氛中，偷听宾客们讨论全球政治。靠着宫殿朝北的窗户，摆放了一张很长的桌子，桌面正中央有一只巨大的水晶酒杯。他们发现布鲁托正站在酒杯旁边。透过窗户，远远望去，可以看见地中海沐浴在黄昏的暮色中。俯瞰之下，港口里的船只闪烁的微光，以及远处的建筑物透出的灯火，构成了一幅美丽的背景图，映衬着宫殿里的宴会。独眼男孩正在小口啜饮果汁饮料。他板着脸，看起来有点严肃。

他的口袋里现在仍空无一物，而其他的扒手都已有所获。

杰姬和美智子松开查利的胳膊。他们三人一道站在布鲁托身边，背靠着长桌，和他一起盯着人群苦思冥想。

“干得咋样了？”最后查利忍不住问道。他对布鲁托的沉默感到好奇。

布鲁托举起杯子，喝了一口，然后回答道：“这个可不是一般的豌豆汤，查利。我干这票，可不是为了吊索和贫民窟。”

“哦？”

“眼前有一个真正的摸壶，查利，真正的大目标。我准备去碰一碰它。”

查利环视人群。从他站立的位置随意看过去，他看见了许多在他眼里称得上大目标的物件。拳头大小的胸针、纯金的勋章沉甸甸的，对任何别扣的质量都绝对是一大考验。他还看见闪闪发光的头冠和长长的珍珠项链——用黑话说，就是珠绳——长到可以绕颈四五周，上面缀满晶莹圆润的珍珠。

“别那么严肃嘛，布鲁托，”杰姬责备道，“周围值得一碰的东西有很多嘛。”

眼前有一个真正的摸壶，查利，真正的大目标。我准备去碰一碰它。

“查利和我就在舞池上度过了一段美妙的时光。”美智子说。

“而且收获满满。”查利说。

“是的，布鲁托。你也放开来，享受一番呗。”杰姬说。她钩住查利的胳膊。“快来呀，”她像个活跃的派对动物，说，“让我们一起到房间里四处转转，看看有没有认识的人。”

于是，美智子挽住布鲁托的胳膊。四个扒手从桌边起身，开始在满屋子的高朋贵宾之间穿行。查利可以感到杰姬胳膊的力道，她显然不是那种顺从地靠在男人手臂上的女孩，她喜欢占据主导地位——而查利觉得这样的她也挺可爱的。他让她做船长，做领航员，领导他们这次在人头攒动的宴会厅里的漂流。这样，他也可以集中精力发现潜在的机会，顺便扇扇屋里那些腰缠万贯的目标。

这正是他在做的事情：打量着某位将军的荣誉军团勋章，寻思着怎样解开勋章的别扣。就在这时，他听见身后有人大声喊自己的名字。

“查利！”

他瞬间僵住了。时间仿佛静止了。他的大脑开始分析刚刚那个叫出他名字的声音。可遗憾的是，那个声音又响起了。

“查利·费希尔！”

这两个音节给了查利的大脑足够的信息，让他在一闪念之间明白过来是谁在叫他的名字。答案是非常非常不幸的。

是他父亲。

“你在这里干什么？”那个声音再度响起。查利感觉时间慢了下来，在那漫长的一瞬，杰姬的手拉着他，转过身，去面对那个发问的男人。接着，老查尔斯·费希尔，美国驻马赛总领事、职业外交官，闯入了查利的视线，就仿佛宇宙中的某颗行星遮住了太阳的光。他站在那儿，五英尺十一英寸的个头，穿着黑色夹克，打着黑色领带，棕色的头发上涂了一层发油，两鬓斑白，嘴唇上一撮胡须，身上一股古龙水味。没错了，就是他。

“我……”查利说，这是他唯一能想到的词儿。他又试着张开口：“我……”可他似乎无法说服自己的嘴巴提供足够的唾液，来说出更多的词儿。

随后，奇怪的事情发生了，老查尔斯的脸上突然挂满了笑容。他敞开双臂用力将查利抱在怀里。“真的，我太开心了，”老查尔斯松开儿子，一面用骄傲的眼神仔细打量他，一面说道，“想不到你最终还是决定过来了。”

查利试图组织语言，但嘴巴依旧不给力，还是说不出话。他真希望一个点头便足以表达自己。

“看你准备燕尾服，而且还熨烫得整整齐齐，我就应该猜到的。”老查尔斯看了看儿子不合身的衣服。“得给你做一身新的了，”他说，“这身晚礼服有点小，不合身。但不管怎么样，我很开心你能参加这个晚宴。这些都是你的朋友吗？是不是你经常提及的伙伴们？”

突然看到父亲，查利惊愕不已。两个世界的生活，如同足球场上两方球员在中场的碰撞，此刻已交会在一起。他愣住了，完全忘记自己还挽着杰姬，而布鲁托和美智子一左一右站在他身后。

“见到您非常高兴，”杰姬意识到查利慌得说不出话来，便立刻说道，“我们常听查利说起您。”

“哦，希望他没说我坏话，”老查尔斯边说边朝查利眨眨眼，“我也常听查利说起你们，他对你们的评价很高。”

“哎呀，查利，”美智子略显夸张地说道，“你真好。”

老查尔斯的注意力落在了布鲁托身上。“你一定是克拉克吧。”他说。

“克拉克？”布鲁托一脸困惑地问。

“克拉克·肯特。查利告诉我，你曾在南非失去了双亲，后被俾格米人抚养长大。”老查尔斯说。

“嗯，对的，”布鲁托说，“没错，说的是我，克拉克，克拉克·肯特。”他马上按照指令化身克拉克，“我无时无刻不在感谢上帝派来俾格米人拯救我，教会我所知道的一切。”

老查尔斯赞同地点点头。“是啊，难以想象。女士们，你们呢？”

“查利，你难道不打算向你爸爸介绍我们吗？”美智子问道。

“查利，你这样太没礼貌了。”杰姬补充道。

“这位……”查利终于能利索地说话了，“这位是杰姬，另一位是美智子。杰姬、美智子，这是我的爸爸老查尔斯·费希尔。这位……”他看向布鲁托，感觉自己脸上的血色已被吸得一干二净，“这位就是你已猜出来的克拉克。”

“很高兴认识您。”美智子伸出手说。

老查尔斯握住美智子的手举到唇边吻了一下，说：“是我的荣幸。”

这个过程中，老查尔斯的劳力士金表从袖子下面露了出来。查利暗叹不妙。在手表“失踪”之前，他主动出击，突然抓住美智子的手腕，把她的手从父亲的手中抽出来。

“喂！”美智子惊叫道。

“是不是我太冒失了？”查利的父亲一脸惊讶地看着自己的儿子。

“不，没事，”查利说，“只不过，我们都已经认识了，不是吗？我觉得咱们没必要那么麻烦地握手了吧，这未免显得太正式了。”

美智子调皮地笑了笑。

“好吧，”查利突然说，“反正我们也准备离开了，所以……”

“什么？”杰姬说，“你说什么呢，查利。我们才刚到这里啊！”

“说什么胡话呢，查利。”他父亲说。接着，他转向查利的同伴们说：“几个月来，我一直在动员查利参加这样的社交活动，见见欧洲政治舞台上的大人物们，成为历史的见证者！但他一直不配合，找各种理由逃避，只想和你们泡在一起。”

“哦，费希尔先生，我们知道的，”杰姬乖巧地说，“查利有时候确实令人扫兴。”

“我们也很抱歉，”美智子补充道，“霸占了他太多时间。”

“是啊，”老查尔斯说，“虽然不知道来此参加宴会是谁的主意，但我真的太惊喜了，真的，你们给了我一个美好的夜晚。这件事能让我高兴一个月！不，高兴一整年！”

查利满脸恳求地看向他的朋友们。他们却个个无动于衷。“我好像有点不舒服。”他说。

“哦，别这样，查利，”杰姬说，“夜还长着呢！你也不想拂了你爸爸的兴致，不是吗？”

查利发现自己陷进了一条自找的死胡同，而且找不到脱身之计。“我想，”他咕哝道，“那我们就再待一会儿吧。”

“好极了。”老查尔斯说。他伸出胳膊，看了一眼手表。谢天谢地，手表还在他手腕上。“说到这儿，”他说，“我想你们几个小孩应该有兴趣去亲眼见证一下历史事件的发生吧？”

查利还没来得及打岔，就听见布鲁托说：“先生，我们求之不得呢。”

第17章

“不可以啊。”查利小声嘶吼道。杰姬仍走在他身旁。此刻，老查尔斯正领着这四名衣着光鲜的小偷——他的儿子也是其中之一——穿过宴会大厅。

“有什么不可以呀，查利？”杰姬问道。她容光焕发地扮演着总领事儿子女伴的角色，对每一个与他们擦肩而过的贵族精英绽放出谄媚的笑容。“随机应变呗。”

“我没法演下去了，这票已经结束了，我们已经露脸了，我们已经开火了。是时候开溜了，杰姬，是时候离开这里了。”查利不得不一边小声用黑话跟杰姬交涉，一边微笑着向迎面走来的人们点头打招呼。他们在宴会厅镶木地板上的行进速度缓慢得令人心焦，因为老查尔斯决心要把查利和他可爱的朋友们介绍给每一位有钱有势的同人和名流认识。

不过，查利却发觉自己的处境极为尴尬，因为他不得不阻止伙伴们从这些新认识的人身上偷走有价值的东西。“不要握手，”查利制止道，“真的没必要，她有点感冒，万一传给您就讨厌了。哦，布鲁托——我是说克拉克——跟上我们，别跟在那位先生的后面。”

这趟走下来搞得查利筋疲力尽。随后他们来到宴会厅远侧的一对双开门前。那里站着两个魁梧的安保人员。他们快靠近大门时，两个保安上前拦住了老查尔斯。

“没关系，”查利的爸爸说，“他们是和我一起的。我是查尔斯·费希尔，美国驻马赛总领事。王后想要见我。”

“王后？”查利情不自禁地叫道。现在，查利的脸上没有一丁点儿血丝了。他感觉自己就像一张刚洗净的白床单在四处游走。

“王后。”他听见美智子在背后说道。

“要不这样，”查利对他爸爸说道，“我们就在外面等着吧，我们真的不想打扰王后。”

“胡说，”老查尔斯回答道，“查利，你不应该错过这么好的机会。你见的是王后啊！我相信你的朋友们会感兴趣的。”

“嗯，是的，”布鲁托说，“我们当然有兴趣了。”

“查利，瞧见没？”老查尔斯一面微笑着看着这群扒手，一面说道，“我们这儿有一群未来的外交官！”

还没等查利再说一个“不”字，两扇大门已经打开，他们五个人被工作人员带领着，走进里面的廊道。

如今的法罗宫，主要被一所医学院占用。不过，它昔日的皇室风采依然不费大力气便可恢复。今晚宴会的组织者，显然渴望做到这一点。他们借助皇室特有的饰品，点缀了殿内的墙壁，流光溢彩，重现了皇家昔日的光辉。查利和他的同伙被工作人员带到接待室。这间接待室也同样雍容华贵。房间的一侧竖立了一张台子，台子旁边摆放着一把看起来很高贵的座椅，座椅因为宴会的需要被镀成了金色。四周的墙壁上满是五颜六色的挂毯，上面绘有正在嬉戏的森林之神萨梯、仙女以及独角兽。房间的四周摆放了一些华丽的瓮，一条红地毯通向台子上的座椅。两个穿着别别扭扭的传统服饰的侍卫站在座椅的两侧，好似他们是从十五世纪穿越回来的。除此之外，他们每个人手持仿真的戟，眼神专注漠然地看向远处。一个年长的男人衣着还算正常，穿了得体的三件套西装，走向老查尔斯，与他进行了短暂的小声交谈。站在查利身边的扒手们紧张得一句话也不敢说。

老查尔斯和那个男人的对话结束后，转身向他儿子笑着点点头。刚刚一直和老查尔斯说话的那个男人，随即爬上了台子，来到座椅后面，打开一扇精致的木门，走了进去。

房间里一片安静。杰姬清了一下嗓子，然后为这不合时宜的行为小声地道歉。

终于，座椅后边的门打开了，穿制服的男人走了出来，立于座椅一侧。“有请，”他以洪亮的声音喊道，“王后殿下，南希·德鲁别茨卡娅·奇多女爵，尊贵的卢米拉维亚王后，菲赛尔登草原的保护者，克莱斯沃德火焰的佩戴者。”两名穿传统服饰分立座椅两侧的侍卫突然露出藏在酒红色天鹅绒衣袖里的军号，吹响了一支昂扬的凯旋曲，把查利吓了一跳。

就在这时，一位老太太，穿着缀满珠宝的礼服，从门后走了出来，走上了台子。她对着通报者草草点了点头，便在代替王座的镀金座椅上坐了下来，露出如释重负的表情。她戴着一条很长很长的项链，上面的珠宝闪闪夺目，像夏威夷花环般垂至她的胸前；一顶镶满钻石的王冠重重地扣在她白发苍苍的脑袋上；核桃那么大的戒指戴在她枯瘦如树枝的手指上；礼服上镶边的金丝线熠熠生辉。

查利警觉地瞥了他的同伴们一眼，只见他们每个人都像饥肠辘辘等待进食的狗一样，贪婪地注视着王后身上的饰品。接着，查利看向他父亲，结果他发现老查尔斯，这个自信、强悍的男人竟然前所未有地露出了紧张的神色。他又把目光转向身旁的扒手们，小声喊着“看你们谁敢”，试图引起他们的注意。可惜他们一个个心思都在别处，仿佛正在另一个星球上，而只有他还在地球上徒劳地向某颗遥远的星球发射着莫尔斯电码。

老查尔斯·费希尔深深地鞠了一躬。杰姬、布鲁托、美智子和查利也跟着鞠躬行礼。

“你好，费希尔先生。”王后说，“见到你很高兴。”她说话声音低沉，声调抑扬顿挫，带着一种很难辨识的德国和斯拉夫口音。

“殿下，”老查尔斯说，“再次见到您是我莫大的荣幸。”在旁人看来，以上对话并无半点异常，可作为总领事的儿子，查利了解他的父亲，知道这绝非平常的会见。查利从未听过父亲如此毕恭毕敬地说话。仔细听，老查尔斯的声音似乎还有点颤抖。

接着，王后做了一个手势，指向房间里的其他客人。“您身后的客人是？”

“殿下，这是我的儿子，查利。”老查尔斯说，他用胳膊揽住查利的肩膀，把他拉到前面，“查利·费希尔。上次我们谈话时，我可能提到过他。”

“哦，对的，”王后从她的王座上向下瞄了一眼，说，“你好吗，费希尔先生？”

“非常好，谢谢，”查利说，之后又补充道，“王后殿下。”

老太太肯定是听力不好，因为她不得不伸长脖子听查利讲话。与此同时，她脖子上的珠宝发出叮叮当当的碰撞声。“请过来，”她指着查利说，“我的耳朵不如以往了。你们都过来吧，离我近点。”

查利想起自己的朋友们，惊得倒吸一口气。“哦，我们真的不应该……”他开口道，可话还没说完，就被他父亲连同那帮扒手裹挟着来到了台子上。

“这样好多了。”他们走到距离她只有几步远的地方时，她说，“我一整天都被关在这个小屋子里接待各类访客，接受人们的祝福。当王后真是件累人的事。”说完，她狡黠地一笑。

“更别提您还得承受重负，”布鲁托突然说，“我的意思是，您戴的王冠、珠宝，等等。”查利狠狠地瞪了他一眼。

每个人都屏住了呼吸，等待王后对这句突然的不请自来的感叹的反应。当她终于开口时，所有人都松了一口气。王后似乎被逗乐了。“是的呀。”她说，“你是哪位？”

布鲁托准备自报姓名，查利赶紧打断说："这位是克拉克，克拉克·肯特。"

"肯特先生，我们以前见过吗？"王后问。

"没有吧，殿下。"布鲁托答道。

"这倒有趣了，你的名字听起来很耳熟啊。"

"嗯，"查利赶忙说道，"能见到您我们倍感荣幸。对不起，殿下，我们不能耽误您太长时间。"

"没关系，我还没见完所有的孩子，"王后并未理会查利的不耐烦，"请你们走上前来，报上自己的名字。"

查利真不希望看到这一幕。奇盗联盟的家伙们，一个接一个，被带到台上，他们毕恭毕敬地朝皇后鞠躬，并亲吻她的戒指。此时的查利，就像在作战前线等待开火命令，焦急地站在原地一动不动。查利只能寄希望于他的同伙们，技艺足够精湛，不被发现，在警报拉响、马赛市出动全部警力搜捕偷走卢米拉维亚王室珠宝的窃贼之前，能逃之夭夭。

老查尔斯站在一边看着这帮孩子毕恭毕敬地介绍自己。他很骄傲能为他们提供这个千载难逢的机会。等他们做完自我介绍，王后挥手示意老查尔斯上台。他上去之后，便和王后交谈了起来。布鲁托、杰姬和美智子重新回到查利身旁，努力掩饰脸上的笑容。查利只能在脑海中想象他们刚才到底做了什么。

身着三件套西装的男人，按照王后的命令，走到查利爸爸跟前，递给他一个信封。老查尔斯深深地鞠了一躬，接过信封。他打开信封，仔细查看里面的东西，然后一面点头一面将信封放进内胸袋。

王后挥了挥手，示意会见到此结束。不过，查利他们刚转身，王后又把查利叫了回来，让他走到台上临时搭设的王座前。

“你的父亲，”王后说，“是个好人。他为我们的国家做了很多贡献，希望你将来可以继承他的衣钵。”

“好的，殿下。”查利说。他一边抬头看了眼这位老妇人，一边快速打量她身上的饰品，惊讶地发现每个镶嵌珠宝的戒指，竟都原封不动地戴在她的手指上。她肩上披着的巴洛克式肩带也没有发生任何位移，头上仍戴着王冠，王冠上闪闪发光的宝石，一个不少。查利长舒了一口气，看来这群奇盗善于审时度势，小心谨慎。

紧接着，王后站了起来，座椅两侧的侍卫把军号放进嘴里，再次吹响号角。奏乐即将结束时，王后的眉头突然紧蹙了。“我早都厌烦了这套繁文缛节。”查利听到王后喃喃自语。随后，她便走下台，穿过那扇门，离开了房间。

面见王后这段小插曲，在查利脑海里，简直就像一场缓慢痛苦的死亡，现在它终于结束了，查利也可以松口气了。扒手们看见王后，个个兴奋不已，但查利的双脚好似在空中飘浮着。面见结束后，他才得以脚踏实地。他跟随大家，沿着廊道走回宴会厅。美智子走在最前面，布鲁托、杰姬与查利的父亲在热聊，查利落在了队伍的最后。查利这回吓得够呛，他决定找个机会，单独和这群奇盗好好聊聊。他将坚持要求他们设立一些界限，任何碰巧与查利父亲的工作——或查利的私生活——相冲突的派对或聚会，都必须尽量避免。他觉得自己与他们的关系够铁了，他们应该会为他做出些调整。

当他们返回宴会厅时，老查尔斯转身面向他儿子，眉开眼笑，一脸自豪。

“怎么样？”他问。

“非常棒，”查利回答道，“谢谢你邀请我，邀请我们。”布鲁托、杰姬和美智子被派对吸引，回到了人群中。于是，查利和他父亲得以独处片刻。

“一个‘棒’字怎么足以形容它？”他父亲说，“你刚刚见证了近十年来全球政治中最伟大的一场剧变。不，应该说，是近一个世纪以来！”

“真的吗？”查利问，“我的意思是，她看上去人很和善，也非常的……你懂的，有贵族气质。”

老查尔斯大笑道：“什么，她吗？她只是一名遗老，查利。一个傀儡，一个象征过去时代的符号。”

查利感到困惑。“所以，”他说，“这一切，哪有什么……”——他父亲是怎么形容的来着？——“剧变呢？”

“因为，查利，”他父亲换了一种隐秘的语气说，“她把罗森博格密码给了我。”

“什么？”

老查尔斯向查利比画了一个手势，暗示他小声点说话。他扫视了房间一圈，将目光落回到儿子身上。“我真的得尽快把这份文件转送到安全的地方。不过，我想先花一点时间庆祝一下。”

“什么是罗森博格密码？”查利催问道。

“这大概是我们一生中能够从国与国之间的谈判中斩获的最重量级的文件了。它本身就是当前全球政治气候下最强有力的武器。它的价值难以估量。查利，可以这么说，当我说世界上所有超级大国的命运目前都牵系于我手中的这份文件时，我丝毫没有夸张。”他深吸一口气，接着平静而坚定地说，“我有一种预感，当我把这份文件呈交给上级时，你老爸我的事业就要飞黄腾达了。法国大使，国务卿。真的，一飞冲天，平步青云，都不是梦。”

查利突然产生了一种非常可怕的预感。犹如拼图一般，真相一块一块地拼凑了出来。他似乎回忆起了当时的情形：一个信封，由那个身穿三件套西装的男人，转交到他父亲手上。与此同时，老查尔斯仍在兴奋地说个不停。

“香榭丽舍大街上的豪华公馆听起来不错吧，查利？是的，你说得对。或许我们应该把时间五五分。一半时间待在巴黎，一半时间待在普罗旺斯。但也有可能，就像你提到的那样，我担任了国务院要职，就得常驻华盛顿了，待在总统身边，随时待命。当大家都知道，是我带回了密码，我想总统他肯定会更加倚重我。哦，查利，你还不知道，为了达成谈判，我准备了多久，付出了多少努力。她可是个狡猾的老狐狸，这位王后，只肯和我合作。那么多人都失败了，只有我，成功了，拿到了密码。现在，它就在我这儿，查利，就在我的口袋里。”

“不，它不在你那儿。”查利说。

查利平静地淡淡地说。声音干巴巴的，从中听不出一丝情绪，仿佛一个机器人在说话似的。

“什么？”他爸爸问。他一个人开心的独白，突然被打断了。

“它不在你那儿，不在你口袋里。”

查利甚至不需要留下来验证自己的想法。当他爸爸把手伸进内胸袋——衣坑——发现，确实如他所说，口袋里空无一物时，查利已经跑进宴会厅的人群中，四处寻找奇盗联盟成员的身影。“不，不，不，不，不。”他一边挤过参加派对的人群，一边在嘴里念叨着。刚刚还在他身边的布鲁托、美智子、杰姬，统统不见了。

消失得无影无踪。

塞姆班和法图尔，一整晚都在宴会厅和厨房之间来回穿梭。但这会儿，在为身着燕尾服和长礼服的贵族们端酒送牡蛎的仆人队伍中，已不见他们的身影。

踪影全无了。

在存衣处，有一扇窗户，透过窗户，可以看见屋里堆满了皮衣和外套。窗户旁边，两个无聊的中年法国男人，坐在凳子上，激烈争论足球比赛，浑然不知和他们一起工作的苏联大男孩去哪儿了。不光如此，他们甚至记不清那位苏联男孩是谁雇用的，他究竟做了点什么。他们问查利，他是想现在还是待会儿再取走自己的大衣。

消失不见了。

他冲向花园中央，戏台上乐队仍在演奏音乐，几对人在凉亭下面的草地上悠闲自在地跳着舞。摇曳的黄色灯光照得查利头晕目眩，他在寻找那个外号为“小鼠”、身材娇小的英国女孩。之所以管她叫小鼠，不光是身材的缘故，主要原因，据查利所知，是她拥有强大的躲避能力，只要有一丝空间，她便能甩掉追逐者。这些倒霉蛋，东西被偷了，想追回又追不上她。

人间蒸发了。

奇盗联盟不见了，他们溜之乎了。

查利站在法罗宫的草坪上，呆若木鸡，周围全是谈情说爱的情侣和谈天说地的名流们。夜幕早已降临，繁星在他头顶上空轮转，泛着冷冰冰的光。泪水禁不住涌入他的眼眶。查利不停在脑海中回想过去几周在奇盗联盟的陪伴下，所经历的每一件事，享受的美好时光。想着想着，他感觉宫殿中的每一块砖和花岗岩块，似乎都已拔地而起，沉重地砸向他的肩膀。

“不，不，不，不，不。”他念叨道。查利意识到自己不停地重复这一个字，足足有十分钟之久。仿佛只要反复提及这个字，就能解决所有的问题，时光便可以倒流，重新开始这一切。他想回到在让·饶勒斯广场上那一天，他和阿米尔相遇，他的钢笔变成木棍，他沿着小巷，追逐那个穿白色T恤的男孩。

宴会厅的警报响起来了。一个男人打断了凉亭下乐队的演奏，向观众发出紧急通知。查利没有留下来聆听，他知道接下来该去哪儿。当法罗宫的宴会厅变成类似犯罪现场的时候，他已动身前往帕尼耶。

这个古老的社区，街道蜿蜒曲折，寂静无声，查利沿着大街小巷疾速奔跑。毫无疑问，查利是唯一一个穿着燕尾服在帕尼耶的偏僻小道上晃悠的人。旁边的几个行人用怀疑的目光看着他。他没有选择乘坐马赛市不靠谱的公交车，而是从法罗宫出发，一路跑下山。当他好不容易赶上两个码头之间往返的渡轮时，他已经上气不接下气了。渡轮上除了他，还有四个正在喝酒的水手以及一个微醺的渔夫。他的燕尾服被汗水浸湿，像泳衣一样紧贴在身上。帕尼耶曲曲绕绕的房屋建筑显得尤其破败、阴森，他感觉它们正看着他，嘲笑他的愚蠢。

难道这是奇盗联盟成员给他开的一个玩笑？难道这是某出戏弄人的恶作剧？他们会不会在老巢等着他，准备哈哈一笑，把这个小插曲忘掉，然后正式欢迎他加入联盟？尽管他无比希望这一幕是真的，可他还是不太敢相信。因为他们偷走的东西——他爸爸刚刚得到的密码——实在太重要了。更何况，他们是从查利父亲身上偷走的。难道联盟行动准则里就没有条款禁止他们对其他成员的亲人下手吗？他边走边在记忆里搜索，试着回想奇盗联盟行为准则究竟有哪些。显然，所谓的准则并不是成文的规定，也不是什么具有法律效力的合约。他突然明白过来，原来奇盗联盟的行为准则，根本就像一缕烟一样虚无缥缈啊。哪有什么准则，他们想怎样就怎样。这么一想，查利心里害怕起来。

他心跳加速，他可以感到心脏在胸腔里突突直跳。他拼命奔跑着，直到实在跑不动，才停下来沿着鹅卵石路快步走，来到圣弗朗索瓦斯路。他尽力不去想刚刚发生的事，他一心只想找到奇盗联盟。

当他吃力地爬上山坡，来到七角咖吧所在的广场，也就是几周之前他在寻找阿米尔和他的同伴时发现的那个地方，他一下子呆住了。

那个咖啡馆，不见了。

整个建筑的外墙似乎被仔细刷新过。之前门上悬挂的“七角咖吧”招牌已经摘掉了。窗户黑洞洞的，大门紧锁着。查利往里瞟了一眼，只见屋里空空荡荡，桌子、椅子全不在了。他的心，顿时沉到了谷底。

门上的一块玻璃板碎了，他小心地把手伸进去，拨开了锁。门“嘎吱”一声打开了，查利走了进去。

“贝尔图乔？”查利大声喊道，“布鲁托？杰姬？”

没人回应。

他来到吧台前，却发现后边的酒架被清空了。之前，潘诺酒瓶子后藏有开启暗门的机关。如今，酒瓶子不见了。而且，连机关也找不到了。他手指在镜面墙上滑过，试图找出门的边缝。可那道暗门好像根本不存在似的，就仿佛旋转门，以及门后的走廊，都不知怎么地，被抹除干净了。

他一个趔趄，被一张翻倒在地的椅子给绊倒了。他动作滑稽地一个后仰，摔倒在地，同时擦伤了胳膊肘。外套袖口也被划了一个大口子。他赶紧站起来，为自己闹出的洋相感到尴尬，虽然周围根本没人在看他的笑话。一种恐惧和自我厌恶的情绪，仿佛一朵生病的花，在他心底渐渐滋生。他跑出门外，又回到小广场上。就在这时，他看见一位老太太正拖着一辆购物车走在路上。

“不好意思，请问！”他大喊道。女人突然站住，转头看向他。他努力用磕磕巴巴的法语问道：“那间咖啡馆——七角咖吧——您知道搬去哪儿了吗？”

女人一脸茫然地看着他。

查利疯狂地比画着，指向身后建筑空荡荡的墙面。“七角咖吧，之前在这里的咖啡馆！”他发现自己已经在嘶吼了，“咖啡馆去哪儿了？”

老太太丝毫不为查利的急迫语气所动，她摇摇头，便继续赶路了。在她的身影消失在街角很久之后，她的脚步声仍在密集的楼宇间回响。

现在，只剩下查利一个人，孤零零地站在空荡荡的咖啡馆门口。整个世界，就像一把台钳般，紧紧压在了他的身上。

第18章

查利在原地站了很久，一动不动，可他的内心早已翻江倒海。过去几周的种种经历构成了一部电影在他脑海里的银幕上滚动播出，他目不转睛地看着。

第一幕是在让·饶勒斯广场，那是一个决定查利命运的星期二，彼时他正在作文本上写故事。在脑海里的银幕上，他看见了人群中的布鲁托和杰姬。莫莉在偷一个头戴软呢帽的男人，美智子在一旁掩护。当然了，还有坐在自己身边的阿米尔。紧接着，查利看见自己在追赶阿米尔，并向警察提供阿米尔没有偷窃的证明。此外，他发现在央求阿米尔教自己偷盗之术时，阿米尔毫不犹豫就答应了。在查利记忆中，他压根儿没有威胁过阿米尔，更没说过要报复他，那阿米尔为什么不直接甩掉自己这个好奇的美国男孩呢?

查利没时间想答案了，第二幕已经徐徐拉开。他一边和阿米尔在旧港码头闲逛，一边学习阿米尔的偷盗技巧。随后，杰姬就出现了。这一切仿佛是精心安排好的，不是吗？印有七角咖吧地址的名片是谁塞给他的呢，阿米尔还是杰姬？随着一段段回忆栩栩如生地出现在银幕上，电影的基调也由喜剧变成了悲剧。看着看着，查利顿悟了，过去几周的生活并非快乐无忧的恶作剧，而是充满黑暗阴险的纪实电影，毫无乐趣。

他是这部电影里最大的傻瓜。

他一直都被这帮人当作完美的掩护，最后一次任务竟是协助奇盗联盟对付他们真正的目标——他的爸爸，而他却浑然不知。

现实太过残忍，难以承受。

终于，查利迈开脚步继续往前走。很快，他便到了岸边，隐匿在喧嚣的游客和水手中间。周六的旧港通常人头攒动。尽管天色已晚，岸边的咖啡馆里仍热闹非凡，人满为患。不少人只能坐在咖啡馆外面。旧港沿岸一派灯火辉煌、歌舞升平，查利处在其中，却显得格格不入。他面容憔悴，燕尾服凌乱不整，而且肘部还被撕破了一大块。经过几个行人时，听到他们口出秽言，他毫不在乎，继续往前走。他不知道自己要去哪里，感觉就像是在街上漫无目的地漂流，任由羞耻和悲伤在前方引路。查利一边走着，一边和困惑与复杂的心情做着激烈的斗争。

他不能回家找父亲。现在不行。在发生了这一切之后，他没脸回家。他只能在脑海里想象以下场景：一旦法罗宫的人群被疏散，现场被地毯式地搜索一遍，寻找偷走那份价值连城的文件的罪犯之后，他的父亲就会被司机载回家。查利在想，使馆和国务院的电话是否已经一个接一个地打了进来，而乘车回家路上的那段短暂的安静时光，将成为他父亲在今后很长一段时间里所能享受到的最后的安宁。他想象着父亲此刻已经回到家中，正坐在书房里，双手抱头，对着书桌上那三部颜色不同的电话，听它们丁零零地响个不停。

或许是他太过胆小懦弱，不过，那种有担当的做法——立马回家向父亲认错，为这场灾难揽下所有责任——在查利看来，根本无法想象。他，查利·费希尔，并没有偷走密码啊！他是被骗了！他只不过是一群职业罪犯精心设下的放长线钓大鱼的骗局中的一枚棋子。查利和其他人一样，也是一名受害者，难道不是吗？

然而，谁会相信他呢，尤其是他过去几个星期都跟这帮小偷厮混在一起，并亲自参与了这场犯罪活动，而且也从未想过将偷来的赃物归还失主。查利通过无数小时的苦练所练就的手艺，也并非可爱的小把戏，而是一种犯罪！这是查利第一次意识到他的选择所造成的后果。可怜的查利，他这下闯祸了！

即便他假装无辜，解释说是克拉克·肯特和他的朋友们一直在欺骗他，可只需稍稍调查一下，就会发现他所谓的“那帮朋友”纯粹是虚构的，根本站不住脚。什么俾格米人抚养长大的，什么截肢的女孩，他越想越觉得自己胡乱编造的那些离谱的谎言真恶心。

要是能够回到过去就好了。要是这一切能够重来就好了。

要是他听从了阿米尔的警告，退出联盟就好了。这个想法，让查利停下了脚步（两名喝得醉醺醺的美国大兵一头撞上了他，嘴里还在骂骂咧咧地说着查利听不懂的脏话）。看来，阿米尔不是敌人，而是他唯一的朋友。阿米尔对他的批评和残忍的诀别，其实是为了保护他！是查利辜负了阿米尔。他没有听取阿米尔的忠告，而是顺从了自己的贪欲和虚荣心。

夜渐渐深了。查利丝毫没有察觉到时间的流逝。他遇到的麻烦太大了。罐装啤酒街上，喝咖啡的人群渐渐稀落了。很快，只剩下通宵营业的咖啡馆还开着门，只有少数人死守在吧台前，弓着背，安静地喝着闷酒，或没精打采地窝在卡座里；情侣们成双成对地搂抱在一起，在彼此的耳朵里播撒着谎言。这个时分，大街属于失眠的人和夜猫子们，他们如同蟑螂般在街灯下跑来跑去。

终于，查利拖着疲累的双腿，来到一座教堂门口。他立马瘫倒在地，缩成一团，沉沉地睡去了。

后来，他是被一阵烤面包的香气唤醒的。

你们中的一些人应该知道这个短语“灵魂的黑夜”。或许，有的人已经亲身经历过这样的夜晚。在那样的夜里，一切看上去都很糟糕，你原以为正确的一切，你原以为美好的一切，都变得错误、丑陋。在那样的夜里，某种意义上的审判正在悄然进行。面纱被撕开，你可以清楚地看见自己的弱点与缺陷。毫无疑问，在那个漫长的黑夜里，查利的灵魂就经历了这样一场洗礼。不过，你要记住，这样的夜晚本就是为了以下的重要目的而存在：一个人，从中醒来（或者挣扎着坐起来，假如失眠的话），心中有了新的目标，也有了更鲜明的是非观。这正是查利睁开眼睛，看见阳光，闻到新鲜出炉的面包香气时，发生的变化。

那香气是从附近一家面包店传来的，它让查利精神一振。

他闻着香气，陷入沉思。与此同时，他仍蜷缩成一团，坐在教堂门口的走道上。他在想，这香味为什么让他突然间精神焕发。想想看，面包一旦出炉，时间越久越不新鲜。早上买的法棍面包，到了晚上便不可避免地变得暗淡，失去了刚烤出来时的色泽。对于面包来说，这是某种与生俱来的悲剧。然而，每天早上，在大家起床前，烘焙师便已开始忙碌，制作新鲜的面包。就这样，面包一直在自我更替，自我苏醒。

想到这儿，查利不禁坐直了起来，重新拥抱世界，迎接又一个晨曦。

他想起了和当下困境相关的某件事。新鲜出炉的面包香味带着他走到附近一个地方。他和阿米尔曾站在那里，闻到过类似的香味。在老巢的屋顶上，阿米尔向查利坦白了一些事情，不是吗？他说自己想离开奇盗联盟，过一种简单的生活，比方说在某个地方找一份和餐饮相关的工作。那个地方到底在哪儿呢？

查利贪婪地呼吸着面包的香气，更多往日的回忆涌上心头。

一家黎巴嫩餐厅，就在圣母加德大教堂下方滨海的奥夫斯谷的山麓大道上。

那里就是阿米尔后来去的地方。

旧港的南边，沿着崎岖的滨海大道，潮汐日积月累地侵蚀着海岸，在海岸的岩石石灰岩中，硬生生凿出另一个古老的天然港口。和它对面的旧港一样，渔船和小游艇像火柴盒里的火柴，杂乱地填满了这个港口。

在离奥夫斯谷有一段距离的地方，大教堂仍依稀可见。峡谷两侧的崖壁上，立满现代化的公寓楼和房屋，一直通向大教堂所在的山顶。查利来到山谷，拖着脚从跨越峡谷口的大桥上经过时，太阳仍未升起。

在港口的远端，一座低矮的矮窗式建筑上画了一个广告牌，上面写着“阿卜杜勒·瓦哈卜”，下边是一行小字“黎巴嫩餐厅”。旁边只有一家临港咖啡馆和比萨店与这家餐厅竞争。查利终于找到了他要找的地方。不过，他走近后却失望地发现，前门上挂着一块“休息中”的牌子。查利立马停下脚步，皱起眉头。今天是星期天，难怪。

不过，你会发现，没有人比这个在教堂门前的走廊上睡了一夜，现在身上仍穿着前一天参加宴会的燕尾服的男孩更执着的了。任何打烊的牌子都阻挡不了查利。他绕着这幢房子走了一圈，发现一条通往屋后露台的小道。他听见了响动，石子撞击什么的声音。拐过一个弯后，他发现自己到了一个小院子里。收音机里正播放着一支优美的阿拉伯歌曲。一个男人正俯身对着一盆砂浆，他正在修补石墙。看见查利时，男人惊得叫出了声。

“不好意思，”查利伸出手，说，“我想找一个人。”

查利看上去一定相当落魄，因为男人一脸错愕，过了好一会儿，才开口回答。他打量着眼前这位穿燕尾服的小男孩，说：“我们今天休息。”男人一定猜到了查利的国籍，因为他讲的是英语。

“我知道。”查利说，“我要找阿米尔。”

“阿米尔？我不认识阿米尔。”

“是一个和我年纪差不多的小男孩。或许，他在你这儿的名字不叫阿米尔。可我只知道‘阿米尔’这个名字。”

男人停顿片刻，警惕地看了一眼查利，然后对着餐厅后门喊了一串阿拉伯语。“或许，你指的是法鲁克吧？”他又回头对查利说。

“我不知道。他应该是刚来这里工作的，刚来几天吧。你最近有雇人吗？”

男人点点头。餐厅的门后出现了一个人，穿着一条污迹斑斑的围裙。当他看见查利时，便慢慢打开门，走到露台上。

“嗨，阿米尔。”查利说。

“你看起来真糟糕啊，查利。”阿米尔说。

查利只好点点头。他感觉自己已累到无法动弹。他还未张口，阿米尔便抢先问道：“那件事还是发生了，对吗？”

查利又点了点头。

阿米尔走到砌墙的男人身边，用阿拉伯语与他交谈了几句。男人一脸恐慌，不过最后被阿米尔安抚住了。阿米尔脱下围裙，搭在椅背上，一挥手，请查利走进空无一人的餐厅。

“他们一家人特别好。”他们经过后厨时，阿米尔解释说。一个女人正在厨房里揉面包，两个小孩在她脚边玩耍。阿米尔和她打了招呼，弯下身子，揉了揉其中一个小孩的脑袋。“我基本上只用帮他们做做准备工作。他们让我暂时住在餐厅楼上的一间公寓里，直到我买得起属于自己的小船。”操作台上放着一只大砧板，上面堆满要切的蔬菜。这里大概就是阿米尔干活儿的地方了。空气中弥漫着大蒜和百里香的味道。在安静的餐厅里，阿米尔把查利领到一张餐桌前，抽出椅子，示意他坐下。接着，他走到吧台，端回两杯白水。

“喝点吧，查利，”他说，“你这副样子太吓人了。”

查利端起杯子一饮而尽。他把杯子放回桌面时，手仍在不住地颤抖。直到那时，他才终于有力气开口说话。“他们把它偷走了，阿米尔。他们利用我偷走了它。”

阿米尔只点了点头。

“难道……从头到尾？”查利发现自己的话，就像坏掉的喷泉似的，在一点一点地往外冒。不过，阿米尔一听就明白了他的意思。

“是的。”他说。

“难道你也……？”

“是的。”阿米尔说。

“一直以来……”

“嗯，是的。”阿米尔说。

就在这时，查利想到了什么。他就像触了电一样，满腔愤怒，突然伸出手，抓住桌子对面阿米尔的脖子，并打翻了桌子上的两杯水。“你为什么不告诉我？”他大喊道，“你为什么这样对我？”

阿米尔大吃一惊，几乎说不出话来。他紧紧抓住查利的手腕，把它从脖子上拽开。他比查利强壮，完全能够将查利的胳膊摁在桌子上。女人从厨房里走出来，出现在餐厅的门口，用阿拉伯语和阿米尔交谈了几句。看见阿米尔很好地掌控了局面，这个奇怪的客人没有破坏餐厅，她对此很满意，随后便转身回了厨房。

“天哪，查利，”阿米尔一面揉着自己的脖子，一面说，“你差点掐死我。”

“他们在哪儿？”查利问道，“我必须找到他们。”

“谁，奇盗联盟？”

“对，就是奇盗联盟。”

“哦，查利，”阿米尔说，“他们早就走了。”

“早走了？去哪儿了？里昂的某个地洞里，还是巴黎？”

阿米尔摇摇头：“回学校了。”

“学校？七铃学校？”

这一次，阿米尔终于点头了。

“在哥伦比亚吗？”查利喊道。

阿米尔伸出手，示意查利声音小点儿。“是的。”他说。

查利顿觉无语。然后，他说：“你为什么不告诉我呢？”

“查利，你这是什么话？我告诉你了呀！我告诉过你要退出奇盗联盟！”

“我从未进入联盟，对吧？一直以来我都是个呆子，是傻瓜。你欺骗了我，甚至在你试图警告我的时候。”

“你不懂，”阿米尔说，“你不知道奇盗联盟的规矩，我不能直接告诉你真相，否则他们会杀死我的。查利，七铃学校绝不会容忍背叛。相信我，对于你的遭遇，我心里也不好受，备受煎熬，也很自责。如果不是我，你也不会有现在这样的麻烦。但我以为你能明白的，会听我的话。我能做的也只有这些了。”

“你为什么要这么做？我的意思是，你为什么费心告诉我这些？为什么不随它去呢？我是你什么人啊？我只是你偷窃的目标。”

“不，查利，”阿米尔说，“听着，我加入奇盗联盟已经很长时间了，久到我几乎都记不清之前的自己什么样了。我并不是胆小害怕，我只是担心你，查利。我突然觉得校长、奇盗联盟教给我的这些技艺全都毫无意义了，你懂吗？查利，我第一次见到你的时候，看见你坐在那儿，在写小故事，很有趣的小故事，不是吗？当时我就在想：这个男孩这么好，接下来的事不应该发生在他身上。”

听阿米尔提起他们的第一次见面，查利感到后背一阵发凉。

“所以说，”查利打断他道，“自始至终？”

“是的，”阿米尔回答道，“是这么回事。放长线钓大鱼。要想搞到这个文件——你们叫它什么来着？罗森博格密码——唯一的办法就是在那场派对上接近老查尔斯·费希尔，美国总领事。那是整个事件里的薄弱环节，不是吗？那个一身珠宝的老爸比把文件交到你老爸手里的时候。那就是一扇小小的机会窗口。而接近老查尔斯·费希尔的最佳方法，就是通过他的儿子查利·费希尔。布鲁托已经放出过蜜蜂了。你知道的，他制订了一个方案。”

“那么，你那天在让·饶勒斯广场上坐到我身边，也绝非偶然。”

“哦，当然不是。不过，查利，你现在的处境已经很糟了。你不需要再听这些了。”

“不，我要听。”查利倔强地说，“我需要知道所有事情。”

“所有吗？”

“所有。”

阿米尔看着咬牙切齿的查利，小心翼翼地上下打量着他，那表情就仿佛与挡在路中央的一条发怒的狗对视。“好吧。”他说，“所有。”

他深吸一口气。

“方案是布鲁托制订的，但引你上钩是杰姬的活儿。一开始，我们是这样打算的：那天，她准备伪装成受害者，你将在关键时刻拯救她。我觉得那计划简直是豌豆汤，不会奏效的。我觉得你肯定不会上钩。那天，我坐在你旁边时，发现了你与众不同的一面。我看见了你写的东西，明白了你的内心世界。我发现你是那种厌倦了当外交官儿子的小孩，你是一个内心充满渴望的人。”

“你从我写的东西里能看出这些？”查利不可思议地问道。

“一块一块拼起来，拼出谜底来，查利，记住：一个好的扒手，同时也是一个善于发现故事的人。一个怏怏不乐的人，一个内心不满足的人，好吧，他们是最容易上钩的。”他不安地看了一眼查利。“对不住啊。”他说。

“继续说。”查利催促道。

“于是我偏离了既定方案。也就是说，离群单干了。我决定赌一把，偷走了你的钢笔。”

“但你偷完就跑了。”查利说，“你怎么知道我会去追你？”

“陷阱设得越深，就越容易得分，查利，”阿米尔回答道，“相信我，我也是费了些功夫的。时不时得停下来，故意让你追上。差点儿你还跟丢了呢。就在那时，我被那些胡须子给逮住了。”

“那些警察——也是你们的托吧？”

阿米尔发出一声轻笑。“没有，他们是货真价实的警察。那段插曲确实不在计划之内。看到没，在我的方案里，计划是你追上我，我停下来，向你介绍奇盗联盟。很简单，根本没有警察的戏份。不过，他们突然冒出来了也是好事，要不然，我已经做好你彻底跟丢了的准备。不管怎样，我当时确实遇到了点麻烦，是你出手救了我。”

“我救了你？”查利不敢相信地重复道，“我现在都不知道你哪句话是真的，哪句是假的。”

“说实话，这是第一次有人这样为我出头。”阿米尔说，“你真是个奇怪的家伙，查利，这就是你给我的感觉。是你给了我一根救命稻草。”

查利一言不发。

阿米尔继续道：“从那时起，一切便都按计划进行了。有几次，我以为我们被你瞧出了破绽。可是你并没有，你一直蒙在鼓里，你从来看不到发生了什么。总之，你上钩了，而且被我们拿捏得死死的。”他说着说着，突然停了下来，为这句不厚道的话感到尴尬。查利脸一沉。“就像我说的，你现在不需要再听这些了，查利。”

查利只说了一句：“继续。”

在旧港上的偷盗课；法院门口，查利小试牛刀，操控那帮律师；偷走大兵的求婚戒指——原来这一切，都是预先设计好的圈套，环环紧扣地引查利入局。那天晚些时候，他俩碰上了杰姬——其实，她早在那里等候好几个小时了。塞入查利口袋的名片（是杰姬偷偷塞的），泄露了老巢的位置——这也是计划的一部分。谁会给秘密据点制作商务名片呢？接着，阿米尔又从他们在跑马场干的那一票讲到了后来在街上的漂流，以及布鲁托表面上的改变心意，接纳查利。讲到这儿，查利挥手示意他不要再说了。

所有的一切，原来不过是虚无的幻影。只是为了捞到大票，得到密码。

阿米尔看见查利的手势，便停了下来。两个人一时静坐无言，过了一会儿，阿米尔鼓起勇气说：“不过，查利，我喜欢你。这是我始料未及的，也是布鲁托和其他扒手无法操纵阻止的。你风趣又聪明，跟你在一起，我也变得聪明了。我知道这样的事不应该发生，你属于呆子的世界，我不应该对你产生感情。但我从未有机会接近一个呆子，对吧？我的朋友全都是像我一样的扒手，奇盗联盟之外，我一个朋友都没有。你知道吗，在奇盗联盟，我们更像是家人，而非朋友。只有你，查利，才是我的朋友。”

阿米尔的眼眶里，是泪水在打转吗？

“然后，”阿米尔抽了抽鼻子，使自己冷静下来，继续说道，“你进来了，慢慢走进精心设计好的陷阱中。我不得不离开奇盗联盟。我再也坐不住了，你知道吗？我没办法眼睁睁看着我的朋友被骗。一开始，我想的是让你离开联盟。我以为你会听我的话，毕竟当初是我教会你，带你出师的，对吧？然而，你已经陷得太深，对于骗术几近痴迷。我所能做的，只有宣布退出了。而我确实也这么做了。”

两个人又陷入了沉寂。坐在露台上，可以听见海岸边的岩石相互重重击打的声音。远处，收音机咯吱咯吱在响。厨房里，两个小孩在玩玩具车。

到了最后，还是查利打破了沉默，开口说道：“我要把它拿回来。”

“查利，你拿不回来的。”阿米尔说。

查利显然没把阿米尔的话当回事。“你得帮我。”

“我为什么要帮你啊？”

“因为你欠我的，”查利说，“因为你是我的朋友。你令我失望，想要弥补的话，就帮我找回密码。”

阿米尔茫然地揉揉下巴。紧接着，他的手掌从下巴往上紧紧捏住自己的脸，力道之大，仿佛要拧掉所有的东西——他自己，查利，整个房间，一切的一切。“查利，”他透过指间的缝隙说道，“这就意味着……”

“我知道该怎么做，”查利打断阿米尔，“去七铃学校，你带我去那儿。”

“查利，你知道的，七铃学校在南美啊。你跟你的家教老师学过地理的，对吧？南美在地球的另一边。”

“我才不管呢，哪怕是在北极，我也要拿回信封。”

“就算你真的到了那儿，可你怎么才能拿回信封呢？很有礼貌地请求他们归还吗？”

查利停了一下。“我还没想这么多。”

“这太愚蠢了，查利。这是我听过的最愚蠢的话了。在我这辈子听过的许许多多蠢话里，这句话绝对排第一。你从没见过我们校长。他不会善待……嗯，他从没善待过任何人、任何事。我见过他把一个小孩关在暗无天日的地牢里，关了整整两个星期，不给食物，什么都不给。他心狠手辣到言语无法形容！”

查利不为所动。他一脸轻蔑地看着阿米尔。

“你到底是怎么打算的，查利？”阿米尔揉着太阳穴说，“因为我得搞清楚你到底是怎么想的。你的意思是，我们先设法赶往南美洲的哥伦比亚——而且得靠我们自己想办法了，因为我猜，你那可怜的老爸现在应该顾不上给我们订机票吧——然后，我们再赶往学校。查利，那是一座隐秘的城堡，坐落在一片森林的一座山顶上。你想让我带你去那儿，对吧，查利？即便仅仅因为向你透露了那是一座深山老林里的城堡，我就有可能被绞死，更别提我还真把你给带那儿去了，对吧，查利？接着，你打算和那个盗贼大师当面对质，而那个盗贼大师又培养了无数名顶级小偷，对吧，查利？你指望他乖乖交出那份文件，那张他派出手下最精锐的联盟成员才替他搞到手的纸，对吧，查利？他准备拿这张纸，做天知道的什么事，但仅因为你礼貌地向他讨要，你以为你就可以安然无恙地带着这张纸回到马赛，把它交还给你老爸？你是这么想的吗，查利？”

“是的。”查利说。

“而我应该为你做这一切，是因为我是你朋友，身为朋友就该做到这些，对吧？”

“是的。”查利说。

“好的。”阿米尔平静地说。

查利大吃一惊。“好的？”他问道。

“不好，当然不好啦。”阿米尔大叫道。他突然站起来，椅子撞倒在地。他开始在瓷砖地板上小圈踱步，就像鞋盒里的发条玩具似的。他说话时，声音变得很紧张。“我喜欢你，查利。我很喜欢你。但这个就有点儿过了，太过了。”接着，他开始自言自语，仿佛是说给自己听，“来加入联盟吧，他们说。来七铃学校报名吧，他们说。学习一门有价值的手艺。走遍天下，看看世界，获得丰厚的报酬。”他突然狠狠拍了一下桌子，把查利吓了一跳，“可我没想做这种事情啊。”

查利默不吭声。

“你知道他们是怎么对待背叛联盟的加农炮的吗？你知道吗？反正不会给他好看的。更何况你要让我背叛那整座该死的学校啊，查利，我做不到，甚至不敢想象他们会怎么报复我。我脑子想象不出那么阴暗可怕的事情。”

“他们不必知道。”查利说。

“你这话什么意思，他们不必知道？”

“你只管把我送到那个地方，就可以离开了。剩下的我自己看着办。”

阿米尔仔细打量着他的朋友。“我还以为你是个聪明孩子呢，查利，脑袋里装满智慧，又有私人家教，家里也有钱。哦，我以为那一切有多么了不起。”

“你就帮帮忙，把我送到那儿吧，阿米尔。这是我对你唯一的请求。”

“那你怎么办？你以为当你大摇大摆地走到学校大门口，说‘喂，你好，可以把我老爸的信封还给我吗？求求你了’时，会发生什么吗？你根本不知道那些人会做出什么事情来。”

查利使劲咽下一口气说：“这是我的事情，你不用操心。”

“哦，查利，”阿米尔说，“你简直疯了。”

“帮帮我，阿米尔，”查利说，“至少，你欠我这一次。”

阿米尔被彻底打败了，他瘫坐在椅子上，胳膊交叉放在桌面上，接着把头埋进臂弯里，就像一个在玩Seven Up[①]游戏的小孩。

---

① Seven Up 是一个在课堂上玩的传统儿童游戏。开始游戏前，老师选出七个孩子来到教室前面，未被选中的孩子则把头低下，闭上双眼，竖起大拇指。被选中的七个孩子轮流到下面，按下一个拇指，然后回到教室前面。接下来，所有孩子睁开眼，抬起头，拇指被压的七个孩子站起来，轮流说出是谁压下他们的手指。如果猜对了，压拇指的人坐下来，赢的孩子替代他，游戏重新开始。——译者注

“求你了，阿米尔。”

“我不想和你说话。”阿米尔回答说。

“你……”查利继续纠缠。

“嘘！”阿米尔反驳道，“我假装你不存在。”

查利停下来挠了挠腮。然后，他探过身子凑到阿米尔面前，说：“你想要一艘船，对吧？”

只有一声闷闷的“嗯”从阿米尔的臂弯里传来，就像一只垂死的獾发出的声音。

“我当然会给你一定的报酬。”查利说。

“嗯。”

“可能是一大笔钱。”

“嗯，哼。”

“足够买一艘漂亮的小船了，有舒适的小床，还有做饭用的炉子。”

阿米尔的头从桌子上抬了起来：“AM/FM收音机？”

“每个频道都有信号，”查利说道，身子靠向阿米尔。他们两个人的头挨得特别近，几乎碰在一起了。

“十八英尺长，漂亮的木制桅杆？”

“上等的加拿大松木。”

查利现在靠得更近了，下巴抵在阿米尔的膝关节上。两个人的眼睛紧紧盯着对方，好久都没说一句话。到了最后，阿米尔说：“你不会放弃这件事的，对吧？”

“绝不会。”查利说。

第19章

于是，阿米尔带着查利，离开自己打了一阵子工的阿卜杜勒·瓦哈卜餐厅，来到街上。走之前，阿米尔和他的老板交流了一会儿，查利听不懂他们在讲什么。阿米尔讲的时间比较长，充满激情，显然触碰到了友谊的本质和它所产生的某种忠诚。他的话一定是深深打动了人心，因为当他俩走到门口时，老板和老板娘仍站在厨房的门口，手里拿着抹布，深情地向阿米尔挥手告别。巧的是，一个礼拜后，夫妇俩获得了第一颗米其林星。如今，餐厅还在，已经过户给两个儿子了——就是我们看到过的，在厨房里玩玩具车的哥俩。有机会的话，你应该去尝尝，他们家的嫩煎洋葱扁豆拌饭特别好吃。

走出门外，查利将周围的景致——港口里的船舶，盘旋在空中的海鸥，都摄入眼底。

或许是因为这是他生平头一次露宿街头，或许是因为他的内心突然涌起了对父亲和家人的强烈忠诚感，又或许是因为他对复仇的强烈渴望，或许查利心中突然升腾起了强烈的公民感，他现已痛下决心，纠正自己最初犯下的错误——无论如何，他已蜕变。昨夜，他还在为自己日益精湛的偷窃手艺感到痛心和耻辱，而今，他决定利用学来的手艺，靠自己夺下旗帜分，将罗森博格密码归还给它真正的主人。他将去进行一项神圣的挑战。为了他的家人，为了他的祖国。

“所以……”查利说。

“所以……”阿米尔跟着说。

“我们该怎么去那里呢？”查利问道。

阿米尔再一次无奈地用手捂住了脸。

“你今天早上一直在做这个动作啊。”查利说。

“我们该怎么去那里呢？”阿米尔鹦鹉学舌道。

“这是个严肃正经的问题好吧。”查利说。

“你身上有多少钱？”

查利摸遍了全身上下的口袋，只找到几枚五法郎的硬币、一张二十法郎的纸币和一些糖纸。“不多。你呢？”

“我的钱不算数。”阿米尔说，“这件事你压根儿还没想好，对不？”

“我想，船到桥头自然直，到时我自然会有法子。”

“查利，如果你决定制订方案了，你就必须好好地放出蜜蜂。那么，我们到底该怎么去南美洲呢？现在咱们还在法国啊。”

“机场？”

“嘭，答对了，这才是我认识的查利嘛。”

查利被惹毛了：“别一副高高在上的样子。”

“首先，第一件事儿，把你身上的燕尾服给扔了，你看上去就像一个昨夜在赌场里输掉了底裤的赌徒。这就好多了。还有领带。”阿米尔仔细打量着查利的新形象，“哎，这样还是不行呀。”

“我们没时间磨蹭了。”查利说。

阿米尔点点头，显然是为了自我安慰：“就这样，不行也得行了。”

他俩沿着台阶来到哥尼曲海岸。临海的陡峭山崖承受着风的肆虐。东方军队阵亡将士纪念碑前，一对新人正在拍婚纱照。婚礼嘉宾的轿车在哥尼曲海岸上一字排开，形成一个长长的队列。查利不需要阿米尔点醒，也明白该怎么做了。

“你会开车吗？”他问阿米尔。

阿米尔略带失望地看了查利一眼：“你以为呢？”

阿米尔勉强算是会驾驶吧。他个子太矮了，根本踩不着刹车，即便那辆名爵敞篷车的座椅已经调到了最低。而且这位小驾驶员似乎根本不清楚法国的基本交通规则。他俩驾车沿着哥尼曲海岸奔驰，驶往马赛普罗旺斯机场，一路上招致了不少抗议和谩骂。这辆车是他们从参加婚礼的一位嘉宾那里“借”来的。那位嘉宾太粗心了，竟然忘了拔车钥匙。查利坚持要留一张字条，上面写着：

遇上了全球紧急事件，不得不临时借用您的车。请至马赛普罗旺斯机场取回。

查利&阿米尔

他们用石头压住，放在原先停车的地方。他们一边开车，

一边对话。从敞篷车顶灌进来的风太大了，他们不得不冲着对方大吼大叫。

“我可以把你送到学校附近，”阿米尔说，“不过，我不能陪你一起走到学校门口。这对我来说不安全。”

“我们还有多少时间？”查利问，“你知道你们校长要拿密码做什么吗？”

“我不知道，”阿米尔回答说，“我们只是奉命去取它，把它带回去，好吧？我估计他会把它卖了。”

“卖了？”

“对，卖了。话说，你带护照了吗？”

查利一脸茫然地看向阿米尔。

阿米尔紧急刹车。

于是，他们开始在马赛市的大街上飙车，飙得头晕目眩。而后，他们来到费希尔家的别墅，利用安保的漏洞潜进查利的卧室，从抽屉中取走破旧的护照。四十五分钟后，两个男孩重新上路了，继续他们半喊式的谈话。

“或许，它还有别的用途，”阿米尔继续说道，“你知道是什么用途吗？”

“什么，密码吗？”

“对。”

“我真不知道。”查利说。

“甭管是什么，肯定很重要。这个东西是你爸爸的，而校长又想拥有它，这就说明它一定特别重要。他们到底想用它做什么呢？没有人说起过。”

“我没在大声嘶喊。”查利说。

“什么？”

“你刚刚说没必要大声喊叫。我只不过在努力迎风说话。”

“我说的是没人提及过它的用途。”

“什么？”

阿米尔没理他。“不管怎样，我们得加快速度了，奇盗联盟的家伙们快要回到学校了。如果我们动作快点，说不定能在他们用密码干坏事之前阻止他们。”

“小心！”查利大喊，虽然他已经一直在大喊大叫了。阿米尔还是把车开得偏离了车道，差点儿撞上旁边的一辆雷诺。他使劲转动方向盘，敞篷车才终于回到正轨。雷诺加速驶过时，冲着他俩狠狠地按响了喇叭。三十分钟后，阿米尔和查利终于有惊无险地到达马赛普罗旺斯机场。车在机场门前的车道上刚一停稳，查利便从车上跳下来，他恨不得立马跪在地上，亲吻地砖，就像刚从一趟太空旅行中生还那样。

“表现得自然点。”阿米尔也从车上下来，和查利并肩快步走向登机大厅时建议道。

今天的我们，已经习惯了现代机场烦琐的安检系统，一眼看不到头的长队，暴躁的乘客们和更加暴躁的机场工作人员。然而在一九六一年的春天，则是一幅完全不同的画面。那时正值航空业的黄金时代：乘飞机出行相当方便，也非常舒适和高效。更重要的是，那是相当时髦的行为。那时，一个人登上飞机前往某个遥远的城市，就像在街边跳上一辆灰狗巴士般随意方便，而且体验也比如今美妙得多。由于马赛普罗旺斯机场是连接南法地区所有旅游目的地的交通枢纽，所以当阿米尔和查利从他们“借来”的跑车上跳下来走进机场的玻璃门时，映入他们眼帘的全是有钱、漂亮的人儿，就像这里正在举办一场富人大会。一九六一年乘坐飞机出行的昂贵程度，是那时的航空业与现在的航空业唯一的相似之处。查利扫视着上午出行高峰的人群，基本都是有钱人，是那种丢了几张去往哥伦比亚的单程机票也不会在意的人。

“巴黎。”阿米尔一边掌舵，一边小声说，“我们得先去巴黎。马赛没有直达哥伦比亚的航班。”

“好的。”查利说。

他们一起向一小群正在查看时刻表的旅客走去。那里，在黑白相间的网格上，标示着前往不同城市的航班的出发时间和登机口。巴黎显然是热门目的地，因为上面列有好几班飞往巴黎的航班。查利与阿米尔肩并肩地站着，查利看向阿米尔，他发现这家伙竟然没在看时刻表，而是在观察看时刻表的旅客们的眼睛。有一位旅客，一个穿蓝色运动上衣的男人，从广告牌前离开，往登机口走去。阿米尔开始往相反方向走去。

“等等，”查利小声喊道，“你上哪儿去？”

“我已经搞到票了。”阿米尔说。

“你哪儿来的票？”但他已经知道答案了，显然，穿蓝色运动上衣的男人将空手去往登机口。“好吧，我不要。”

“你最好也快点，好吧？我的航班马上要起飞了，再过……”他从口袋里掏出一张长方形的纸，看了一眼，“三十分钟。”

查利瞪了阿米尔一眼，然后回到广告牌前。他开始和阿米尔一样，偷偷观察那些被广告牌吸引了全部注意力的旅客，看他们的眼睛飞快地掠过时刻表上一列列航班最新起飞时间和登机口信息。他听见一位女士问她身边的人去巴黎的最近一趟航班什么时候起飞，查利开始在这位女士身边徘徊，可后来又作罢了，因为他想假如机票上印有她的名字，那么他被抓住的可能性会更大。他需要一张男士的机票。三名戴软呢帽的商人正拎着手提箱走来，查利向他们走近。他们看上去像要去出差的人。查利猜测他们大概率会去法国的商业中心，也就是首都巴黎出差，于是他开始悄悄扇他们。虽然他们的衣服有许多口袋，但查利知道该在哪个口袋收帆：衣穴，也就是普通人所说的票券袋。

他扇到一位中年男士的衣穴。那衣穴带扣子，所以他不得不先小心翼翼地把扣子解开，再把手指探进口袋里。他很快便摸到了宝：一张崭新的卡片纸。他向前一步，往男人身上贴，好像他正在设法靠近广告牌，于是男人不自觉地往后退去。查利对男人说了声“抱歉”。男人一摆手，登机牌从他口袋掉了出来。查利拿到那张纸后，便快步离开了。一走到安全的距离之外，他便仔细检查了他的战利品。

他的预感果然是对的：那确实是一张前往巴黎的飞机票，三十分钟后起飞。

“干得漂亮。”阿米尔说。

他们两个人，就像两艘逆流而上的独木舟，快速穿过人流，奔向登机口。等他们赶到时，乘务人员已经开始催促乘客登机。一找到自己的座位，查利便要求更换座位（理由是害怕坐飞机），以免撞见机票主人的生意伙伴。换了几次之后，查利和阿米尔坐在一起了。当飞机终于关上机舱门，驶离登机口的时候，他们俩长舒了一口气。查利很快睡着了，两小时的飞行时间很快，他们马上就要抵达巴黎。

“醒醒，”阿米尔说，“还得继续干活呢。”

巴黎北机场，和马赛的普罗旺斯机场比较相似。一些乘客在地图上标注好自己的航线，便从马赛机场出发。而在巴黎的机场，大批乘客则是从世界各地降落于此。下了飞机后，查利和阿米尔顺着人流往前走。阿米尔一边走一边小声地告诉查利接下来的行动计划。很显然，查利在飞机上睡觉的时候，阿米尔已经筹划了一个大票：从巴黎飞到波哥大。

“这可不像从一些贝茨身上偷机票那么简单，好吧？他们的短程定期往返机票都是通用的，上面没有写任何名字。但是这些票没办法用在横跨大西洋的航班上，所以我们得自己想招儿。”

“我们该怎么做呢？”

“快看。”阿米尔说。他们来到了机场中央大厅的十字交叉路口。从他们所在的位置望去，可以看见航站楼的前门处乘客们已经排起长队，准备检票登机。阿米尔领着查利来到一个柜台，柜台的后面挂了一个醒目的法国航空标志。在柜台和标志之间，坐着一个身穿法航制服，看起来有几分自鸣得意的乘务员。

“那就是我们的呆子。”阿米尔小声说道。

“他身上不大可能有巴黎到波哥大的机票吧。”查利说。

阿米尔狠狠地瞪了查利一眼。“当然没有了，但他手上拿着登机牌。”

“啊哈，”查利说，“我懂你的意思了。”

他们俩站在航站楼的大厅，简短地商讨着如何行动。两个人一商定好，查利便走向柜台。

“你好，”查利对那个男人说道，“我和我爸爸准备坐飞机去旅行。他拿着我们的行李不方便，所以让我过来买两张飞往哥伦比亚波哥大的机票。”

“没问题。”柜台工作人员说道。他从腰带上取出一把钥匙，打开台子下面的一个抽屉，从里面拿出一沓长方形的纸，放在桌子上。查利低头瞥了一眼，发现是一沓空的登机牌。

“要七点的航班。”查利说。

职员翻开一本大大的螺旋装订的笔记本，然后开始浏览上面的条目。“哦，没问题，”他说，“还有座位。”

就在这时，爆发了一阵骚乱，有人在大声嚷嚷。只见查利身后大概十英尺远的地方，一名阿拉伯小男孩正和一个穿运动上衣的男人厮打在一起。

“刚刚还在他手腕上的，”男孩叫道，“小偷！快抓小偷！”

在听到骚动后，法航的职员向查利简短地道了歉，便跑去调停了，毕竟这场争吵发生在他的柜台前。那一沓登机牌还留在桌上。

查利回过头看了一眼：阿米尔还拽着男人的胳膊死死不放，而那名法航的职员则挥了挥手，叫机场保安过来。“怎么回事？”职员用英语问道。

“他偷了我朋友的手表。”阿米尔说，“我看见这个男人撞了我朋友一下。接下来，我就发现，我朋友的手表戴在了他手腕上！”

查利迅速走到阿米尔身边。“发生了什么？”

“你的手表呢，查利？”阿米尔问道。他伸出手，掀开查利左臂的袖子，果然，手腕上是空的。

“不见了！”查利大叫一声，“我的劳力士！我爸送给我的啊！”

“是他偷的，”阿米尔指着那男人说，“我看见他撞了你，我亲眼看见的。”

“我没有。”男人无比震惊地说，“我不会干这种事的。”

“让我们看看你的手腕。”阿米尔要求道。男人拒绝了。他继续说：“来呀，那就让我们看看你的手腕呗。”

男人露出一副不可思议的表情，然后做出让步，挽起上衣袖子。查利的银色劳力士果然在他手腕上。看见自己腕上的手表，男人的惊讶程度，丝毫不亚于任何人。机场保安走上前来，男人赶紧摸索着打开表带，把手表扔在地上，仿佛那是一条毒蛇。“我……我……”他结结巴巴地说，“我也不知道怎么回事……我也不知道它怎么到了我手上。”

查利蹲下身子，从地毯上捡起手表。他把它在手指间翻来转去，说：“是的，是我的。”这时，来了一名警察。查利把表盘背后的刻字亮给警察看。“上面有我的名字，是我十岁的生日礼物。”

“抓住这个人。”阿米尔说。警察向那男人走去，准备按阿米尔说的做。就在这时候，查利制止了他。

“我不想起诉。”查利说。

“不想吗？”警察问。

“你确定？”阿米尔问。

“是的，”查利说，“他看起来不像坏人。我们应该给他一次机会。再说了，阿米尔，我们还要赶飞机呢，不能再耽误时间了。”

那男人被警察带走时，阿米尔看上去似乎是发自内心地失望。警察应该只是问问话，一旦确定他不是小偷（事实上，他也不是），就会放了他。法航的职员用手抚平他的制服，然后转身面向查利，说：“先生，实在抱歉。您还想继续购票吗？”

“我得去找我爸爸，”查利说，“我得把刚刚发生的事情告诉他。”

“可以理解。”职员说，“等您准备好了，请再过来找我。”

男人回到了柜台前。查利看见他收拾整理好桌面后，又开始招呼下一位顾客。他把那一沓登机牌放回了保险柜里。不过，他应该感觉不出来那一沓纸因为少了两张而变轻了。查利和阿米尔迅速走开，融入熙攘的人流中。

在男卫生间里，他俩挤进一个厕位。查利掏出两张偷来的登机牌，阿米尔搜遍自己的口袋，寻找书写工具。

“完蛋，”他说，“你有笔吗？”

查利露出一个讽刺的微笑，然后把手探进口袋，掏出那支犀飞利帝国钢笔。他俩迅速交换了一下眼色，把笔递给了对方。

查利已把必要信息记在了手背上，他是从中央大厅的航班起飞时间告示牌上抄下来的。“哥伦比亚，波哥大，”他说，“458航班，19：00出发。”

“哪个登机口？”

“12号。座位号应该怎么写？”

“随便写，没关系，”阿米尔说，“如果和别人的重复了的话，就可以谎称是写错了。航班代码是多少？”

“哦，好吧。4B22AF9。”

“搞定。”他递给查利一张登机牌，盖上犀飞利帝国钢笔的笔帽，夹在手指间转了一会儿，然后才还给查利。

“不用，”查利说，“你自己留着吧，我把这支笔送给你了。”

阿米尔手里握着钢笔，怔了一下，随后把它塞进口袋里。“谢谢你，查利。”阿米尔说完便转动袖子，看看手腕上的手表，“还有一小时呢，整点吃的吧？”

查利伸出一只手来。

“什么？”阿米尔问道。

“手表。”查利说。

“哦。”阿米尔一面解开手腕上的劳力士手表的表扣，让其滑落到另一只手上，一面羞怯地将手表还给查利。

这趟航班要飞整整十八小时，其间还将在塞内加尔短暂停留给飞机补充燃油。查利和阿米尔静静地坐着，准备开始长途旅行。幸好，这是一家廉价航班，他们选的座位没有人坐。飞了约一小时后，一位空姐开始给大家分发明信片，以便乘客们可以让家中的亲朋好友了解他们的旅行。阿米尔把明信片递给查利后，便立马向后调整自己的座椅，靠在头枕上睡觉。查利望向窗外，只见飞机的下方是成片的乡村农田，错落有致，一簇簇棉花随风招展，一派田园风光。随后，查利拿起笔，在明信片上写下了：

亲爱的爸爸：

请不要担心我，我现在很安全。对于发生的一切，我深感抱歉。我必须弥补自己犯下的错误，找回密码。我很快就会回家。

爱你的查利

拿着明信片，他读了好几遍，眼神不停地避开“爱”这个字。他从未向父亲说过这个字。他想象着父亲此时坐在书房里，太阳即将落山，夕阳的余晖透过百叶窗洒入屋内。父亲没有开灯，任由薄暮的幽暗笼罩着书房里的一切。他甚至没有意识到这一切，一个人静静地坐在那儿，望着窗外发呆。

他想象着电报机在角落里“嗒嗒”响个不停，一捆一捆纸带，还未来得及被阅读，就掉落在木地板上。查利想象着这画面，胸中顿然一痛。当空姐走过来，向他收回写好的明信片时，他差点儿没能缓过神来。

“明天就能寄到，”空姐解释说，“我们的信件是到中转站之后，搭载返程飞机运送的。”

“谢谢。”查利说。接着，他头靠在机舱内壁上，凝视窗外，看大地被粉红毯子似的云彩给遮蔽了起来，渐渐从视野中消失。很快，一切被黑暗吞没，他进入了梦乡。

挤靠在机舱内壁上，忍受着气流造成的频繁颠簸，他的睡眠断断续续的。等他终于醒来时，窗外仍是漆黑一片。他隔壁的座位还亮着顶灯。他回过头，看见阿米尔醒着，正往泡沫塑料咖啡杯里搅拌奶油。

“你没睡会儿吗？”查利有气无力地问。

“嗯，只睡了一小会儿。”阿米尔说，“你呢？”

“我睡着了。”

阿米尔继续搅拌着他的咖啡，奶油早搅没了，可他还在搅个不停。他若有所思，似乎在纠结某件事情，或是在试图解开某个心结。“你知道吗，现在退出还不晚。”他说。

“确实。”查利说。

“没人会因此责备你的。你还是个孩子，查利。也正因如此，我们的计划才可以做到滴水不漏。你不会受到责备的。年少的呆子会被原谅的，成年呆子们则另当别论。”

“我有责任在身，阿米尔。我必须得这么做。”查利毫不动摇。

阿米尔叹了口气。“好吧，”他说，“那么听着，我们要先乘公交前往一个叫埃尔托罗的村子。出了村庄，你会看到一个十字路口。路口处有一座简陋的棚屋，那是一间小杂货店。我就把你送到那儿，可以不？为了不被人发现，我不能再往前去了。离学校越近，我被发现的风险越大。如果你想让我活着走出你的这场冒险……”

“当然了，我当然想让你活着。”查利打断道。

“如果你想让我活着，你就不要提到我，一个字也别提。我现在甚至根本不该在这里。我正在阿卜杜勒·瓦哈卜餐厅里揉面团呢，明白了吗？不管怎么说，那也确实是我现在应该做的事情。”他举起咖啡杯，送到嘴边，猛灌了一大口。

“埃尔托罗，”查利念叨道，“小杂货店。”

“对的。和柜台服务员搭话。告诉他，你想要一杯可乐和一个酸橙，用纸杯装。”

“一杯可乐和一个酸橙。”

“用纸杯装。你要照我说的下单，很重要，知道不？”

“明白，用纸杯装。”

“这间小杂货店其实是学校的一处秘密接待站。没有人知道学校的具体位置，除非他们已经成为联盟成员了，明白吗？但偶尔外部世界的人会出现在那里，想加入我们或者向校长寻求帮助。从各个地方来的人——各式各样的人，他们想从学校得到某样东西，本地人因为这个或那个原因来学校请愿。校长总是尽力帮助他们。”阿米尔又啜了一口咖啡，“记得点可乐的同时要加一个酸橙，会有人过来把你带去学校。你最好想想这之后你准备怎么做。”

“当然了，”查利嘲弄道，“早就想好了。”

阿米尔一脸怀疑地看着他。

“阿米尔，我知道自己在干什么。”查利说，仿佛说到就能做到似的。他转过头，看向黑漆漆的窗外。飞机引擎的嗡嗡声在持续不断地响着，空姐在走道上走来走去，回收空杯子和乘客们写好的明信片。太阳正在远方升起，悄悄地爬上机翼。非洲海岸在他们下方一掠而过，整个大西洋在他们眼前展开，而不远处，即是他们旅程的终点。

他能做到吗？他真的知道自己在干什么吗？

第20章

飞机下方，哥伦比亚大地跃入眼帘。查利亲眼看到了它的出现，茂密的绿色森林一片连着一片，令人目不暇接。波哥大这座城市，从这大片的绿色中拔地而起，仿佛是一个百花争艳的野生花园里搭建起来的玩具积木。虽然已是清晨，但对于查利来说时间好似完全停滞了。过去的三十六小时就像一场模糊不清的梦：在教堂的门前走道上睡了一夜，找到阿米尔，偷了两张巴黎飞往波哥大的机票。睡眠对他来说似乎没什么必要了。他不饿也不渴，他只想复仇。

他们和其他乘客一起，排着长队，准备下飞机。由于长途旅行的疲惫和时差的影响，大家都无精打采，像僵尸一样。查利走下舷梯，来到了停机坪，波哥大的空气又闷又湿。歪歪斜斜的参天大树环绕在机场跑道周围，构成一道防护屏障。远处的几幢大楼直插入灰色天空中低垂的云层。航站楼里，妇女们已在地上摆放好毯子，售卖手工编织的篮子和玉米外壳做的玩具。当其他乘客排队取行李的时候，查利和阿米尔已迅速走到航站楼的前门。门口停了一辆彩色的巴士，看上去仿佛已历经两次世界大战，从战火中幸存下来，全身写满了沧桑往事。阿米尔走近司机，用西班牙语和他交流。司机答应了他的诉求之后，他转向查利。

“这是我们的巴士。”他说。

查利示意阿米尔靠近，然后小声说道：“你想偷个呆子来支付车费吗？”

“查利，”阿米尔说，“你看看四周，你想偷谁呢？”

果不其然，随便看看四周，便足以打消查利的想法。聚在公交站的男男女女，显然身上都没几个钱，更不用说够两个扒手坐车用的现金了。两个男孩拿出身上所有的现金，到货币兑换窗口，以可怜的汇率换了一些哥伦比亚比索。回到巴士的前门，阿米尔为他和查利支付了车费。

“去埃尔托罗？”司机清点完阿米尔给他的现金后，掏出两份票根，向男孩再次确认道，“对吗？”

这辆破旧笨重的汽车，在停顿数次后，才终于上路。车上载满形形色色的南美洲人：上班通勤的年轻人，小心翼翼地在车上的肮脏环境中保持自己行头的整洁的西装革履的商人，抱着哭闹孩子的妇女，抱着不哭不闹孩子的妇女，穿彩色民族服饰的原住民，怀抱两只鸡的年轻夫妇……查利看着车上的这些同行者，想象着他们每个人可以在自己的作文本上留下多么精彩的故事。想着想着，他都快忘记自己此行的目的了。

阿米尔和查利是最早上车的一批人，两小时后，当车咯噔咯噔地驶进几座废弃建筑围起来的一小块泥土飞扬的空地，并嘎吱一声停下来时，他俩还坐在车上。查利透过布满泥点的窗户往外看，看见小村庄四周大片大片的绿色原始丛林，它似有吞没万物之势。

“埃尔托罗到了！”司机从前排喊道。

阿米尔用胳膊肘撞了一下查利。“我们到了。”他说。

“这儿就是埃尔托罗？”查利吃惊于这么寥寥几栋建筑也能构成一个村子，忍不住问道。

司机一定是听出了查利话中的惊讶，因为他发出一声大笑，用西班牙语说了句什么话。反正一听就不是什么好话，阿米尔也就无须再为他的朋友翻译了。

两人一起从巴士上跳下，踏上埃尔托罗泥泞的路面，就像两名刚刚成功登月的宇航员。周围是一派哥伦比亚乡村风光。查利感觉自己跟做梦似的，潮湿的空气、旅途的疲惫压得他喘不过气来。时差反应又加重了他的陌生与疏离感。他们前脚刚着地，车门便关上了。破旧的公交车又一路颠簸着开走了，嘎吱嘎吱地渐渐消失在了丛林里。车轱辘轧过泥坑，泥水溅到了查利的左裤管上——但此时此刻，这算得了什么呢？

一群鸡在泥地里啄食。一个戴牛仔帽的男人出现在一栋简陋的小屋前，一脸狐疑地打量着他们。

“这边走，”阿米尔悄悄地说，“动作快点。”

一条道路穿过村庄，在最后一栋建筑前岔开来，形成两条小径。他们顺着这条“Y”字路左边的分岔，也就是与公交车相反的方向，向丛林深处走去。路边有零星几座小屋，错落在林间。但很快，他们就看不见任何人类居住的痕迹了。群山环绕着他们，山上那些富有异域风情的树木郁郁葱葱，铅灰色的云团低垂天幕，一层薄雾如纱幔般笼罩着森林，奇怪而响亮的鸟鸣响彻山涧与峡谷。眼前的画面让人感到不祥。在和阿米尔一起进行的这场疯狂的奥德赛式历险中，查利第一次感到了恐惧和孤独。

他们步行了好几英里，一路上小心翼翼地避开水坑和掉落在地面上的树枝，这条小径更像是一个超越障碍训练场，而非可以通行的道路。查利的裤腿上已溅满泥点，他的衬衫肘部也破了。他看上去就像一个在颁奖典礼上被熊袭击了的人。越往前走，阿米尔越变得焦躁不安，双目不时地往路两旁的灌木丛里瞅。他的步子明显加急了。每当查利远远落在后边，他便压低声音厉声命令他加速跟上。查利只好尽自己所能跟上他的步伐。

他们一定是爬到了海拔高的地方，因为之前悬停于树梢的雾气现在降到了地面上，遮蔽了周围的景物。他俩被包裹在浓密、温暖的雾气中。走在路上，就仿佛行走在云堤之上。

一路上，他俩都沉默着。走了几英里后，阿米尔突然紧张地说："所以，你还是不打算告诉我，对吗？"

"什么？"查利问。

"你的计划。"

"我不想让你失望。"查利说。

"明白了。"

"你明白什么了？"

"你压根儿就没有计划。"

查利没有吭声。

“对吧？”阿米尔抬高声音追着问道。

查利一声不吭，眼睛直直盯着前面的路。一路上，他其实有很多时间，来思考阿米尔的问题。事实上，和阿米尔一样，他也很好奇自己为什么没有事先制订计划。其实，这是因为他仍然沉浸在兴奋之中，兴奋于自己竟然做了这样的事。你可能会对此感到惊讶——他还没有彻底下定决心，也不知道这件事究竟意味着什么。你或许能体会到：当你手头上的某件事进展不顺，或需要克服某种特别巨大的困难，哪怕幻想中的一丁点小小进展，都足以带来一种宽慰。比方说，你决定写一部小说，开始写的时候，却发现比想象中要难。你打开作文本，在第一张空白页的最上面，极其工整地写下“第一章”几个字，然后到此为止，并且自我满足，认为至少动笔了。

然而，不久的将来，就会有人告诉你，相信这样的感觉，完全是愚蠢错误的。

其实，这些人错了。

就像在他之前的每一个初次写作的小说家一样，查利已然在计划的最醒目位置上写下了巨大又漂亮的三个字：“第一章”。不同的地方在于，查利的计划，是从非法掠夺者身上抢回罗森博格密码。他笃信自己讲故事的能力，只要起好头，就可以有条不紊地安排后面的情节。

不是吗?

“就这儿了，”阿米尔突然在路中央停了下来，打断了查利的思绪，“我只能走到这儿了。”

查利抬起头，发现眼前的路变得越来越宽，泥巴地上有一个呈直角形的交叉路口。一个小铁皮棚立在十字路口的拐角处。铁皮棚几乎是从丛林里长出来的，或者也可以说，是环绕四周的森林一心想要侵占它：粗大的树枝和藤蔓如同一条条触须，将铁皮棚的墙壁和屋顶包裹得严严实实。查利回头看一眼阿米尔，阿米尔点了点头，脸上满是担心。他的双脚，在地上的尘泥里动来动去，焦躁不安，显然，阿米尔急着想离开。

“这儿吗？”查利问。

“查利，我真的得走了，”阿米尔说，“来这儿我已经冒了很大的风险。”他准备转身离去。

“等等，”查利说，“我想让你拿着这个，如果我回不来的话。”他解开手腕上的表带，将银色劳力士表挂在手指上。

“哦，查利，”阿米尔说，“我告诉过你不要这么做。”

“这块表足够你坐船回去了，我相信阿卜杜勒·瓦哈卜餐馆里善良的人们会让你回去的。”查利伸出手，等着阿米尔拿走。

阿米尔默默地接过手表。“那你呢？”他沉默片刻之后问道。

“我搞得定，”查利说，“不用担心我。你不宜在附近逗留了。”

阿米尔点点头。他把手表戴在手腕上欣赏了一会儿，然后抬起头看看查利。“再见了，查利。”

“再见了，阿米尔。”查利说。

阿米尔笑着挥了挥手。接着，他转过身，沿着他们来时的路迅速往回走。很快，他的身影就消失在了迷雾中。

查利深深吸了口气，打起精神来。他咳嗽一声，往铁皮棚走去。弯弯的顶棚下有一道门廊。一把破旧的红色椅子站在门廊上，仿佛在站岗放哨。里边似乎没人，门旁唯一的一扇玻璃窗里也没有灯光透出来。窗玻璃上落了厚厚一层灰。于是，查利用衬衫下摆擦净一小块，往里窥探。从内部陈设看，这里就是一家再朴素不过的商店。靠后墙设了一个柜台，柜台周围是空空的货架，看上去像是摆放明信片和糖果的。再远处的墙边是一台冰箱，冰箱上部有一盏照明灯。查利试着推门，门原来一直开着。他把脑袋探进门内，喊道："有人吗？"

没人应答。

他小心地走进杂货店。店里弥漫着一股特殊的味道，是多年的积灰和机油混合的气味。远处，似乎有来自丛林的某种动物发出一声尖叫，把查利吓了一跳。"有人吗？"他重复喊道。依然无人应答。奇盗联盟以及他们这间无人经营的店到底是怎么回事？在查利看来，他们真的应该改善一下他们的门面了。

他又回到路上，向各个方向张望。阿米尔早已不见踪影，附近似乎也没有任何其他人类的活动迹象——没有拖拉机，也没有小轿车能显示这间商店明显的荒弃状态只是暂时的。他又重新走进店里，大声宣布："请给我一份纸杯装的可乐？哦，还要加一个酸橙！"还是无人回应。他回到商店的门廊上，在那把红色椅子上坐下等待。

他等呀等。

出于习惯，他看了一眼手腕，想知道时间，这才记起他已

经把手表送给阿米尔了。阿米尔估计已经在回埃尔托罗的路上了，他想。他希望阿米尔能够平安顺利地回到马赛。他可以想见，这个为他带路至此的男孩，将面临怎样的惩罚。想到眼前的困境，查利心情不觉沉重起来。他试着唱一支歌，驱散心中的阴霾：

在彩虹之上

天空蔚蓝

我在哥伦比亚的丛林里

哦，我到底造了什么孽？

不过，这好像并不管用。

突然，路上传来一阵动静。一个小孩从雾中凭空出现，正向小屋走来。据查利估计，他最多只有六岁，穿着脏兮兮的T恤和牛仔裤。

查利站在杂货店的门廊上，看见男孩靠近时，他稍微挥了挥手，可男孩却视而不见，忽视查利的存在。男孩突然打开前门，进去后又狠狠地关上门。之后窗户上发出电器的嗡嗡声，一块写着“ABIERTO”（营业中）的霓虹灯广告牌忽然亮了起来。广告牌忽明忽暗，发出吱吱的声音，仿佛不确定自己打出来的标语对不对。查利呆坐了一会儿，便站起来跟着男孩进了店里。

店里面，男孩坐在柜台后面，注意力集中在面前摊开的报纸上。他似乎在研究几场足球比赛的胜负结果，仍未意识到查利就在旁边。

“你好。”查利用西班牙语说道。男孩不予理会。查利清了清嗓子，再次说道：“我想买可乐，加一个酸橙。”

男孩抬起头，直愣愣地盯着查利。

“用纸杯装。”查利补充道。

男孩镇定地卷起报纸，把手伸向柜台下面，拿出一台黑色树脂电话，放在台子上面。他拿起听筒，在旋转拨号盘上按了三个号码。随后，他在等电话那头人接电话的时候，时不时地看查利两眼。

“喂！”男孩说，应该是电话已经接通了。他轻声地说着话，把头转过去，不想让查利听出说话的内容。谈话时间不长，其间男孩点了两次头，然后便挂断电话。他把电话机放回原来的位置，用比较流利的英语说道：“请在这里稍等。”

看样子查利是喝不到酸橙味可乐了，这让他有点失望。他沉思了几分钟，琢磨这个暗号的欺骗性。正在这时，后面的门砰的一声打开了。他转过身，想要问候这几个新进来的家伙，不料还没张口就被他们套上头巾，塞进一辆车轮断断续续空转的车里。

查利戴着头巾，闻到了汽车排放的尾气，一阵恶心。引擎轰鸣，车子开始跑了。他感觉有两个人坐在他两边，将他死死地夹在中间。他们应该是坐在汽车的后座。他左边的人身上闻起来有一股松针的清香。押送查利的这两个人，一路上一句话都没说。

这段痛苦难受的旅程，据查利猜测，大概持续了两小时。

车子沿着曲折的山路蜿蜒前行，每一次转弯，查利的两边肩膀便像游戏里的弹球一样，在他旁边两个人中间弹过来弹过去。车子无时无刻不在晃动，毫无疑问，肯定是行驶在年久失修的破路上。等车子咯吱咯吱终于停下之后，查利感觉自己好像在洗衣机的滚筒里转了一大圈，头晕得不行。更要命的是，他急着想上厕所。

“朋友们，”他说，“我真的有点儿内急。”

车门打开了，查利被领到离车几英尺远的一个铁门旁边，他们让他在那里解决。头巾被取下来后，他终于能看清周围了。眼前的景象让他顿时忘了尿意。

过了一会儿，他的眼睛才适应，查利看见了他这辈子见过的最壮丽的景观。他正站在一座大山的山顶上，展现在他眼前的，是笼罩在云雾中的几道深邃的峡谷。唯有近处长满树木的山脊，透过云层仍依稀可见。而他正站在山巅，站在这一切之上。不过，眼前最壮观的景象莫过于矗立在查利面前的那座坚实牢固的巨石大厦，它就在他被指定撒尿的那扇铁门之内。

倘若宇宙此时能响起一声霹雳，送来一道闪电，照亮查利眼前的这座建筑，那该多好——但是，唉，这只是一个平常的日子，天空中还浓云密布。这样的瞬间是不可能发生的。宜人的天气反而不适合观景。这座大厦不同于查利以往见过的任何建筑——阿米尔称它为城堡是对的。它屹立在离铁门不远处，前面是开阔的草坪，没有一棵树。铁门周围则是茂密的树林，将这块地四面包围。

他来到了七铃学校。

在查利眼中，这所学校看上去就像一座胡乱拼凑起来的哥特式大教堂。造楼的人估计只听说过哥特式教堂是怎么回事，便拿手边现有的材料摸索着将它造了出来。它具有某些风格阴暗的欧洲建筑——比如沙特尔大教堂或威斯敏斯特教堂——所有的外部装饰，但又造型奇异、自成一体。它用的石料比类似的欧洲城堡更显粗糙——石头大小不一，布局也不够对称。窗户开在奇怪的地方，而且每扇窗户形态各异，毫不协调。偶尔出现几尊装饰性的雕塑，但它们并非传统的滴水兽或天使，而是一些似乎源自古老的本土神话的畸形怪物，比如浑身长满羽毛的战士、长了一对翅膀的巨人。高耸入云的钟塔直插进楼的正中央，像某只发狂野兽的独角。大钟上显示时间为下午四点。

查利已经尿意全无。

“你好了吗？”押送他的人问道。查利转过身，看见一个和他年龄相仿的小男孩。他的皮肤是乌黑的，头发剃得很短。还有一个年纪稍长的女孩站在小男孩身边，正猜疑地望着查利。

“这是怎么回事？”她问。显然，她刚刚加入他们。她说话时带着查利难以辨识的某种口音——好像是瑞典语？

“他从前站来，有通关密码。”男孩说。另一个男孩，比第一个男孩年龄更小，走到查利跟前，仔细打量起他来。

“校长知道他要来吗？”女孩问。

“不清楚。”男孩回答。

“他应该知道我会来。”查利说。

女孩从刚才到现在一直装作查利并不存在。这时，她狠狠瞪了查利一眼。她的一头红发剪得很短，左脸颊上有一道长疤。她穿的应该是学校的校服：褐色外套内搭白衬衫，下配一条裤子。外套胸口处有一个绣花章，上面绣了一只甲虫，甲虫被七个小铃铛环绕着。“你是谁？”她问，“你想干吗？”

就在这时，查利集聚起了他所有的勇气，这一点一滴的勇气，这会儿汇聚成一股洪流，让查利开了口：“我叫查利·费希尔。校长偷了我的东西，我想要回来。”

查利说完之后，现场一片死寂。女孩惊讶地看着他，嘴巴张得老大，查利可以看见她嘴里牙齿上的包金。一阵山风吹来，弄乱了大家的头发，人人模样滑稽。

“不好意思……”女孩开口说道，查利的回答很明显吓到她了，“你说什么？”

“校长偷了一样东西……”

“我知道。你从哪儿来的？怎么到这儿的？”

“从法国来的，校长偷了我的东西。”

“校长偷的？”

“是的，”查利说，“我的意思是，校长命令奇盗联盟偷了我的东西。”

“奇盗联盟偷了你的东西？”

“准确地说，是马赛的奇盗联盟。”

“你怎么到这儿的？”女孩追问道，“谁带你来的？”

“我靠自己的智慧找到这儿的，我是来见校长的。”

女孩继续盯着他看。最后她说：“待在这儿别动。”她转身离开，来到门旁边的小隔间。她从里面拿出一台无线电接收机放在嘴边，按下呼叫按钮，开始向接收机那头的人汇报这里的情况。

查利左侧的小男孩靠近他问道：“你从法国来的吗？”

查利点点头，眼睛仍看着小隔间里的女孩。

“为了拿回奇盗联盟从你身上偷走的东西。”男孩重复道。他开始哈哈大笑，直到另一个男孩瞪了他一眼，他才恢复一本正经。

小隔间里的红发女孩探出头向查利大声喊道：“不好意思，你叫什么名字来着？校长在问。”

“告诉他，”查利开口说道，他怔了一下，忽然觉得自己的胆子大了起来，“告诉他，是石榴汁小子。”

女孩扬起眉毛，向无线电接收机那头的人如实转达查利的话。查利左边的那个男孩问道：“石榴汁小子？”

“这是我在奇盗联盟里使用的外号。”查利骄傲地说。

“这名字真蠢。”男孩说完后，他的同伴又开始指责他了。

“带他去办公室，”她一面直勾勾地看着查利，一面说道，“校长会决定怎么处置你的，石榴汁小子。”

大门被打开了，查利被带进七铃学校的校园。

这所学校的校园，和典型的美国东海岸私立学校或常春藤学校，有些惊人的相似。草坪似乎刚刚修剪过，长度刚好适合户外野餐。巨大的草坪上有很多修剪齐整的乔木和灌木，能满足最苛刻的景观设计师的要求。

学生们三五成群地聚集在草坪上，有的躺在毯子上，有的坐成一圈，无疑是在讨论从肥爸比身上偷走汤勺的创新方法。他们都穿着一模一样的褐色外套，内搭清爽的白衬衫。一个穿灯芯绒夹克的老先生，正对着一小群年轻学生授课，显然是趁着好天气，在进行户外教学。他一边讲话，一边用手指抛硬币。当查利和押送他的人经过时，查利看见这位老先生把硬币藏进外套的一个口袋里，然后邀请一名学生上来对付这个屁股。查利还没来得及看完这场测验，就被押着来到了学校正门的石阶前。

那扇斑驳、陈旧的橡木大门如此庞大、沉重，查利想象着估计需要某种机械装置才能把它彻底打开。为了方便日常进出，大门正中央开了一个小入口，而他们带查利走的，正是这个小门。他们走进一间宽阔的门厅，地上铺着已褪色的花岗岩石板，头顶的天花板富丽堂皇，布满装饰拱门和拱顶。一名穿红色制服、佩戴胸牌的守卫迎了上来。当得知查利从何而来时，他露出了一副震惊的表情。

“法国？”他说。

“是的，法国。”女孩说。

他一挥手，带他们穿过门厅另一端的双开门，走进一个很大很大的房间。这个房间，查利估摸着有半个美式足球场那么大。四面墙壁上排列着高高的书架，上面摆满了书。阳光从房间两侧的拱窗涌进来。那拱窗很高很高，几乎碰到查利头顶上约六十英尺高的木梁天花板。这巨大房间的地面上摆了二十几个练手假人，很像查利在自己家里临时拼凑的那个假人，穿着从道具店买来的各式各样的服饰。它们正被未来的加农炮们猛烈攻击着，每个学生都在急切地练习从隐蔽地方偷走硬币的更新更好的方法。导师们徘徊在这群未来的小偷和他们安静的目标之间，大喊着各种指令——“左兜！后兜！衣坑！”——与此同时，学生们依照指令，努力完成每一个动作。查利被押着经过时，几名学生停下来，盯着他看，似乎把他当成呆子了，因为他们的脸夸张地扭曲着，仿佛闻到了什么难闻的气味。

房间尽头的玻璃门外，一段楼梯盘旋而上。查利和押送他的人沿着楼梯爬了几层楼后，来到一条长长的走廊上，两侧墙上有深色的木质护墙板。走廊尽头的玻璃门上，用简单的字体，印着一个单词：

校长。

女孩来到门前，用指节敲敲门玻璃。过了一会儿，门里传出一个声音：“请进！”

查利看了一眼女孩，女孩带着一副难以描述的表情——是怜悯，还是恼怒？或许，她还感到了一丝憎恨，他，一个呆子，竟然可以见到校长，这个奇怪组织的总舵主和神秘领袖。不管怎样，反正查利也没时间细想，因为门立刻打开了，呈现在他眼前的是一间气派的办公室，房间正中央摆着一张大书桌，书桌后坐着一个大块头的男人。男人面前放着一张从报纸上剪下来的填字游戏，查利和陪同者一起走进办公室时，他仍在聚精会神地研究着填字游戏。

“查利·费希尔，”男人一边说一边用圆珠笔往空格里填写字母，他仔细端详着自己写下的字母，并拿笔尖不停敲打着纸面，“欢迎来到七铃学校。”

第21章

校长本人看起来，并不是查利想象中龇牙咧嘴的中世纪怪物。相反，他的行为举止很像一个邋遢的英国教师，穿着皱巴巴的三件套西服，翻领上有黄色的斑点，看起来像是芥末酱。一副特大号的眼镜歪斜地挂在他的脸上。他的头有点斑秃，四周的银发杂乱无章。他说话的语气甚至有点像一个毕生致力于研究但丁和维吉尔诗歌的老先生，结果却发现自己这么多年下来，一直都在给一帮不守规矩的学生讲授基础算术。他纯正的皇室英语口音带有一种听天由命的无可奈何。他的日常饮食显然过于丰盛，超出了他的西服能承载的极限，马甲上的纽扣几乎快要裂开，只能勉强兜住衣服里面校长那肥胖的身子。

查利主动开口说道："我是查利·费希尔，我爸爸是……"

"查利，查利，查利，"男人一边在桌子上继续填字游戏，一边问道，"旅途怎么样？我想应该蛮舒服的吧？"

查利被他的问题给惊到了。他不知道该如何回答，想要说的话似乎卡在了喉咙里。

“从法国到这儿，路途太遥远了。我看你好像都没来得及带旅行箱。五个字母，‘远洋船舶’。”

“你说什么？”

校长似乎在自问自答：“哦，有了，是Yacht。”他拿起钢笔，在填字游戏的空格里潦草地写下答案。他的眼睛懒散地看着游戏纸页，开始读另一条提示线索。查利再次试着与校长说话：“我叫查利·费希尔。我的爸爸是老查尔斯·费希尔。您偷了我的东西，确切地说，是我爸爸的罗森博格密码。我想要回来。”

校长抬起头，好奇地打量着查利，仿佛一个野生动物学家在观察某种稀有动物的社会行为。“请坐。”他说。

“谢谢，我还是站着吧。”查利说。

校长不耐烦地朝查利身后的一个男孩挥挥手，男孩便立马紧紧抓住查利的肩膀，强迫他坐在校长对面的椅子上。

查利坐下后，校长继续道：“是的，是的，我知道。罗森博格密码。是的，是我偷的。不过，我不能还给你。”

查利无言以对。不得不承认，校长的回答，是他必然会得到的最明显的答案。然而，查利却似乎被施了魔法般，一直活在一种奇怪的思维中——他似乎压根儿没有想过校长会如此直截了当地拒绝。但凡他考虑过这种情况，他就不会有勇气走到如今这一步了。这是查利的失算。事到如今，他不得不咬牙面对了。

校长笑眯眯地看着查利，或许是猜到了他的心思。他的牙齿又长又黄，看上去有些畸形。“查利·费希尔，查尔斯和西格琳德的儿子。我承认，我一直挺崇拜仰慕你们一家人的，外交官世家。你知道你的祖父曾在俄国革命的爆发中起了关键作用吗？一个理想主义者，列宁的一位密友。……他也和你父亲一样，致力于全球愿景。不像某些业余的半吊子大使，有某位总统撑腰，仅仅因为他们足够走运，把钱赞助给了获胜的一方，在竞选游戏中下对了赌注。不，费希尔一家是一股清流。不论男女，都真挚热忱，充满好奇心，拥有良好教养，且实力不凡。”

他说着说着，停下来，深吸一口气。他从桌上端起一支烟斗，装入烟丝，把烟嘴含进嘴里。“所以，这就让我更加困惑了，像你这样出身良好、接受过上等教育的男孩，怎么会做出如此冲动鲁莽的决定。”他把烟丝点燃，对着火星吹了吹，将火柴甩灭，扔进烟灰缸，接着把烟斗取出来，细细观察燃烧的烟丝，然后重新放回嘴里，开心地吸起来，“你究竟是怎么想的？”

“我以为……”

“你以为我会乖乖把它还给你，是吗？”

“我是一个加农炮，我也是联盟一员。”查利说，“我跑过公爵，做过吊钩。我什么活儿都干过。而且……”

“而且你也参与过掐，参与过戳，对吧？”校长替查利说出了他心里的话。

“是的。”查利警惕地回答道。

校长大笑一声，烟从他的嘴里喷了出来。“我不得不说，他们对你的洗脑真的相当成功啊。奇盗联盟马赛分队的全体成员都应有额外嘉奖。很少见到一个呆子对偷盗这么感兴趣。”他咯咯笑着，又对着烟嘴猛吸了一大口。“告诉我，”他从嘴边移开烟斗，“告诉我……罗森博格密码，是什么？”

查利努力在脑海里搜索一个能够让提问者感到满意的答案。但事实上，他心里压根没有答案。

“你也不知道，对吗？”校长说，“你千里迢迢赶来，不惜赔上性命、失去四肢，就为了一张你根本不了解的纸。你怎么可以如此强烈地渴望得到某样东西，却根本不知道那是什么？”

查利再次无言以对。

校长继续道：“费希尔先生，你有没有花哪怕一秒钟想过，这张纸到底拥有怎样一种魔力。或者，它到底有没有什么魔力？万一它是一种毒药呢？或是一种邪恶的魔法，让拥有它的人痛苦烦恼呢？这样的话，你难道不应该希望它远离你们一家人吗？难道你就没有停下来想想这种可能性吗？

“好吧，费希尔先生，让我来告诉你一件事情。密码，在经过那么多地方，那么多人的转手交易之后，现在终于安全了。可以说，它终于回家了。在我看来，我们没有偷走密码，而是拯救了它。在美国手里，密码将是一根大棒，用来敲打和毁灭那些不肯臣服的国家，那些弱小者。你想看到弱小者被棒打吗？”

查利静静地坐着，他以为这个问题只是个反问句。几秒钟后，他反应过来，答道：“啊，不！”

“我也觉得你不会。”校长说，“瑞秋。”这会儿，他在对查利身后的女孩，那位红头发的押送者说话，“请给我倒一杯茶，滚烫的，不加奶。”

“好的，校长。”瑞秋说。她愤怒地看了一眼查利，似乎在埋怨他在自己有其他事要做的时候，还得跑过去倒茶。随后，她转过身，快步走下走廊。之前一直陪在他们身边的两个男孩，悄悄贴近他们的俘虏。

校长继续说道：“查利，你想想，罗森博格密码自诞生之日起便被偷了很多次，主人换了一个又一个，如今它到我手里，也是正常的。再说了，我可是用完全合法的方式获得它的。想想看，查利，这张纸经过了几十个人的手，每次易手，都是用尽了智慧和各种花招。查利，不要以为你爸爸不付出代价就能得到它。不，没有人是干净的。”

查利对于他人关于自己爸爸从事不法勾当的说法，感到极为恼火，因为在他看来，这是不可能的。“不，你说得不对，”他说，“我爸爸……”

“查利，没错，你爸爸是一个好人。但或许你真的不了解成人世界。在我们的世界里，一个人必须时刻准备无视规则，才能获取公平。你爸爸和所有人一样，对此都很清楚。这是我们共同遵守的原则。”

“那么，你到底为什么想要得到这个密码呢？你想用它做什么？”查利问道。

“我觉得吧，我可以用它想干什么就干什么，”校长回答道，“甭管是借用它强大的力量来帮助弱势群体，或者在市场上估量它的价值，赚取它能带来的任何金钱报酬，这是我的特权。你必须要明白这个道理，我们都是罪犯。”

“我不是罪犯。”查利说。

“哦，查利，你是，”校长说，“你说过自己是罪犯，也参与偷盗扒窃了。查利，你已经上了贼船，成了一个有污点的人，社会将永远记得你的所作所为。可怜的小家伙，看看你那忧愁的小脸。你还没想过这些，对吧？肯定没有，因为你的心思全用在如何说服我还你密码上了。查利，你可真善变。你自称‘石榴汁小子’，对吧？那感觉怎么样？”

“我……我犯了一个错误，”查利说，“我要改过自新，将功补过，我知道自己可以的。”

“我承认，你的想象力很丰富。不过，查利，问题是你没有关系网，这就是你我之间的差别。你知道吗，当你拥有自己的关系网，它可能是和你同类的一群人，也可能是一个国家、一个民族，你就可以为所欲为。你可以决定什么是真与假，什么是对与错。但当你孤苦伶仃一个人的时候，你什么也不是。查利，你钻进了一个贼窝，然而，你却是那个入侵者，那个罪人。这难道不奇怪吗？”

校长没等查利回答，便继续敲打道：“不，你将回归真实的世界，然后被贴上罪犯的标签。这就是你在两个世界来回穿梭、过双重身份生活的后果。没捞到一样好，却尝尽了苦头。”

查利感觉自己仿佛绕进了一个死胡同，无论朝哪个方向走都是错的。校长说得对，他可以想见自己正脸朝下，趴在一道鸿沟上。鸿沟的一边是他自己，查利·费希尔，另一边则是那个叫“石榴汁小子”的男孩。这道鸿沟很宽很宽，和他的生活一样宽广。由于他从未真正做出过选择，选这一边，还是另一边，他注定要吊在悬崖上，直到胳膊的力气用尽，跌落深渊，命丧黄泉。

就在这时，瑞秋回来了。她将校长点的茶放在办公桌上。茶装在一只陶瓷马克杯里，杯子上印着#1TEACHER！（第一教师！）。他向女孩道过谢后，小心地啜了一口热茶。接着，他满足地长舒一口气，把杯子放回桌上，放在填字游戏旁。

“TARE！”校长突然没来由地大喊。房间里的每个人都吓了一跳，包括查利。

“抱歉，你说什么？”查利问。

“填字游戏，代表‘杂草’的四字单词。”校长说，他的注意力回到了桌上的填字游戏。他把答案填进空格，写完最后一笔，还得意地做了一个庆祝动作。做完这一切，他又看向查利。“不过，查利，该表扬的还是要表扬，”他说，“我很佩服你居然能走到这一步。你大概是第一个有勇气、有胆量，并费尽千辛万苦来到我桌前的呆子。真是破天荒啊。”

“谢谢夸奖。”查利不确定地答道。

“都是为了这么一页纸。真是不可思议。”他开始在办公桌上的一摞纸里翻找。“咦，我放哪儿了？”他自言自语道。他从桌前的椅子上缓缓站起，走到档案柜前。他又开始在第一层抽屉里翻找。找着找着，他停了下来，注意到墙上的一个相框挂歪了——这满墙的照片、证书、奖状，和查利父亲书房里的收藏很像。在扶正相框的同时，他又注意到了柜顶上乱糟糟

#1
TEACHER

的一摞纸。“哦，原来在这儿。”他拿起一个白信封说。

他回到办公桌前，把信封在面前挥了挥。“我真想就这么把密码给你，以表彰你的坚持不懈，你的进取心。”

查利直直地盯住信封。那里面装着的，就是他不远万里赶来，想要讨回的东西。他使劲咽了口唾沫，然后说：“真的吗？”

“当然不是真的啦。”校长翻了个白眼说。他从信封里取出文件，仔细端详着，仿佛在研究他捕捉到的一只苍蝇或黄蜂。他脸上的表情近乎嫌恶。

“看看它。”他说，“就这么一页纸。说实话，就是一点纸浆，上面印着数字和符号。它简单得近乎粗俗。然而，整个社会都坚信它的力量，特别是那些所谓的‘上层’社会。我很好奇，如果像这样的一张纸能推翻一个政权，或者摧毁一个政党的话，那么这个政权有什么好的呢？这个政党能有什么真正的权力呢？”

他默默地沉思了一会儿，然后突然将密码放回信封里，再把信封塞进西装的内胸袋里。“不，查利，我会保管好它的。你还是回家找你爸爸，回到呆子的世界吧。听清了没？”

查利怒火中烧。他感觉剩下的时间越来越少了。“先生，我可不是呆子。”他说。

“你又来了，”校长说，“那你说说吧，你是什么？罪犯，还是寻常人？你似乎还是无法下定决心。”

“这只是个……是个……”查利在寻找合适的词，“一种娱乐，一场游戏。我不晓得……”

“你瞧，孩子，你说得有点儿道理。奇盗联盟就跟游戏差不多，或者像一块拼图，世界上的所有东西都是它的碎片。这个游戏，它不适合胆小的人玩。或许你原本应该选择其他游戏的。”

“不是我选择的，”查利说，“我是被你们骗进来的。”

“查利，难道你需要我给你解释什么是自由意志吗？”

“好吧，我问你，”查利说，“如果我是七铃学校的毕业生，你还会偷我和我爸爸吗？”

“我可没兴趣回答任何幻想出来的事情。”校长不耐烦地说。

“但是，如果我是从这所学校毕业的话，你不会下手的，对吧？”查利朝站在他身后的两个男孩和那个叫瑞秋的女孩，比画了一个手势，“他们呢？还有他们的父母？你会偷他们吗？在你眼里，他们也是呆子、目标吗？你是怎么划定界限的？”

校长坐在椅子上，挪了挪身子。他的双眼警惕地瞥向查利身后的孩子们。“这个嘛，”他开口说道，“有些考虑……”

查利转身看了看左边的男孩。他看上去比查利小个几岁。他正犹豫地看着自己的俘虏。“你，”查利说，“你认为你的父母没有遭受这个男人毒手的危险吗？你觉得自己是安全的吗？”

“费希尔先生……”校长打断查利。

“瑞秋，你呢？”查利转动椅子，看着红毛女孩问道，“你怎么就那么确信自己以后不会成为这个男人的目标呢？”

女孩没有回答查利的问题，而是疑惑地看了一眼校长。

“查利，我不知道你到底想干什么，但你在玩一个危险的游戏。”校长说。随后，他的语气发生了变化，变得近乎在抚慰讨好。他对查利身后的孩子们以及查利说道：“当然了，当然有保护性措施。也就是说，对于我们的学生、校友和相关人士，有一定的豁免权。我们毕竟不是穴居人……”说着，他打断了自己，粗声粗气地说：“但这真是个愚蠢的问题。你又不是七铃学校的毕业生。”

“但我曾被你们征募过——我不输联盟里的任何人。我替你打过工，我帮你捞过钱。”

校长哧哧地笑了。“我觉得你说自己为我打过工，未免太夸张了。至少，事情不是你认为的那样。看到了没？在那个‘局’里，你就是个呆子，是个被骗的家伙。”

“我告诉过你，我不是呆子。”

“没错，没错，”校长说，他的语气开始透露出一丝不耐烦，“我们已经讨论过那个问题了。好了，现在如果你不介意的话，我还有一家学校要经营管理。我们就到这儿吧，查利。再见！祝你好运！”他朝查利的押送者们递了个眼色，查利感觉到他们的手再次握紧了他的胳膊肘。

“我有天分。偷盗天分。”查利提高了音量，反抗道，“我已经是个成才的加农炮了。”

“感谢你对七铃学校的关注，但我们目前在籍学生已满，暂不考虑招生，”校长说，“别主动来找我们。我们有需要会去找你。”他说着，又继续玩他的填字游戏去了。查利感到自已被人从座椅上强行拉起。

“让我参加测试。”查利突然说。

在极短的时间内可以发生许多事情。你的眼睑可以在三百到四百毫秒内睁开闭合一次。蜂鸟可以在一秒之内扇动翅膀几十次。五十磅重的东西可以在半秒之内跌落五英尺，甚至可能砸到扔东西的人的脚指头；而这一事实，将在更短的时间内，通过神经系统发出的“加快电报”，从脚趾传达到这个不幸家伙的大脑。可以这么说，查利在同样短的时间内在内心的两个“我”激烈争斗之际，做出了一个非常复杂的决定。

你可能会很高兴知道最终是石榴汁小子胜出了。

“你说什么？”校长问。

“七铃测试，”查利说，“让我参加吧。”

握住查利胳膊肘的手并没有松开。事实上，那两个孩子仍一心想把他拉出房间。查利不得不努力站稳脚跟，以抵抗他们的力量。

“你，”校长说，“你想参加测试？”

查利点点头，眼睛注视着校长。

“不可能。”校长说。

“怎么不可能，我可以做到。”

校长似乎被查利的执着给吓到了。“查利，我的意思是你不可能通过测试的，不论你自以为偷盗天分有多高。光是提出这样的建议，就是对学校的污蔑。”

“你害怕了，”查利说，“你害怕我可以做到。你害怕我是正确的，我确实是一枚加农炮。”

“我的孩子，这太离谱了，只不过——”

“那就让我试试。”

校长被惹恼了，查利彻底激怒了他。“许多天赋异禀的学生，甚至联盟的学者专家，都没能通过测试。很多人，经过很多次，才勉强通过。不论你听到过关于七铃测试的什么传说，首先你应该知道，这不是某种随随便便就可以通过的入学考试，而是对一个苦学多年的加农炮一身本领的终极考验。还从没有一个呆子参加过测试，更别提通过了。这简直是愚蠢！”他接着对守在查利身后的孩子们说，“请把他带走，带回埃尔托罗吧。我受够了。”

“快点，走吧。”查利身后的一个男孩说。他正抓着查利的肩膀，手指戳进查利的锁骨。查利挣脱了，双手重重拍在校长的办公桌上。桌面上的纸张被震得四散开来，校长的茶杯差点儿打翻了，但校长用灵敏的手指及时制止了事故的发生。查利的押送者们又上前来试图抓住他，但他迅速转过身来，背对校长，挑衅地瞪着他们。

“好了，查利，别再丢人现眼了。”校长说，“我是看在你有胆量的分儿上，才答应见你的，让你说出自己的诉求。你现在逗留时间过久了，别让我后悔请你来。”

“让我证明给你看，”查利转过身，看着这个男人说道，“让我参加测试，我要证明给大家看，我是一枚经典加农炮。”

校长抬起头看了一眼站在查利身后的瑞秋和两个男孩。他们马上会意，往后退了几步。然后，校长又看看查利，说：

“请告诉我，你想要什么？”

“如果我通过了测试，就足以证明我和其他毕业生一样优秀。”

“当然。”校长回答道。

“那么，你们就相当于从马赛奇盗联盟的一名优秀的奇才身上非法偷走了密码。”

“还有呢……”校长鼓励查利继续讲下去，他开始看明白查利究竟想要说什么了。

“还有就是，”查利说，“如果我通过测试，你必须把密码还给我，让它物归原主。”

房间陷入沉寂。所有人都一动不动，也不说话。仿佛校长办公室里的每一个人，都被超级大坏蛋的冷冻射线击中了，动弹不得，只好默默地等着拿到解药，来解封自己的身体。在这种情况下，校长的一声长笑，恰巧是最佳的解药。那笑声就像烟斗里的烟一样，从他的肺里喷发出来。他甚至笑弯了腰。房间里的其他人，除了查利，目睹了他们的校长这一不寻常的行为，都不安地动了动身子。

很明显，查利身后的孩子们将这一切归罪于他。“校长，我们这就把他带走，”瑞秋试探地问，“他不会再打扰到您了。”

校长还在不停地笑，他挥挥手，然后摇摇头。他靠在桌子上，让自己缓一缓。他摘下眼镜，借助吊灯的光，仔细看看镜片，然后从上衣的口袋里拿出手帕，擦得干干净净。校长一面擦，一面咯咯地笑，好似镜片上正在播放一部有趣的电影。随后，他又揉揉眼睛，重新戴上眼镜。

“这个主意，”他恢复平静后说道，“很不错。”

“校长？”查利身后的女孩说。

查利没有理会女孩的惊讶，他最期待、最渴望听到的，是校长的回答。

“这真的是一场天才的赌博，”校长说，“赢的人完全有资格拥有密码。想想看，在这份密码所经过的所有那些人的手中，所有那些对它紧抓不放、无比贪婪的手——那些手的主人是否也曾经面对过如此狡猾的对手？”

他双手插兜，转过身，面对背后的照片墙。墙上镶嵌了很多学生的肖像，看上去有些年头了，相框里的照片，颜色从冷峻的黑白色，渐渐变得越发明亮。在一些相框里，可以看到毕业典礼上致辞的优秀毕业生们在饰有丝带的讲台上热烈地欢迎他们的校长。有一些头像上还签了校长的名字，他们都是特别受欢迎并且在现实世界中取得骄傲成绩的学生。校长似乎在看着他们所有人。“这墙上的每一个人都通过了七铃测试，”他说，“看看他们。他们中的大多数第一次和第二次也失败了。还有无数没有通过测试的人，你在这里看不到他们的面容。他们的水平达不到测试要求。他们没能兑现自己的承诺，于是被遣返了，回到他们原来的呆子世界。他们的人数远远超过你眼前这些通过测试的人。”校长皱起眉头，转身看向查利，说：“我会答应你的这个小请求。不过，你只有一次机会。假如你失败了，你就给我马上离开。”

“好的，没问题。”查利说。

“你输了，你就打道回府，就像你来时那样，自己想办法回去。而且不许对其他人讲起在这里见到的任何事情，听明白了吗？”

“明白，先生。”查利说，“但是，如果我赢了呢？”

“你不会赢的。”

“如果我赢了，你就把密码还给我。”

校长久久地注视着查利，仿佛第一次看清了他。他挑起一边眉毛，扶了扶眼镜，端着茶杯，啜了一大口茶，然后把杯子放下，说：“那好吧，孩子们，让我们准备考场吧。”

第22章

别被骗了，查利其实很害怕。事实上，他长这么大从未如此紧张害怕过。不论他在校长办公室里装得有多么自信满满，他还是查利·费希尔，老查尔斯的儿子，刚刚从法国马赛过来，是个正在接受写作训练的创作者，穿着打扮常被人误认作伐木工。他还没完全摆脱那个角色。不过，他慢慢发现了自己的第二重身份，也就是一个叫“石榴汁小子”的男孩。石榴汁小子不会在危险面前低头。石榴汁小子喜欢冒险，而且绝不会“对着自己的下巴讲话”。当他被押着，走下七铃学校那条污迹斑斑、镶了木质护墙板的走廊时，查利拼尽全力，开始用石榴汁小子的声音说话。

这个时候，由于校长办公室里传出的骚乱声惊动了学生们，走道两侧之前紧闭的门窗现在全都打开了——一双双好奇的眼睛在往外张望着。查利走过时，其中一扇门突然敞开了，门里站着一脸错愕的美智子，她呆呆地望向走廊。趁她还在他的视线里时，查利赶紧朝她挥了挥手。

校长显然想当众测试查利的水平，因为当他们走向考场时，学校的广播系统突然发声了，对着全体学生广播道：“全体学员，请到考场区集合！再说一遍，全体学员，请到考场区集合！经校长指示，将进行一场特别测试。”在听到这条广播后，查利经过的一间间教室内爆发出了兴奋的欢呼。显然，小偷学校的学生和普通学校的学生也没什么两样——都无比欢迎任何可以让他们提早下课的事情。

这真是一场奇怪的游行。查利被两个男孩左右夹住，胳膊被他俩的手牢牢抓着，瑞秋紧跟其后。校长则扮演起这个奇怪队伍的领队角色，大摇大摆地走在最前边离他们十英尺远的地方。孩子们纷纷走出教室和自习室加入队列之中。

他们穿过一个巨大的房间，里面放满了假人，查利稍早的时候也曾经过这里。走着走着，查利突然感觉到有人在拉他的衣袖。他扭头，发现小鼠莫莉在他右手边的位置。她已经脱下在马赛时穿的华丽衣服，换上了学校统一的褐色校服，并用发夹把稀疏的刘海别在脑后。

“查利，你在这儿做什么？”她小声问道。

“莫莉！”查利大吃一惊。见到以前并肩作战的老伙计，他难以抑制内心的兴奋。不过，他马上装作若无其事的样子，迅速改变了自己说话的语气。“你觉得我在干什么啊？”他愤愤地问道。

“嗯，你这是要被拉出去公开处决吗？”

“不是，”查利脸唰一下白了，然后回击莫莉说，“我要拿回你们从我老爸那里偷走的密码。”

听到查利这么说，莫莉的眼睛睁得大大的。“查利，你打算怎么办呢？”

“我要参加测试。”

“哪个测试？”

“还有别的测试吗？”

莫莉鼓起腮帮子，做出一个略显浮夸的呼气动作。“你有多大把握？”

“小鼠，”他们身后的瑞秋说，“不要靠近他。”

“好吧，”莫莉说，“查利，祝你好运。”

“关你什么事！”查利说。

“别这样，查利，不要生气嘛。我们当时只是奉命行事，对你是一点恶意都没有。”

“让我一个人静一静。”

莫莉瞥了一眼瑞秋，然后抓住查利的肩膀，踮起脚把嘴凑近他耳朵旁。“第二个屁股是一个浮子。”她小声说完之后便离开了。

一大群孩子已经聚集在门厅。这个地方，查利刚来的时候，是一间安静而空荡的拱形入口室。他们排着队，依次进入房间一侧的双开门。当他们看到校长进来时，立即鸦雀无声，纷纷闪开，给校长一行人腾出一条宽敞的通道。查利经过的时候，学生们全都盯着他看，仿佛他是某种奇怪的生物。他们交头接耳，窃窃私语，但视线一直在查利身上，不曾离开过。查利朝他们瞪回去，可他们似乎一点都不在意，仍旧呆呆地看着他。

门厅尽头，一处黑暗的通道豁然被打开。通道的两侧墙上衬砌着古老的木质镶板，和楼上走廊墙壁的一模一样。穿过通道，会看见另一扇双开门，比刚才的那扇还要大得多，而且是用铁皮做的。门上有一个闪闪发光的标牌，上面简简单单地写着“考试区域”几个大字。校长近乎急切地推开大门，任由门扇在大黄铜铰链上来回摆动。随后，他便走进门后的黑暗中，消失不见了。

当查利和他的押送者们来到门口，他终于明白为什么校长要把一切搞得这么戏剧化。他们正站在一个小阳台上俯瞰着一间巨大的圆形房间。漆黑的地面上有三层看台，一群热切的学生已经入座，走道灯映照出他们的侧影。拱形看台的每一处表面似乎都是用琥珀色桃花心木雕的，与学校总体设计高度一致。这个房间在查利看来，是大学演讲厅和罗马竞技场的奇怪综合体。

随着一声巨响——一个引起回声的沉闷的金属声，一束光从悬在拱顶上的一盏巨大的聚光灯打下来。看见它照亮的东西，查利差点惊掉了下巴。

那是一个人吗？

不，没有脑袋，那是一个假人，一个人体模型。

竞技场的地面上，除了那个身着奇装异服的无头假人，空无一物。头顶的聚光灯，在假人的周身，打出一个完美的白色光圈，在衣服的表面投下可怕的阴影。查利还未来得及细品眼前这一景，押送他的小孩就已经拉着他的胳膊，把他拽到了竞技场地面上。

竞技场中央的台上，只剩下他一人与假人为伴。

周围的看台上，人声鼎沸——数百人一边落座，一边叽叽喳喳地交谈着。查利看向四周的观众，却发现高耸的看台让他产生了一阵晕眩感。于是，他把注意力转回到房间中央的假人身上。

这个假人，比他家里的练习假人丹尼斯个子高点。它的衣服也更齐整——一件大衣，或者用黑话说，一件本尼，内搭三件套西装，就仿佛穿戴整齐，随时准备出门走上曼哈顿十二月的大街似的。本尼的衣摆下露出一条锥形裤。不过，真正将眼前的这位假人和马赛的可怜丹尼斯区分开来的，是它身上所有的口袋都绣着编号数字。查利从他站的地方，可以看到数字1和2分别缝在上衣右、左俩衣摆的布料上。这还不是全部。

在衣坑的开口处似有闪亮的铬合金，在聚光灯下发出耀眼的光——查利不得不眯起眼睛才看清原来每个口袋上都绑了一个小小的银色铃铛。

七个口袋，七个铃铛。

一只扬声器，不知从哪里，突然响了起来——校长的声音顿时充满了整个空间。“欢迎你，查利，”他说，“欢迎来到我们的考场。你自愿请求参加七铃测试。”

这条广播一出，房间里顿时安静下来。所有的窃窃私语、谈笑风生——看台上学生们持续发出的嗡嗡声——都戛然而止了。

“这个测试将会全面考察你在扒窃领域的专业技能，你对偷盗的理解，以及你作为我们正式录取的学生，在学习期间对于专业知识的积累……”校长说着说着，打住了，“哦，这最后一条不适用于你，不是吗？”他清了清嗓子继续说道。广播断断续续地播放着校长说的话。“七枚硬币已经藏在假人的七个口袋里。每一个口袋都编上了号，绑上了小铃铛。你必须按照号码的顺序，从口袋里依次取出硬币，且不能碰到铃铛。只要铃铛响了，测试立即结束。听懂规则了吗？”

查利望向露天竞技场，然后说道：“明白了。”

“你可以开始了。”校长空洞的声音说道。

“如果我通过测试，你必须还我密码，”查利大声说，“我想让所有人为我做证！”

一时间四下静寂无声，过了一会儿，校长才开口说道：“好的，查利，没问题，就这么定了。”

在查利走向假人观察两个上衣摆（上衣侧袋）的时候，观众开始交头接耳，小声议论。两个上衣摆位于大腿上方，开口处是对角裁剪的，处理起来比较容易些。对角裁剪的屁股，是查利比较擅长的，因为操作起来很简单。他紧握拳头，掩饰指头的颤抖，然后用食指和中指夹起本尼胸前的布料，使得它距离假人身上的西装外套，正好有一英尺远。在灯光的照射下，他清楚地看见外套右边的衣穴上，缝了一个阿拉伯数字4，旁边还挂了个铃铛，用黄线缝在衣服上。

三号口袋在哪儿呢?

就在这时，突然一道闪光引起了他的注意，他仰起脖子，看见大衣上衣坑——上衣内胸袋——那儿挂了一个铃铛。他屏住呼吸，铃铛在衣服上危险地晃了一下，铃锤受到这微小动作的刺激，几乎快要撞击铃壁了。号码3被绣在了这个口袋上。周边看不到其他有标记的口袋。

右上衣摆，左上衣摆，上衣坑，衣穴。

他决定先集中火力搞定这四个，然后再扇五号、六号和七号口袋。他后退几步，站住不动。

“查利，快点啊！”广播里传来校长的声音，“快快制定框架，我们可都在等着呢。”

查利颇有仪式感地打了个响指，开始干活。

他全神贯注地盯着第一个口袋——大衣的右上衣摆。他用拇指和食指反向捏住，轻松地打开口袋的下摆。口袋的布料连带它旁边的小铃铛，一起动了动。铃锤轻微地摇摆了一下，但还好没有撞击到铃壁。查利将口袋开口处的布料转移到食指上，将中指探入口袋的内部，紧接着将其他手指头伸入已张开嘴的口袋里。与此同时，他的双眼紧紧盯着用线拴在口袋下摆上的银色小铃铛。

在那个屁股里，他的手指摸到了一小块冰凉的金属：一枚硬币。

小心翼翼地，食指保持不动，查利成功地用食指和中指的第二指关节夹住了硬币，整个过程中，甚至没有碰到口袋折边。硬币一旦稳稳地夹在指间，他又像之前探入口袋时那样，小心翼翼地将手指抽了出来。指尖抽离时，屁股也慢慢合上了。银色铃铛回到了原来的位置，没发出半点声响。

查利退后一步，他让硬币落进了他的掌心。

“一个！”他扬扬得意地大声喊道。他举起手中的硬币，举了一小会儿，然后扔在了石板地面上，发出一声脆响。看台上的观众，赞许地小声交流着。

“干得不错，”广播系统短暂的试音过后，传来校长的声音，“非常不错。不过，这太基础了，只能算漱漱口。接下来，真正的考验即将开始。”

查利尽力忽略这阴阳怪气的声音。他还记得许多星期前，在马赛的那间地下室里，联盟成员是怎么跟他描述七铃测试的：随着时间的推移，测试会越来越难，这不仅是因为口袋的设置越来越复杂，还因为有校长在一边跟你玩心理游戏，他会在你心里播下自我怀疑的种子。查利深吸一口气，心想：尽管放马过来，我查利奉陪到底。他欢迎挑战。事实上，他还隐隐期待着呢。他走上前去，开始扇下一个目标。

这个口袋看上去容易：左上衣摆——似乎和一号口袋一模一样。然而，当他准备动手时，却突然想起莫莉在走廊上小声对他说的——关于二号口袋的什么话。她说了什么啊？查利发现自己当时只顾打赌了，完全没听进她的话。

他决定了，小心为上。他的谨慎得到了回报：在探测口袋的衬里时，他发现了一根安全别针——一个浮子巧妙地别在口袋开口处，将开口牢牢封住了。查利如果贸然动手去收帆的话，就会碰到别针，进而摇响铃铛。

查利从紧闭的嘴唇里吐出一口气。他在心里感激小鼠给他的提示。他抬起头，看向观众席上那一个个看不清面孔的人。他可以听见他们在窃窃私语。

这一次，他用左手作业。这一招是塞姆班教给他的。当你从正面攻击目标时，你最好双手并用，因为这样可以避免在做一些简单的动作时，不得不别着手腕，而这其实是没必要的。他用左手的食指慢慢摸到别针的金属搭扣，用拇指抵住口袋正面，轻轻捏了一下搭扣。别针松开时，他舒了一口气。然而，就在他移回手指时，他感到浮子的针尖扎到了他的手指。中指一阵刺痛，他大叫一声，既是出于惊讶，也是由于痛苦。

他感到自己的手指在抽搐。

看台上的观众倒吸一口气，他们竖起耳朵，以为会听到铃铛的响声。

结果，铃铛没响。

他迅速换用食指，将别针从布上取了下来，并抢在它掉进口袋深处前，用食指和中指夹住它，将它捏了出来，扔到地上。接下来，就是最基础最简单的招式了。在几秒之内，他就把硬币拿到手了，他把它高高举起，让观众共同见证。

“两个，”广播中传来校长的声音，“很好，查利！很好！你已经闯过了第一关。本测试第一轮的口袋就是个诱饵，让学生信心倍增，结果却在下一轮被小小的浮子给打倒。我不得不承认，今天到此为止，确实挺有看头的。”

查利看了看自己的左手中指，被浮子扎的地方，冒出了一个小血泡。他把指头塞进嘴巴里，把血吮吸干净。“很高兴你看得这么开心。”他说。他甩甩手指，忘掉疼痛，将注意力重新集中在假人身上。

查利知道，从三号口袋——上衣坑开始，事情会变得棘手起来。尽管春天在马赛的时候，他干过不少活儿，但在厚外衣上没怎么动过手。他在奇盗联盟时偷的口袋，大多都是缝在棉麻夹克和宽松斜纹棉布裤上的，这些衣服的面料轻便易操作，不太受地心引力的约束。而这个本尼则完全不同，它是一件很厚的羊绒大衣，芝加哥人常常在中西部酷寒的冬天里，把它紧紧裹在身上，穿好几个月都不换下。

他的思绪被校长的讲话打断了。“查利，我看得出来你在犹豫，右上衣坑，很简单的一招就可以解决问题，当然了，对于准备不充分的人来说，它是一个巨大的麻烦。查利，你准备好了吗？能直面挑战吗？”

现在情况很明显了，从这一关开始，校长打算在整个偷窃过程中都要讲话。查利试着屏蔽这些噪声，慢慢走向假人。

“不得不承认，刚才上衣摆的浮子，你处理得极为巧妙，”那个人的声音又出现了，“但是对于上衣坑，你可就没有那么多自由操作的空间了。记住，只要铃声一响，测试就宣告失败。你必须马上离开这儿，不要再来烦我。”

查利感觉自己的眉毛上出了不少汗。他用衬衫的袖口擦去汗珠。他和假人面对面地站着，试图弄清楚如何最好地调整自己的身体姿势和站位。

“你想知道吗，”观众席中又一阵嘈杂声之后，校长说道，“我们四分之一的学生，都败在这一关。所以说，哪怕你输了，也没什么大不了的，毕竟有这么多人都过不了，你尽可以放心。”

查利紧紧闭住双眼，竭力不去想校长的话。他想象自己在马赛的一辆电车上，电车在轨道上缓慢移动，前往旧港。而阿米尔就坐在一旁，看自己工作。在这样的幻想中，查利怦怦直跳的心脏逐渐恢复平静。他把假人看作一个呆子，年龄四十多岁，身上有不少钱。随后，他看看阿米尔，只见阿米尔皱着眉头，摇摇头。

当然了，上衣坑，不能直面目标。

查利睁开了眼，像一名舞者绕着他的舞伴转来转去，突然搂住假人的左肩，直接站在它的身后。从这个角度，他的左手能够轻松伸进大衣里，从内扒开厚厚的羊绒大衣，就仿佛是在拉开窗帘似的。

“查利，小心点！”这时传来一个狡黠的声音，不过，对于查利来说，它就是电车检票员在报站而已，“从假人身后开始，什么？你要从假人的后面去偷？”

千真万确，他确实是从后面操作的。用手腕的背部抵住厚重的大衣，可以使他更好地控制自己的动作。铃铛挂在那儿岿然不动。很快，他的手指便钻进缎织的口袋里，大衣打开的幅度，刚好能装下他的手腕。他的手指碰到了口袋里的硬币，然后小心翼翼地把它取了出来。他长舒一口气，离开假人身边，往后退了几步，而硬币则被他紧紧攥在手中。

几名观众爆出了一阵热烈的祝贺声和赞美声，不过，这一切很快便被广播里传来的杂音给淹没了。

“肃静！”校长厉声喊道。

人群立即遵照指示安静了下来。显然，话筒上的一个按钮卡住了，校长在绞尽脑汁地处理故障时，脱口而出的一连串气急败坏的话未经过滤删减，原原本本地通过广播系统播放了出来，在整个竞技场上空回响。“瑞秋，”过了一会儿，他说，“你怎么……我好像没法……哦，算了，把这破玩意儿关掉得了。”接下来，随着一阵刺耳的杂音，广播系统彻底没声了。

过了一会儿，竞技场尽头的一扇门打开了。一个人影出现在门口，他穿过石灰地面，往竞技场中央的台上走。当这人走进聚光灯掷下的光圈时，查利才看清，原来是校长。校长抱着手臂，直直地盯着查利。他瞥了一眼查利扔在地上的硬币，皱起眉头。

“不错，干得漂亮。”他说，“不过，接下来还有四关等着你。”

第23章

校长似乎考虑到要给查利腾出足够的操作空间，所以一直站在聚光灯投下的光圈边缘。他把手深深插进口袋，打量着查利。看台上的观众在交头接耳、窃窃私语，如同一部精彩戏剧的幕间时分，大家凑在一起探讨关键情节，回味刚刚的剧情。查利往看台上瞥了一眼，一个大个子引起了他的注意——那是博拉吗？还有他身边的女孩，也有一头像杰姬一样的金发。不过，现在没时间让他细想。校长在一旁清了清嗓子，说：“请快点吧，这位同学……”话说到一半，他打住了，然后改口道：“费希尔先生，如果你想继续测试的话。”

查利把注意力转回到假人身上。他向它靠近，目光打量着大衣的线条和接缝，通过观察表面，找出内袋的开口。大衣的衣摆下露出裤子的线条。裤子用一根皮带紧紧扎在假人的腰间。他通过之前的勘查，得知四号口袋是衣穴——大衣的票券袋。接下来的，他就不知道了。他准备先碰碰四号口袋，再去操心五号的事情。

“我看见希望了。”查利手指伸向衣穴时，校长突然说。

这冷不丁的一句话，吓得查利手指一缩。“像你这样的学生，马大哈，笨手笨脚，是的——看上去没有半点儿加农炮的样子。但你的确是一块璞玉，我很惊讶我们的星探竟然没有发现你。”

“现在你挖角的机会来了。”查利说。他为这无端的打断感到心烦，重新调整自己的状态。他小心翼翼地撩起大衣的下摆，露出标号为“4”的衣穴，并时刻留意着悬在二号口袋上的铃铛。衣穴在大衣的腰部，有一个大口袋盖，铃铛就系在口袋盖上。这里的挑战是如何在不碰响铃铛的情况下，翻开口袋盖，掏出里面的奥库斯，且不论那等着他手指的奥库斯是什么。他更仔细地瞅了瞅那个口袋，布料上凸起的长方形形状，说明那里面装着的很可能是一个钱夹。

“是的，查利，”校长说，印证了他的怀疑。“四号口袋，这特别的一关，只要求搞到硬币。它需要学生把奥库斯，一个偷空的钱包，踢回去。”

查利正准备开始戳，校长又掐着点说道：“当然了，所有动作的前提都是不能弄响铃铛。”

“你真的准备一直说下去吗？”查利收回手，问道。

校长忍不住轻声笑了。“加农炮不可能在真空里干活儿。在嘈杂的环境下干活儿，是测试的内容之一。好了，查利，你继续吧。”

查利瞪了一眼这个男人，随后便将注意力重新转到衣穴上。首先，他需要专注于本尼——这件男式大衣，然后才能有时间去思考票券袋。他巧妙地把自己的右手搭在本尼的内里与夹克之间的位置，他的手腕这时就相当于架在两件衣服之间的桥梁。查利向上翻转手掌，小心谨慎地用中指掀起口袋盖，掀起来的过程中，眼睛一直盯着银色的铃铛。口袋盖一打开，他便翻回手掌，将口袋盖转移到拇指上，简单利索地把口袋盖别在西装外套上。采用这种方式，能让铃铛乖乖待在原地不动。这时，另外四根手指头就可以自由地活动了。中指和无名指慢慢地伸进口袋里面，直到它们碰到奥库斯的皮套。

“真费劲儿，”校长突然说道，“真的，你费了老大的劲儿，就为了拿回这个密码。告诉我，你的动机到底是什么，是为了从像我这样的怪物手中拯救世界吗？”

查利紧锁眉头，设法集中精力于口袋上。

“或者，”校长继续说道，“是一个小男孩急于得到父亲的爱与赞许？”

查利感觉自己的手指头不禁往后缩了一下。铃铛开始晃动，但还好没有发出声音。校长需要做的，就是继续说下去。“是这个原因，对吧？有意思！花了这么大的劲儿！真是奇怪，你竟然从来都没有得到过父亲的赞许！我想说，什么样的父亲会让一个小男孩如此受伤，迫使他开始从别的地方来获取赞许。”他指了指假人，“这里要小心点，如果你不想被你的目标识破。就像他们说的那样，如果被识破了，很快你就会变成一名现行犯。”

因为之前在家中的假人身上练习过很多次，查利知道这项工作的关键部分，在于准确找到钱包的位置。他让自己的手指头在口袋里四处探索，发现钱包是平躺在里面的，钱包的折痕处垂直地贴在口袋的开口处。他小心地夹起钱包，灵巧地移动，从而使钱包的折痕处与口袋开口处在一条线上。随后，查利的手指紧紧夹住钱包，手腕一转，成功地从口袋深处拿出奥库斯。他的拇指仍扒住口袋盖，让自己的手转来转去，直到钱包完全离开口袋。他巧妙地将钱包控制在指间，随即将其竖起来，口朝下，用食指和中指娴熟地打开钱包。硬币落进了他的左手。接着，他把所有动作反过来做了一遍，把钱夹扔回口袋里，小心地放下口袋盖，往后退了几步。

“四个了。”他得意地说。他当着校长的面将硬币扔在了地上。

看台上立马一片热议声。几名观众忍不住爆出了欢呼，但很快被邻座制止了。

校长开始在聚光灯光圈的边缘踱来踱去。“非常好，查利！非常好！对于一个没经过科班训练的呆子来说，这运气算很好了。你不仅是一个呆子，还是一个目标。你有没有感到怨恨啊，查利？从头到尾，你一直只是个目标？”

查利感到怒火在胸中燃烧。他试图将它压灭，将它赶走，并告诉自己，这只是校长为了分散他的注意力，使出的另一个计谋——然而，这句话却犹如一壶烧开的水，不停地在他心里沸腾。他走上前去，开始扇假人身上的五号口袋。他花了几分钟，小心地拨开假人身上的一层层羊毛和人造丝线，才终于看到它：背心穴。在大衣里，假人穿了一件带扣子的马甲背心。背心的左前口袋上标着编号“5”，一个铃铛像藤壶般紧贴在口袋的缝线上。不过，真正引起查利注意的，是从袋口露出的一条金链子，链子晃悠悠地垂至背心下摆，另一头则固定在背心领口处的第二颗扣子上。

“一个汤勺。”他小声咕哝道。

校长显然听见了他的话，因为他说：“是的，非常好。你该不会以为你只需像只狂欢节虱子，偷一些唾手可得的硬币吧？这枚硬币，五号硬币，实际上就是一种滑轮组。是硬币没错，但它是一枚拴在链子上的硬币。这是一个警惕心很强、把山脊保管得很好的目标。”

“这反而更容易。”查利轻蔑地反驳道。结果他声音走了调，使效果打了折扣。

校长露出一口黄牙，笑道：“那就请吧。”

汤勺偷起来不难——查利甚至在自己父亲身上练过手——但他知道不能太过自信。因为没有容错空间。难处在于解开链子，剩下的就易如反掌了。链子作为一条线，连着硬币，接下来，查利只需顺藤摸瓜。他慢慢解开背心最上面的扣子，以便了解链子是以什么样的方式固定在扣子上的。他在做这一切时，校长在一旁说个不停。

“当然了，一个真正的呆子，最大特点就是自以为万无一失。我重复一遍：自以为万无一失。这让目标放松了警惕。这让他看不见防御漏洞，让他做出一些高风险的行为。”

查利把这些话全当耳旁风。他的手指灵巧地游走在背心领口，探寻固定金链子的别针。“比如，这种幻觉，可以影响一个呆子，让他把加农炮引到真正的目标隐藏的地方。自以为万无一失的幻觉。或者，像你这种情况，对友情的幻觉。正因如此，你才把密码给搞丢了。”

就在那时，一连串事件，在很短的时间内，接连发生了：校长的话，不再是背景音、耳旁风了，而是戳进了他的心里。他的手指移动得太快了。固定金链子的，原来不是别针，而是一个搭扣。搭扣这时突然松开，链子滑了下来。

查利看见链子在滑落，在一秒之内，迅速地向铃铛滑去，只差一点点，就要砸到铃铛了。

查利赶紧抓住了它。

铃铛纹丝未动。

查利松了一口气，停下手中的动作，将金链子一圈一圈绕在手指上，直到把吊在链子上的硬币，从口袋里扯了出来。

他转过身来，把硬币在校长面前晃了晃。“五个了。”他说。

看台上的学生们又热烈地议论起来。有人喊道：“加油，查利！”他认得这个声音吗？难道是布鲁托？

“安静！”校长大喊，“同学们，考试期间这种行为是禁止的！”

查利的目光扫到场馆内的观众席上，他很确信自己看见了他们：莫莉、博拉、美智子以及布鲁托。他们几个挤到了人群的最前面，胳膊搭在石护栏上，旁边站着塞姆班和法图尔。没错儿，他们的确在人群中。双胞胎后面，有一个个子高高、头发金黄的女孩，仔细一看是杰姬。她似乎在朝查利微笑。但灯光太暗，他看不清楚。

突然间，他明白了，这就是他苦苦追寻的复仇。现在已经不再是拿回罗森博格密码这么简单的事情了，也不是弥补七铃学校给他和他爸爸所带来的伤害，更加不是向他爸爸证明自己。不，他要证明给奇盗联盟看，自己将要在他们的游戏中，打败他们。他是一枚经典加农炮。他们才是呆子。

石榴汁小子，就是他。

随着心中这团崭新的火焰熊熊燃烧，查利走向假人。他自信满满，事实上，他根本不理会校长的干扰，哪怕他就站在自己的身后，离他特别近，近到他可以闻到校长呼吸时的口臭。

“五个口袋，五枚硬币。不得不承认，你确实有实力，也展现出了不凡的勇气。”校长一面不怀好意地看着查利，一面说道，“我想说的是，走到现在，你运气不错。不过，接下来，才是区分抠屁股和票贩子的分水岭。接下来第六个、第七个口袋将是这场测试最具挑战的环节，需要学生拥有强大的敏锐度和洞察力。”

校长嘴巴不停地说着，而查利不予理睬，绕着假人走来走去，仔细观察着形形色色的口袋，努力找出他需要偷的那一个。夹克上有三个口袋，马甲上有两个，但所有的口袋上既没有铃铛，也没有编号。直到他站在假人面前，轻轻撩起本尼的衣摆，才看见内套下摆折边的下面、裤子的右大腿前侧上面，缝了一个阿拉伯数字6，这个地方在黑话里叫大腿上裤兜，开口处裁剪得和腰带平行。号码上面还挂了一个小铃铛。

“啊哈，”校长说，身体几乎快要贴住查利的背部，“你找到了！6号，大腿上裤兜！”

查利准备动手了，但是校长还在边上叽叽喳喳：“注意到什么奇怪的地方了吗？”

校长呼出的气又湿又热。他的衣服，似乎自二十世纪三十年代后就没洗过，特别脏，发出一种怪味，就像是被扔在水池里很长时间的湿抹布。查利跪在地上，仔细研究这个大腿上裤兜，努力摆脱校长身上的味道。

果然，他看见了这个口袋的与众不同之处：口袋底部鼓起一个大包，说明这个假人有收集零钱的习惯——这个口袋里，装满了碎银子。

“一个口袋，”校长说，“只好偷一枚硬币的。”

“那我怎么……”

“那你怎么知道是哪枚硬币呢？哦，查利。这就是你缺乏系统训练的地方了。假如你是七铃学校正式录取的学生，你将有一学期的时间，学习鉴别世界各国货币——它们的尺寸、重量、花纹图案等。到了第二学年结束的时候，你闭上眼睛，仅凭掂重，就能够分辨生丁和德拉克马、福林和美元。”校长满足地叹口气道，“我们这位假人先生，是个世界通，他的口袋里装满了世界各国的硬币。哎，你必须找出和你之前偷的硬币一模一样的那个。”

查利低头看着散落在石灰地面上的硬币。他拾起一枚，仔细研究了一会儿。那是一枚比索，难以描述其尺寸、重量。若不是读过硬币正面浮雕上的传说故事，他连这枚硬币是哪个国家的都不知道。

校长凑得更近了。查利可以感觉到校长像气球一样的肚皮，贴在了他的后背上。他刺耳的声音在查利耳边响起：

“最好别在口袋里摸索太长时间，那个铃铛会丁零零地响起来哟。”

查利的额头上沁出了一层汗珠。他看看手中的硬币，又看看假人鼓囊囊的口袋。

“丁零零。”校长小声说。

查利受够了。他把硬币往地上一扔，转过身来，直面校长，让自己的胸膛贴在校长的大肚皮上。他大胆地直直盯住校长的眼睛，两人就这样僵持着，直到查利说：“你还让不让我干活了？”

“呆子，这也是测试的一部分，”校长说，“你必须学会在压力之下工作。”

“我以为你要用拇指碰响铃铛呢。”

“我为什么要那么做？”

“因为你知道自己错了。”

“那么，请你告诉我，我到底哪里错了？”

“我是个加农炮，”查利说着，把身体硬往前挤了挤，更贴近校长的肚皮，“我甚至根本不需要上你这破学校，就可以自学成才。这就是你感到害怕的原因。”

“胡说。”校长生气地说。

查利做了个手势，指向看台上正安静旁观他俩对峙的孩子们。校长顺着他的手看过去。“假如我赢了，”查利说，“那么他们正在接受的‘教育’就变得毫无意义了。所谓的七铃测试，也说明不了什么了。”

校长笑了：“你这话简直荒谬。七铃测试本身就能说明一切，这是一项有百年传统的测试，是隔开普通人的世界和奇盗世界的卢比孔河[①]。你最好先问一下自己：你准备好越过那条河了吗？”

查利没有回答。他转过身，面向假人。他往上提了提自己的裤子。他仍然可以感到校长就站在他身边，并可以听见他的呼吸声。查利重新集中注意力，专注于手上的活儿。他要在完全看不见的情况下，从假人的大腿上裤兜里掏出一枚硬币，而且这枚硬币混在一大堆各式各样的硬币中间——在此过程中，还不能让缀在兜上的铃铛发出一丝声响。校长说得没错：闭眼识别硬币，他还缺乏系统训练和经验。他还曾想象着，假如时间充裕，他慢慢摸索，总归能够实现目标。可是现在，他的不足已经显现出来了。

他想到了一个点子。

地上的硬币，他之前握在手中的那枚硬币。

“奇怪的一招。”看到查利俯下身去捡他刚刚扔在地上的硬币，校长说，“当你回家的路费啊？”

查利瞪了他一眼，再次走向假人。校长像影子一样紧紧跟在他身后。查利可以听到校长衣服发出的沙沙声。他向那个口袋伸出一只手，另一只手则拨开上衣的下摆，给握硬币的手腾出足够的操作空间。

---

① 历史上，卢比孔河曾经是罗马共和国的分界河。罗马曾有一条法律规定，在外征战的军官不可以带着军队跨越这条河进入罗马本土，否则被视为叛逆。——译者注

“你什么打算？难道要把山脊踢回去吗？小心铃铛。我刚请人重新调过了。你知道的，它们用得时间久了，响过那么多次，没有从前灵敏了。银的东西比较脆弱，比如戒指，时间久了，就没有曾经的光泽了。我喜欢银色的光泽。铃铛突然碰撞后发出的声音，听起来就仿佛是从辽阔山谷上空的一座尖顶塔上传来的。查利，这种声音，能够直击你的心灵。”

查利把手伸进大腿上裤兜里，用拇指和食指夹住硬币。他的手像蛇一样，蜿蜒地伸进口袋，直到指尖碰触到底部积聚的一堆硬币。

“直击你的灵魂，”校长一边全神贯注地看着查利的动作，一边重复道，“不过，日子久了，它们失去了那种响声，真可惜。而现在呢，相信我，那响声又回来了，声音愈加曼妙，如在云端。你在做什么？”

查利正用手指，耐心地从硬币堆中一个一个地拉硬币出来，然后再把拉出的硬币，放在拇指和其他手指夹住的硬币上面。这是一项沉闷乏味的工作，他的双眼死死盯住口袋开口处的铃铛。

校长继续滔滔不绝地说教：“费希尔先生，这会儿你可要小心啊，只有一次机会，失败了就不能再重来。目标的脾气不可捉摸，随时都可能爆发。”

……好在，他终于找到一枚，和手中那枚一样大小和重量的硬币。

“他的动作行云流水，变化多端。你们看到了吗？注意到了吗？”

查利花了一点时间，把两个硬币放在一起摩擦比对，然后才确定它们是相同的。准备妥当后，他信心满满地从口袋里抽出手来，宛如一个老到的经典加农炮。

叮。

起初，查利并没有在意铃声。一开始，他觉得铃声并不是从自己这里发出来的，可事实上，就是口袋旁铃铛的响声。校长说得没错，铃铛声响直击心灵，如同水晶的突然破裂，清脆洪亮。

叮。

观众席上一阵大失所望的叹息声。

校长似乎和查利一样，对这突如其来的声音惊讶不已。他们两人对视了一下，眼神中满是不可思议。随后，校长的脸上突然出现了一丝笑容，他抓住查利的手腕，高高举起。

“干得漂亮，查利，”他说，“就差一点点儿。”他从查利的指间拿走硬币，认真端详。这两枚硬币完全匹配。

不管怎样，查利最终还是偷到了那枚正确的硬币。可惜的是，在即将从口袋里拿出硬币，通过测试的狂喜中，他却忘了最高的目标——全程不能让铃铛发出半点声音。

校长近乎欣喜地将硬币扔到地上。他看着查利，慢慢地拍了五下手，鼓掌致敬。“非常好，”他说，“但是，唉，还不够好。密码仍旧归我。而且照理说，也应该如此。”他把手伸进衣坑，掏出那个塞得鼓鼓的白信封，并在聚光灯下细细打量着它。“别灰心，查利。你就把这当成被压迫者的一次胜利，革新者们对贪婪的西方文明的一次伟大颠覆。”说着，他将信封塞回内胸袋里，然后若有所思地看着查利说，“你到底属于哪个阵营？”

“我不知道。”查利沮丧地说。他低头看着地上的硬币，真希望它们统统消失，以抹去他失败的记忆。

看台已经空了一大半，学生们开始鱼贯而行，走出竞技场，回到教室和讲堂。一种失望的气氛笼罩着他们，就仿佛一群马戏爱好者，眼看老虎马上要跳过火圈，最终却没能看到。而且，七铃测试至高无上的权威性仍屹立不倒——它仍将是横亘在新手菜鸟和加农炮之间的一道终极障碍。学校的架构和森严的层级仍是完整的。在这里，没有捷径可走。

“你知道吗，你很有潜力，”校长对查利说，“最后那一招太妙了。看来你还是有点天分的。我得去看看咱们近期的招生计划，不过，或许一两年后，你有所提高的话，我们可以把你加进候选名单。”

“不必了，谢谢。”查利说。

“随便你。”校长说，“瑞秋！泽费洛！”

通向竞技场地面的下沉式楼梯上，出现了两个人影。

“请把费希尔先生送到大门口。”校长说着，转向查利，“按照我们的规矩，你必须戴上头套被送回埃尔托罗的那个十字路口。抱歉，路上要让你受委屈了，但我们必须采取预防措施。毕竟，这里是七铃学校，保密第一。再见了，查利。今天真是……让人开眼啊。”

说着，这位穿着皱巴巴的灰色西服的男人，穿过竞技场的地面，走上通往阳台和双开门的楼梯。走到看台的第一层时，他短暂地停下脚步，回头看着查利说："还有一件事。你最好别再来这儿了，查利。我想下次我们就不会对你这么客气了。"

说完，校长便转身离开了。

"喂，查利。"看台上传来一个声音，有几个学生还逗留在看台上。查利立刻认出了这个声音，是美智子。"干得不错啊，"她继续道，"你确实是个技艺一流的小偷。我支持你。"

"差一点点就成功了，"另一个声音——小鼠——说道，"我开了一盘赌局，十五赔一，赌你能偷到一枚硬币。你的表现大大超出了我们的预想呢，伙计。"

"你让我赚了三十美元呢，查利。"一个带着浓重斯拉夫口音的声音说，"算是补偿了你上次赛马给我的糟糕建议。"

"谢谢你，博拉，也别客气。"查利回答道。

"说实话，我就知道你会参加测试的。"在昏暗的灯光下查利看见了布鲁托。他坐在台子的边缘，双腿交叉跨过护栏。"我当年参加测试的时候，前三次也失败了，直到第四次，才勉强通过第四关。"

杰姬站在他身后。"你干得真不错。"

"滚开，"查利说，"你们全都给我滚开。"

"这就是你和朋友说话的态度吗？"布鲁托狡黠地问道。

莫莉踢了他一下。"闭嘴，布鲁托。"她说。

塞姆班出现在护栏旁边，脑袋刚好从栏杆顶上探出来。"查利，后会有期。"

你确实是个技艺一流的小偷。

“回见。”塞姆班身旁的法图尔说。

马赛的奇盗联盟，就像影院里一直看到银幕上出现演职人员名单仍不舍离开的观众。他们发现这场惊心动魄的测试，真的已经结束了，才恋恋不舍地离席，向出口走去。查利默默地看着他们离开。只有莫莉还在原地，犹豫不前，等联盟里的其他人都走光了，场内空无一人的时候，她才朝出口走去。就在快要走出房间的刹那，她忽然转身说道：“查利，你是一名加农炮，一名真正的经典加农炮。不论任何人说什么，你都要记住这一点。”

随后，她便消失不见了。

查利被人护送着走过大厅，通过门廊，穿越七铃学校的校园。几群学生在草坪上闲逛，默默无言地看着查利从旁边走过。铁门格栅的前面停了一辆黑色的小轿车，专门在等查利。他朝司机点了点头，然后又看了一眼他面前的这座庞大建筑物，绵延起伏的草坪，和那帮无所事事的学生。

“好了吗？”司机问道。

一条头巾套在了查利的脑袋上，随后他便被塞进汽车的后座上。

两小时后，他来到了埃尔托罗外面的十字路口。他的头巾被摘了下来，然后人也从车上被推了下来。押送查利的人，一句话也没说，便启动汽车，消失在土路上。杂货店的门，被风吹开了。写有ABIERTO的霓虹灯广告牌黑黢黢的，查利无法判断是不是出故障了。他叹了一口气，开始沿着路，往埃尔托罗走去。

还没走多久，查利听见一辆车向他驶来。此时，夕阳西下，云开雾散。道路的拐弯处，出现了一辆破旧的卡车，挡泥板和引擎盖上的油漆已经剥落得一干二净，上面还沾满了灰尘。随着一声尖叫，车子停在了查利身边，司机打开了副驾驶的门。

“上车。”司机说。查利抬头一看，司机不是别人，正是阿米尔。

“你怎么……”查利一面指着车，一面说道。

“如果我告诉你一块劳力士银表能换成多少比索，你一定会大吃一惊的。”说着，他炫耀般地发动了引擎。“快上来，”他说，“不要被人察觉了。”

查利爬上卡车，坐到他朋友身边的副驾驶座上。接着，阿米尔费劲地挂挡，卡车沿着土路往前驶去。

“所以……”阿米尔瞥了一眼身边的查利，问，“怎么样？后来发生了什么？”

“好好开你的车吧。”查利说。

阿米尔便闭嘴照做了。

剧终

第24章

你该不会以为故事到这里就结束了吧？

这当然不是结局。

当然还有后续。

但首先，让我们先暂时离开我们的两位主角。他们正开车行驶在埃尔托罗坑坑洼洼的路面上，从哥伦比亚的丛林深处驶出，绕道来到卡塔赫纳。他们决定从卡塔赫纳乘第一班汽轮离港，这将是回家最便捷、最佳的路线。让我们先暂时离开他们，让他们自个儿赶路。他们还有很长的路要赶。查利无疑可以利用卡车在乡间小路上颠簸的这段时间小憩一会儿。

最好不要打扰他们。

让我们回到七铃学校，看看这会儿的校长。

校长这会儿累了。在那场突如其来的临时加试之前，他就已经够忙的了——还有申请表要审查，高年级的论文要批改，毕业典礼要准备——几个月后，一批新生就要入学了。更要命的是，他刚刚从考场走出来，就被奥库斯工艺学的教师给逮住了，向他询问终身教职申请的情况。他刚结束与教师的乏味对话（这位教师，虽然有才华，人却不讨喜），又被一群学生给洗劫了。这群学生想向他展示他们新研发的偷盗技能。所以，当他终于走在回办公室的路上时，他如释重负，长长地舒了口气。

那时已近傍晚，教室渐渐空了下来。大厅里变得热闹起来，挤满了准备去吃晚饭的学生——他们都在兴奋地议论着今天下午的那场测试。通常，临近期末，再小的插曲，也能够在学生中间掀起轩然大波。于是，校长心里盘算着，他让查利加试，也就等于给学生们送上了一出好戏——算是奖励他们这一学年以来的勤奋用功。不久之后，他们中的大多数人即将奔赴世界各地，在遥远的地方，正式作为联盟成员亮相履职。

想到这里，校长不禁莞尔一笑。想想看，这些孩子很快将以奇盗联盟成员的身份出道。他有些羡慕他们了，这一批新选定的加农炮对自己的工作和未来充满好奇。他们会和谁搭档呢？他们在奇盗联盟里将会有怎样的角色和地位呢？奥斯陆？柏林？上海？每一个城市都有无与伦比的神秘和魅力。这些城市里，有很多容易下手的目标等着他们有组织地去偷窃。他想起了自己干的第一个活儿，那是一九二二年，差不多四十年前的事情了。

想到这儿，校长又咯咯地笑了起来。时间过去这么久了吗？没错，四十年了。埃及的开罗，尼罗河畔古老的城市。那个时候，他刚刚从七铃学校毕业，接收到的任务是为一个他未曾谋面的奇盗联盟组织盗窃活动。开罗的空气是如此干燥和清澈，他置身其中肆意地呼吸着，仿佛在大口喝补药似的——

难道任何地方都和他父母抚养他长大的那个灰暗、战乱不断的工业小镇大不相同吗？相比之下，曼彻斯特好像是存在于另一个星球上的城市，拥挤的街道，大声嘶喊的街头小贩，空气中弥漫着红花和玫瑰的香味。到达开罗的第一天，他便坐车去吉萨参观金字塔。他一面参观，一面偷游客，因此赚了不少钱。哦，对了，金字塔也很漂亮。他又笑了。

笑着笑着，突然之间，他得到了某个提示，想起了横向第十五行字谜的答案！“金字塔计划的负责人。”由于某种原因，它成了一道棘手的难题。他曾花费一整个下午，绞尽脑汁想要破解它。这道难题已经成为一朵乌云笼罩在填字游戏右下角的上空——但他一直在错误的方向上动脑筋，想到过一些著名的窃贼（恰巧他知道几个），他们从一项投资计划中诈骗呆子们的钱。

“法老！”他突然大声喊道。

这时，大厅里，经过他身旁的一个学生，问道：“怎么啦，先生？”

“没事儿，露西，”他说，“自言自语而已。”

他加快步伐，很快便回到办公室。终于破解了这个几乎困扰了他好几天的字谜，他开心得不得了。他一面吹着口哨，一面把上衣脱掉，挂在门旁的挂钩上。接着，他优雅地卷起衬衣袖子（他的前臂上的文身是不是螯虾？），然后花了点时间，从书桌的抽屉里取出最好的钢笔——专门用来填写字谜的钢笔。查验了钢笔的笔尖之后，他伸手去取之前留在桌子上的填字游戏。

它不见了。

“奇了怪了。”他自言自语道。

他在桌子上堆得整整齐齐的纸张、论文和申请书里翻来翻去，仍找不到。他打开了书桌的每一个抽屉，将里面的东西翻了个底儿朝天，仍旧找不到。他绕着桌子走来走去，仔细观察每个角落，找寻那一张折叠的从报纸上剪下的填字游戏。甚至连废纸篓，他都没有放过。他四肢着地，在桌底别扭地爬来爬去。他正保持着这个尴尬的姿势，一个可怕的念头在他脑海里闪现。那个念头，让他脸上顿时失去了血色，整个人都僵住了。

“不会吧。”他小声说。

他小心地从桌子底下钻出来，走到门口的衣帽架旁。他掀起大衣翻领，将手指插进衣坑，掏出那个熟悉的白信封，那个装着罗森博格密码的白信封。他几乎没有勇气打开封盖看里面现在装的是什么。

里面装的竟然是他的填字游戏！

轰……轰……轰……

汽轮发出一声鸣响，仿佛在向哥伦比亚海岸道别，海鸥嘎嘎叫着，似乎在不耐烦地回应这震耳欲聋的噪声。查利站在甲板上，倚着栏杆，眺望码头上渐渐变远的灯火。船慢慢驶进加勒比海。他们一上船，他就占据了这个位置，一直没有离开过。他目光紧紧盯着海岸线，用意念催促着船快点开动。现在，他们终于离岸了，汽轮和繁忙的港口之间隔着数百码的海水。直到这时，轻松的感觉才终于涌上查利的心头。

“放松点，查利。”一个声音说。这似乎是他内心的声音，但事实上，这是坐在他身边一把太阳椅上的阿米尔在对他说：“你该不会准备整个旅程都站在这儿吧？”

他们利用在卡塔赫纳的短暂时间，买了几套新衣服——你可能会很高兴知道，查利终于把他那身战痕累累的燕尾服，扔进了街边的垃圾桶。阿米尔甚至为此念了几句悼词。现在，阿米尔穿着一条崭新的卡其短裤，一件粉领衬衫，戴着一副山寨雷朋墨镜。查利也美美地洗过澡，换上了新的牛仔裤和蓝色条纹衬衫，和他之前的邋遢样儿相比，就像换了一个人似的。即便买了这么多东西之后，他们还剩下足够的钱订了两张当晚前往里斯本的“王者之剑”号头等舱船票。

船在加速前进，风拍打着他们的头发和衣服。在他们下方五十英尺的地方，船体劈开海面，激起层层白色的浪花。海鸟在甲板上空盘旋，滑翔。卡塔赫纳被夕阳染红的天际线离他们越来越远，渐渐消失在视线里。

“不会啦，”查利说着，走向他的朋友，在旁边的一把太阳椅上坐下，“只是还有点激动不安呢。”

阿米尔一脸不屑地摇摇头，说：“这就是你的问题了，查利。你要学会放松。过去的事就过去了，好吧？”他一挥手，招来了附近的一名女服务员。女服务员过来之后，他点了一罐可口可乐，随后朝查利点点头。

“我要石榴汁加牛奶，谢谢。”查利说。

女服务员一脸诧异地看着他。

“Grenadine con leche.”阿米尔帮忙翻译成西班牙语。

不过女服务员的疑惑并未被打消。“什么？”她问查利，仿佛想弄清楚这到底是不是他想要点的东西。阿米尔朝查利点点头。

“是的，谢谢。”查利说。

“石榴汁小子。”女服务员一走，阿米尔便说道。

“担子可重了，”查利认真地说道，“不过，这就是我想努力活成的样子。”他不由自主地笑了，自从他们来到卡塔赫纳之后，他还一直不曾笑过。

“查利，话都说到这儿了……”阿米尔说。

查利没有说话，两个人一时无语。最后还是阿米尔率先开口：“所以……”

“所以？”

“我能看看吗？”

查利紧张地环顾四周，犹豫不决。“你觉得这里安全吗？”

“查利，”阿米尔说，“你得放松点，不然多难受啊。放心好了，我们在这儿很安全的。我的意思是，有所防备是必要的，但适当的时候还是要学会放松，不要搞得那么累，对吧？”

“好吧。”查利说。他把手伸进裤子的口袋里，拿出一份卷起来的纸，可能是长途跋涉的缘故，纸张现在有点皱巴巴的。他把纸摊平后，交给了阿米尔。

当查利给他的时候，阿米尔站得笔挺挺的，仿佛是在接过一件珍贵的传家宝。他打开纸，贪婪地看着里面的内容。可是，仔细研究过后，他的第一句话却是："你知道这玩意儿是干什么用的吗？"他又把这张纸竖起来，倒着看了一遍，可里面的内容，在他看来，还是那么神秘莫测。

"一点线索都没有。"阿米尔说。

阿米尔小声地吹起了口哨。"所有的一切，就为了这张纸。"

"太不可思议了，是吧？"

"的确如此，真搞不明白校长想用它做什么。"

查利皱了皱眉头。"说实话，我觉得校长也未必知道。他倒是说过，这个东西'能征服很多国家'之类的话。"

"就这玩意儿？"阿米尔难以置信地问道。

查利点点头。"难以想象，对吧？他把它当作了一件强大又可怕的武器。假如真是这样，我爸爸想用它干什么呢？"

"或许是让某些国家臣服于美国。"

两个男孩，静静地坐着不说话，彼此都在思考刚才谈话内容的深意。

就在这时，女服务员回来了。阿米尔见状迅速地把纸贴在胸前。女服务员在他们两人椅子中间的桌子上，铺了两块鸡尾酒餐巾。她在一张餐巾上放上了阿米尔的那罐可乐，另一张上则摆了一杯看不出是什么的粉红色液体。她往杯子里加了一颗鲜红的樱桃，有点得意地说："石榴汁加奶。"

查利抬头看向这位姑娘，不禁脸红道："谢谢。"

"不客气！没事！"女孩说。查利喝下一大口后，她扮着鬼脸道："奇怪的饮料。"

“犒赏我们的石榴汁小子一天的辛苦。”阿米尔大笑着说。

她稍稍行了个屈膝礼，便走开了，在甲板上游荡的其他乘客还需要她的服务。阿米尔正准备把那页纸还给查利时，突然停下来，说：“你知道吗，查利……”

“怎么了，阿米尔？”

“你一定也很好奇，这张纸在黑市上能卖到什么价钱吧？像你和我这样的人——想想看，有了那一大笔钱，我们能干多少事。谁知道呢，我们甚至可以组建自己的联盟，你打掩护，我做吊钩。”

查利瞪了他一眼，伸出手掌。

“好吧，”阿米尔垂头丧气地说，“退群。”他把罗森博格密码还给查利，查利又将它塞回自己的裤兜里。

阿米尔懒洋洋地躺回椅子上，灌下一大口可乐后，漫不经心地问道：“你心里也清楚，你不可能通过测试的，对吧？”

“这还用问吗？”查利哈哈大笑着说，“能走这么远，我自己都惊呆了。”

“五个口袋啊，”阿米尔说，“说实话，真不赖。想当初，我也是第二次测试才偷到第五个。而且我可是优秀毕业生呢。”

“问题是，”查利继续道，“我也没想到自己需要撑那么久。我还以为偷第三个口袋时，他就过来戏弄我了。”

阿米尔耸耸肩。“有时他是这样，有时他会等等看。这总归是一步险棋啊，查利。但确实是个妙招啊。而且想想看，这竟然是你从一开始就想到的计划。”

查利一言不发，嘴角浮起一丝微笑。

“这真的是你一开始就计划好的？”阿米尔透过墨镜打量着他的朋友。

海水击打船体的浪涛声，在空中回响不绝。一对老夫妻在甲板上玩起了沙狐球。在不远处，一支乐队搭起了乐台，开始演奏一曲欢快的西班牙歌曲。查利没有回答阿米尔的问题，而是举起杯子，透过糖果色条纹吸管，懒懒地吸了一大口石榴汁。

阿米尔微笑着，将朋友的沉默解读为默许。他本想说些什么，可又打住了，用一种近乎崇拜的眼神，默默地看着查利沉浸在幸福的平静中。他躺倒在椅子上，伸出双腿。查利也学他的样子，躺在椅子上，腿伸得长长的。两个男孩就这样一起躺着，背紧贴在折叠式躺椅的板条上，头枕在手臂上，看玫瑰色的天空渐渐褪成蓝色，月亮爬上远处的地平线。

而你呢，也正在欣赏着同样的景色。对啦，就是你。你此刻正静静地坐在邻近的躺椅上。你怎么会来到这里呢？你是否刚刚从令人窒息的父母身边逃走，想静静地独处片刻，哪怕只有一小会儿？又或许，你可能像查利和阿米尔一样，正一个人旅行，在结束一段不可思议的历险之后，又惊喜地发现一段激动人心的崭新旅程才刚刚开始？

你怎么看坐在你邻座的两个男孩？

你会为他们写下怎样的故事？

全剧终

（这次是认真的。）

致谢

没有大卫·W.莫勒和他不可思议的著作《扒窃集团：扒手的专业术语与其行为模式之间的联系》，就没有本书的存在。倘若你想深入探究扒窃者的组织和语言，我强烈建议你好好读一下这本著作。要知道，我为了写查利和他的小伙伴们的故事而从书中借鉴的内容，也只是冰山一角。

大约四年前，我在阅读二〇一三年一月的《纽约客》时，从一篇亚当·格林关于专业票贩子阿波罗·罗宾斯的出色介绍中，第一次知道这本书。于是，我马上放下杂志，开始构思一系列事件，促使查利·费希尔进入他的奇盗联盟世界中。我很庆幸自己想到了一个很好的剧情，它几乎可以在任何城市环境下发生。之所以选择马赛这个城市，是因为它名声在外，正如查利所言，马赛是小偷们的天堂。还有一个原因是，我真的很想去普罗旺斯[1]玩几个星期。当然，马赛的恶名有点言过其实。它是一座特别漂亮、热情好客的城市。这儿的人们很可爱，有魅力，又乐于助人。因为之前曾去过马赛，我更愿意相信它的

① 马赛在普罗旺斯境内。——译者注

坏名声全都是一部分法国人的阴谋，他们想把游客们赶出这片迷人的地中海天堂。

卡森（本书的插画师）确实被一个刚出道的新手偷过。不过，在用力捶打小偷的肩膀，放他回去找自己的小伙伴之前，她成功地抓住了小偷的衣领，并命令他把偷的东西（手机）交出来。这家伙显然没什么偷盗天分。

感谢本书的最早读者之一马克·巴尼特在情节上给予的帮助。同样感谢我的经纪人史蒂夫·马尔克的支持。非常感谢唐娜·布雷编辑敏锐的目光、有益的见解，以及自始至终对这个写作项目的信任。我的妹夫奥古斯汀·巴约科斯在本书中的法语单词方面，给予了很多帮助，也帮我了解了法国的生活。除此之外，我还要特别感谢美国驻保加利亚前大使艾维斯·波伦。感谢她慷慨地腾出时间，允许我问一些在二十世纪六十年代外交官家庭成长经历的傻问题。艾维斯·波伦女士是美国驻法国前大使查尔斯·契普·波伦的女儿。也非常感谢尊敬的驻法国前大使简·D.哈特利女士的办公室，帮忙安排那次采访。

由于没有时间机器，我只能依靠现存的关于二十世纪六十年代法国（特别是马赛）的文献，来充实查利和阿米尔生活的世界。令人欣慰的是，有很多这样的资料。在法国电影制作的新浪潮时代，法国人民做了大量的工作，来捕捉这一时期的时代脉搏。特别是涌现出了《男人的争斗》《我的舅舅》《扒手》《瑟堡的雨伞》等诸多电影，这里列举的仅仅是其中的一部分。要想完整地研究古老的马赛，就不得不深入阅读马瑟·巴纽的《马赛三部曲》：《马里乌斯》《芬妮》和

《恺撒》。当然，二十世纪五六十年代的法国文学丰富多彩。其中雷蒙·格诺的奇书《扎西在地铁》，以及书中标榜无政府主义的人物，对于我的写作提供了很多帮助，在此表示感谢。格诺笔下的巴黎，每一个人，甚至成年人，都喝石榴汁加牛奶。（我的儿子汉克，在我的建议下也开始喝起来，并引起我们当地餐厅服务员们的好奇。以至于我们的朋友劳拉·帕科在来我家做客的时候，都开始叫他“石榴汁小子”——这是他应得的称号。）乌斯曼·塞姆班的《黑色的码头工人》，描绘的一九六一年马赛市景是绝佳素材。丹尼尔·安塞尔姆的小说《休假》为当时的政治话题——阿尔及利亚战争提供了有用的背景介绍。

“漂流”（dérive），是不设计划的行动。我从字母主义那里“借到”了这个单词。字母主义，是二十世纪中叶由居伊·德波领导的一个巴黎艺术家团体。扒窃者一定是从他那里得来的灵感。时至今日，“漂流”仍在继续——或许你也应该开始在自己的心灵地图上，在自己所在的城市或镇子里进行“漂流”。

最后，对于我的妻子兼搭档卡森·埃利斯女士，我还是要一如既往地感谢她的支持。感谢她在我写这本书期间，不仅代我教育子女，还做了一个出色的阅读者和倾听者。更重要的是，你们在本书中看到的美丽插画，全部由她绘制。

谢谢你们！再见！